在我的故事里

湫山夏石 著

青岛出版社
QINGDAO PUBLISHING HOUSE

图书在版编目（CIP）数据

在我的故事里 / 湫山夏石著.--青岛：青岛出版社，2018.12

ISBN 978-7-5552-7636-4

Ⅰ.①在… Ⅱ.①湫… Ⅲ.①长篇小说－中国－当代 Ⅳ.①I247.5

中国版本图书馆CIP数据核字(2018)第237524号

书　　名　在我的故事里
著　　者　湫山夏石
出版发行　青岛出版社
社　　址　青岛市海尔路182号（266061）
本社网址　http://www.qdpub.com
邮购电话　010-85787680-8015　13335059110
　　　　　　0532-85814750（传真）　0532-68068026
责任编辑　郭林祥
责任校对　张静静
特约编辑　风染白　时　瑜
装帧设计　千　千
照　　排　梁　霞
印　　刷　三河市良远印务有限公司
出版日期　2018年12月第1版　　2018年12月第1次印刷
开　　本　32开（880mm×1230mm）
印　　张　9.5
字　　数　250千
书　　号　ISBN 978-7-5552-7636-4
定　　价　38.00元

编校印装质量、盗版监督服务电话　4006532017　0532-68068638

建议陈列类别:畅销·青春文学

献给慕寒

目录

楔 子

故事外的人

“你还记得你为什么会在这里吗？”

“大概记得一点。”

“为什么？”

“好像……我……杀人了？”

“是的。”

“可是，好奇怪，我不记得我是怎么来的。”

“是警察带你来的，你自己打电话报的警。你还记得你做了什么吗？”

“我……在十年后遇到了命运，我找到了他，见到了他……”

“然后呢？”

“他终于爱上了我……”

“不对。”

“我感受到他的气息，他对我表白，他抱着我入睡……”

“不对。”

“他说他只爱我。”

“不对。”

“他要娶我的。”

“不对。”

“我爱他。”

第一话

洋娃娃和小熊跳舞

那一年的上海下了极大的雪。

半尺深的雪将这座魔都勾勒得可爱而寂静。

时桥南下了地铁，边欣赏雪景边往言聆风的诊所走去。这一片绿化特别好，春夏秋冬都有应时的花木，此时雪犹盛，寒梅愈香。

过了小桥，一个女孩打着伞，站在一株蜡梅旁自言自语。

“你以为呢？今年冬天雪这么大，像我喜欢你的心情一样深。

“我只是比喻，我对你的喜欢当然远远超过半尺。

“你不要咬文嚼字，跟我咬文嚼字你会输的。”

听起来像在打电话。他没有多加留意，径直往那立着心理咨询室招牌的建筑走去。

言聆风比他高一届，是个轻熟美女，大波浪的栗色卷发，着装总是简单文艺，脸上时刻带着亲切的自信笑容，让第一次见面的人都会如沐春风，仿佛见到了亲人般将心底的秘密滔滔不绝地道出。

这个坚守了三十多年单身主义的美女，在三个月前出国度假时邂逅了真命天子，一个有着湖蓝色眼睛、亚麻色头发、动听声音的法国男人。两人一见钟情，迅速陷入热恋。尝到了爱情甜头的女人，在戴上求婚戒指的那一刻，决定放弃奋斗多年的国内事业，跟随未婚夫远赴异国他乡，褪下大女人的盔甲，换上柔情似水的小女人罗裙。

时桥南这次过来，就是受这位准法国太太之托，接手几个她手中的长期案子。

言聆风的办公室就在自家，两百平方米的复式楼，楼上是书房和卧室，楼下办公。此时她已经将案子整理好了放在茶几上，文件夹、录像带均按患者和时间分门别类。

门一开，言聆风的未婚夫跟他打了招呼，随即吻了下言聆风，转身继续帮她收拾东西。因为要跨国远去，很多东西都无法带走，两人正筛选哪些需要带走、哪些该扔掉或送人。

言聆风把时桥南迎进去："东西都在这儿了。那两个箱子里都是过去的，这个箱子里的都是重要客户，我已经跟他们沟通过了，希望我介绍医生的都在这里，不需要的都已经挑出来了。有几个案子是比较有趣的，记得给我汇报，不用担心保密问题，我已经征得患者同意，他们很乐意我还会继续关注他们。"

时桥南温文一笑："你干脆把他们打包带去法国好了，何必多此一举？"

"我倒是想。"言聆风笑，"对了，一会儿有个女孩过来，是一个朋友介绍过来的。她是个有意思的病患，我只能勉强将其归类为偏执型钟情妄想症，有时候还会产生幻觉。不过，我觉得可能跟她的职业有关系。"

"她是做什么的？"

"漫画家。"言聆风想了想，"反正我搞不懂二次元的东西，一直觉得二次元的孩子都有点精神不正常……呃，你除外。"

"师姐，你这是骂人不吐脏字啊。"时桥南无奈地笑。

这时，门铃响起来，时桥南道："我来。"

门一开，一个清秀的女孩赫然立于门外。她个头不高，中长头发，眼睛里闪着光，像是有人自黑丝绒的天幕里撒落一把碎星，正好落入她的眼中。她穿着一件绿色手绘中国风棉衣，一圈白色绒毛围住纤细的脖颈，越发衬得皮肤白皙。看到时桥南，她眼睛一亮，随即有些愣怔，后退半步确认门牌号，俏皮地歪了歪头思索当前的状况。

时桥南认出了她，这就是刚才在楼下蜡梅树下打电话的女孩。

“言医生？”女孩将自嘲的笑意敛入眼底，探头询问。

里面人影一闪，言聆风带着香风转了出来，她将女孩拉进门，介绍：“桥南，这就是我说的那个女孩，林寂。林寂，这就是我要给你介绍的新医生时桥南，他的专业水准可是比我更胜一筹。”

“你好。”林寂眼波流转，狡黠地笑了笑。

“日出远岫明，鸟散空林寂。”听到女孩的名字，时桥南脑海里立马跳出这句诗。出自他很喜欢的一首诗，寂寞空灵，很淡很静又难以捉摸。他衷心地赞美：“好名字。”

“这是我外公特别喜欢的诗，少有人知道这个出处。”林寂点头称赞，“你很厉害。”

这是时桥南与林寂的初次见面。时桥南意识到女孩是个聪明狡黠的人，或许就是这份聪明与自信让她过于自恋吧，太美好的人往往容易临水照花顾影自怜。然而，几天以后，当他真正翻阅林寂的病历时，惊喜多过惊讶。

多数钟情妄想症患者都自恋，觉得别人爱上了他，会臆想各种与对方的恋爱桥段。然而，这个病例是少有的钟情于他人。说白了就是单相思，说严重了是花痴。只是因为她是通过声音这种较抽象的东西产生偏执钟情，言聆风才在跟几个同行探讨之后，坚定地给她定义为偏执型钟情妄想症，或者说是幻想偏执症。其实，这都是言聆风随口捏造的名字，严格意义上只能将其称呼为精神疾病患者。

林寂爱着一个人，一个只在二次元接触到的人，一个她连对方真正姓甚名谁、什么模样都不晓得的人。

网络古风歌手，白石。

这个结果让时桥南多多少少有些意外，也有些哭笑不得。他早就听言聆风提过这个案例，没想到内藏乾坤，有更大的惊喜等着自己。

“师姐，你这是整我呢？”合上文件夹，他打电话给言聆风，开门见山地道。

言聆风藏住笑意故作不解：“什么意思？”

“林寂。”时桥南端起杯子，发现杯中已空，起身去找咖啡。

言聆风打了个哈哈：“挺好的一个小姑娘。我就把她托付给你了，你一定要治好她。”

时桥南将咖啡豆放进咖啡机，按在开关上的手一顿：“师姐，你就不怕她病得越来越严重？”

言聆风耸耸肩：“她并不知道你就是白石，所以你只需要把她当作普通患者对待就行了。”她顿了顿，想起什么，随即摇摇头，决定将到嘴边的话咽下去，转而开起了时桥南的玩笑，“反正你也没有女朋友，要是你们有情人终成眷属也是美谈一桩。”

时桥南满头黑线：“哪里来的有情人？另外，不要随便当月老。再另外，老师教的东西你都当饭吃了吗？精神病医生最忌讳跟患者产生感情纠葛。”

“好好好，你说得都对。”言聆风说，“如果她不是病人，我会跟她成为好朋友的，她是个有趣的人。你们二次元是不是盛产有趣的人？”

“我这么有趣，你不也一样没有爱上我？”时桥南反问。

言聆风点点头：“对我来说，你没有丝毫的男人魅力，虽然我承认你是一个优秀的男人。你就死心吧，好好过好这一生，姐姐我会在地球另一边祝福你……注孤生。”

“我……”时桥南真是哑巴吃黄连，本来想调侃她，却被反将一军，“不用这么狠吧。”

白石，这是网络古风圈最神秘的一个名字。

作为他的高端迷妹，那些粉丝也不过仅仅知道他生于何年何月，目前居于上海，性取向正常。

他的声音低沉磁性、温柔细腻，声线干净而纯粹，声声直入心底，辨识度极高。所谓“君子端方，温润如玉”，恐怕就是为他而生的八个字。

他为人低调，大方内敛，从不在微博上透露个人信息，只发风景、美食，被粉丝戏称为“风景博主”“美食博主”。不过，粉丝还是从蛛丝马迹中发现，他们的大大是个闷骚男。

最难能可贵的是，他可能是古风圈唯一没有黑历史的大神。

这些特点，都让白石这个名字越发成为一种信仰，他的迷妹都虔诚地信仰着他。

林寂就是这群信徒之一。

唯一不同的，是她在自己的故事里塑造了一个白石。

而她不会知道，白石是时桥南在二次元世界的名字。

她在思考着该如何把这个故事编下去，他在思考着如何在不暴露身份的情况下把这个烫手山芋完好无损地送出去。

与其说这是一场与病魔的较量，倒不如说是一场斗智斗勇，可惜他们算好了开局，却谁也没能掌控住剧情的走向。

第一次治疗，时桥南建议两人先熟悉一下。这也是心理医生与普通医生的根本区别，后者只需要根据客观情况做出诊断和治疗即可，无关彼此间的关系建立，前者则需要与患者建立基本的信任关系，否则只能宣布治疗失败。

林寂点头表示理解：“我在电视上看过，之前言医生也跟我解释过这一点。”

“可是你并不容易信任他人。”时桥南轻声道。

“怎么说？”

“我看了师姐的记录和你们的治疗录像，你很真诚，可是大部分的谈话都不肯涉及你的内心，你更像是一个作者，在构建一个故事。”时桥南直视林寂的眼睛，想从其中探究一二。

不出他所料，林寂眼中闪过一丝诧异，听到他的分析，她眼中不自觉地堆上柔和的笑意。

她很坦然地承认这一点：“可能是因为我们还不熟。”

“可你不像那么慢热的人。”

“你也不像，你是慢热型吗？”

时桥南一怔。她看似平常的对话，让他产生了十二分的戒备。他笑了笑：“我是慢热型。”

“我知道。”林寂的语气波澜不惊，既不邀功，也不意外。

时桥南反而有些诧异了。

“你这个人温文尔雅，对什么人可能都很绅士，可越是像你这样滴水不漏的君子，越发与人相交淡如水，你朋友可能很多，可是真的至交应该很少。不过，一旦被你认可，那就是终身成就奖了。”

时桥南面上无动于衷，心却一点点收紧。他这是遇到一个久病成医的患者吗？

他微微笑起来，循循善诱：“你分析得头头是道，那么，能说说你对自己的认识吗？”

林寂靠回沙发上，不自觉地十指相抵，指尖向上，嘴角一弯，眼中流淌出几分不失礼貌的得意之色：“我？我是一个聪明人，想法天马行空，可以见人说人话、见鬼说鬼话。你知道的，按照西方星座学说，双子座是天生的骗子、天生的演员。可是我很偏执，自恋又偏执，所以我患病好像一下子就说得通了。”

时桥南注意着她的言行、语气、神色，略略点头。

她说得都对，她自信到了自恋的地步。从他第一次见她，他就知道她聪慧狡黠，像她这种人若是刻意作假，只怕很多人都会被她玩弄于股掌之间。也就是因为她这种善于人为控制的外在表现，实则才更反映出她对他人乃至整个世界的不信任。

她在提防什么？是什么让她这么缺乏安全感？

他静静地看着她，想从她灵魂的窗口里看透那里面埋藏的真实。

林寂被他看得不自在，可他认真的态度、温润的目光，让她莫名觉得熟识，在一刹那间她有些晃神，像是面前的不是一双写满审视的眼，而是一片微波荡漾的湖泊。

湖边有人，掬水成诗。

那一瞬间，万籁俱寂，湖水的反光雕刻出他的轮廓，一眼万年。

这所名为上海莱恩医院的精神专科医院，是由美国麦克莱恩医院和上海精神卫生中心联合投资创办的，主治医师——也是主要参股人——共有四人，除了主攻临床精神病学的时桥南和主攻心理学的言聆风，还有时桥南的两位师兄江箬、黎简昀。其中言聆风在自己家里办公，其余三人都按部就班地上下班。

医院面积并不大，仅有三栋楼——一栋四层的门诊楼，以及普通住院部、重型病患部，但因位于郊区，院外绿水环绕，内外植物繁茂，环境幽静怡人，创立没几年已经成为当地小有名气的精神疗养医院。

走出医院的门诊楼，林寂忍不住回头往四楼望去。

明亮的落地窗前，身高一米八左右的男人双手插在白大褂的口袋里，静静望着楼下。玻璃窗内挂着几盆清新的绿植，衬着男人俊朗柔和的脸，连日光都死在他的眼中，由刺目变得温柔。

她仰望着他，他俯视着她，他们静静凝望对方，宛如隔着天与地的距离。

她想起他的眼睛、他低沉磁性的声音，渐渐弯起嘴角，歪了歪头对他展露笑颜，挥挥手，直到看到他抬起手轻轻地挥了挥，才心满意足地转身离去。

回家的路上她一直在心中思量。这是一个极好极好的故事，比她最初构思的更有意思。

她原本想画的是一个患有精神分裂症的“声控”女孩装病接近目标，一点点设计让对方陷入自己的爱情之网，最终因为病情加重铸成大错。为此，她特意去找言聆风，目的不过是想冒充精神病患者亲身体会治疗过程，而现在，言聆风把她转交到时桥南手中……如果剧情按照这样发展，简直是个美丽的意外。

时桥南不是很帅很帅的人，但已经足够让女孩为之倾倒，何况他那举手投足间的绅士气质、那好听的声音和那双湖水般的眼睛……是个不可多得的原型。

回到家，责编文棋已在门口等候多时。看到文棋，林寂原本想第一时间把新作的一些新想法告诉她，没想到硬生生被文棋噎回去了。

一看到她，文棋劈头盖脸就是训斥：“手机又当装饰了吗？电话打了几十通，死活不肯接听，还以为你被拐去外星当奴隶了呢。”

两人相识多年，从林寂出道开始就是文棋担任编辑，两人工作上是黄金搭档，私下里也是闺密。林寂已然习惯了文棋火爆的性格，笑嘻嘻地敷衍：“我这是去采风，去找灵感。”

文棋喊了一声，跟着林寂进屋，口中念叨不休："手机随身携带，不是为了给你的包压重的呀，也不是为了让你当导航的，更不是为了让你看漫画、看八卦的，而是为了跟他人联系的！如果别人无法通过手机第一时间找到你，那么手机也会很委屈的，它这是守活寡啊！"

"是是是是是，您说得都对。"林寂随口应付她。

文棋张口要来长篇大论。林寂刚拿起杯子，看到文棋的架势，差点一口水把自己噎死，赶紧伸手阻止文棋，把回家路上的灵感告诉她。

文棋虽然看起来不靠谱，但人不可貌相，她确实是个专业技能满级的编辑。她张着口听完林寂的话，沉思良久，方道："前面的故事如果专业性太强，容易露怯，毕竟你不是专业人士，对心理治疗的很多内容都不了解，全凭想当然揣测。"

林寂点头："我知道。可是我要讲的是爱情故事，不是医患关系，所谓的行业不过是背景，我相信读者不会在乎那些，只要故事精彩，他们总会原谅我在竭尽全力基础上的无能为力。"

文棋冷笑："爱情故事？你知道自己被读者归类为恐怖漫画家吗？"

"哈？"林寂一脸问号，"我只是秉承把人性和精神上最好与最坏的东西挖掘出来而已。"

"可你笔下最好的东西只有百分之一，其余百分之九十九都是最坏的东西，而且那仅存的一点最好也总是在憧憬着最坏。"

林寂打了个哈哈，转移话题："你真该跟我一起去莱恩医院，那个新医生是我见过的有且仅有的两位最有感觉的男人之一。当然，他肯定不如我男神好，我男神那是地球上最后一抹白月光，是我心中仅存的一汪沉静湖水……"说到后面，已经开启花痴模式。

文棋一脸嫌弃："不敢在网上露脸，多半是个猥琐男。"

"人家那叫低调。"林寂瞪她，"没有一定的高度，怎么敢低调？"

"那叫㞞！跟我念，s-ong sóng。"

林寂看白痴似的看着文棋，懒得跟她继续争。

她并不认为白石会是一个完美男人，她一向认为人与人之间的关系是靠气场建立起来进而发展的，比如第一次见面，气场合的人会很快熟识起来，气场不合的人可能一辈子也无法成为朋友。她只是找到了最契合她气场的人，所以他才能成为她世界里的神。

打发走文棋，林寂先扫了一下白石的微博，毫无意外，常年玩失踪的白石第十二天没有出现。

林寂抱着笔记本坐在阳台吊椅上，听着白石独特的声音，呆滞良久，然后从旁边拿过手账本，写下日期，以及“白石，我是如此喜欢你，Day691”。想了想还是不够，她重新打开微博，将这句话输入私信对话框，回车。

私信箱里有一排蓝色框，随手翻上去，没有一条显示已读。

她叹了一口气，关掉微博，开始整理脚本。

这出戏比她原本设想的更精彩。她翻阅最初的剧情设定，从中寻找蛛丝马迹做伏笔开始新的剧情构思，想着想着，眼中不觉渐渐浮现出白石的形象。

他的形象一直模糊存在于她的心中，可是举手投足、一言一笑都像是暗合了易理命数，卡着节拍落在她的心头。

她幽幽地叹口气，这大概是上辈子欠的债吧。

第二次就诊是一个星期后，天公不作美，早晨天色阴沉，未几，忽然起风落下雨来。南方气候湿冷，冬日的雨失了温暖时节的缠绵，反而越发显得清冷晦暗。

林寂和时桥南坐在窗前的椅子里，陷入了沉默，只听到窗外雨打玻璃声来得肆意狂乱。

过了许久，时桥南缓缓开口：“这种情况多久了？”

林寂抬眼看了看他，目光不自觉地往旁边扫，苦涩一笑：“在言医生去旅行时，偶尔出现过一两次，但我并没有在意，倒是跟她提过我最近感觉不太好。不过最近一个月，次数好像在增加……”

林寂看着旁边：“一开始我以为是巧合——在你周围经常遇到一个人，这原本就很平常，不是吗？后来，却在我家里见到了他……他坐在阳台吊椅里，翻着我的书，忽然问我：‘你有多喜欢我？’我正在喝茶，惊得杯子都摔了。他又问了一遍：‘你喜欢我，有多喜欢我？’”

时桥南顺着她的目光望过去，那里除了沙发、椅子、茶几之外，空无一人，但林寂的眼神像在目睹一场天长地久。他微微皱了皱眉，却还是开口问：“你又看到他了？”

林寂的声音如梦似幻：“他……他就坐在那里。”

“哪里？”

林寂伸手指向时桥南常坐的沙发位置：“那儿，那边。”

她看了看时桥南，又看看“白石”，目光在两人之间来回几遍，忽然露出带着几分迷醉的笑：“他的脸形跟你有些像，但眼睛不同……你知道，人的眼睛是身上最传神的地方，你的精神状态、性格乃至某一瞬间的想法都可能通过眼睛传达出来。”

“有什么不同？”

她盯着时桥南的眼睛，时桥南有一双好看的眼睛。他以为她会说出凤眼、桃花眼、天生带笑、深沉如海之类的形容，但她看着他好一会儿，就在他以为她不会回答这个问题的时候，她突然浅浅一笑，开口了。

“你的眼睛像湖水，蓝天白云轻风下微微荡漾的湖水，温柔多情。你是个温柔的人，是个内在包罗万象却表面永远低调内敛的人，爱上你的人一定是爱上了你的灵魂，被你爱上的人一定是个有趣的人，因为你对感情很挑剔，你希望人生活得像首诗。”

像极了网络上随处可见的星座解读。

时桥南深深地吸了一口气，他想起来另一个病人，那个病人总是试图跟心理医生做朋友，试图分析对方的心理。这样的病人跟你掏心掏肺的时候是真心的，一旦发现你没有如斯回应就容易出现极端行为，他可是怕了这种病人。

他稳了稳心神，继续问：“那么，他呢？”

“他？”林寂望了他一眼，转过头去看着“白石”，“他的眼睛温和如春水，可又不是湖水，那里面……有一个世界，星辰大海。”

“……”

再继续仿佛没有意义了，林寂完全陷入了自己的意识里，偶尔跟“白石”简单交流。好像“白石”并不信任她，她的语气包含了深深的承诺。时桥南想起在言聆风家楼下见到她时的情景，如今想来，那时她恐怕也是在跟“白石”对话吧。他再三唤她，她始终无动于衷。她的世界里已经只剩下两个人，其他一切都沦为背景。

送走林寂，时桥南有些烦躁。

他之所以接收林寂，并不仅仅是因为言聆风的嘱托，更多的是因为这个案例足够特殊。钟情妄想症本来就不是常见的病症，而林寂的症状更是罕见。

然而，翻看病历，发现林寂钟情的对象是二次元的自己后，时桥南有些纠结。他对于疯狂的粉丝一直没有好感，甚至有些排斥，可为了这个稀有案例，他才忍着接了下来。

在他看来，林寂不过就是几十万疯狂迷妹之一，之所以对他情有独钟，无非因为在三次元尚未遇到真爱。人天生是孤独的，如果常年缺乏恋爱灌溉，一旦遇到一个有感觉的人，自然会想当然地为之痴狂——这一点从他的粉丝多是十几岁到二十多岁的少男少女就可以看出来。他们需要的不一定是他这个人，而他毫无疑问地给了他们一个成长中的心灵寄托。他们每个人心目中都有一个“白石”，每一个“白石”都是独一无二的。

可事情好像出乎他的意料，林寂的情况有些严重。

“时医生，你相信命运吗？”离开时林寂如是问。

时桥南坦言：“我信。”

林寂回以知己的一瞥：“我也信。我相信人的一生只注定了一个对的人，错过了就是错过了，可能你还可以岁月静好，但再也找不到命中注定的那种感觉。而我，何其幸运，在我漫漫求索的短暂人生里，竟然遇到了这个人。或许，或许我不应该继续治疗了……”

时桥南一时语塞。

你管得了别人的病，管不了别人的命。

何况这个精神病人说的话句句在理，他根本无从反驳。

可你面对的病人有病，和她是因你而病，这完全是两种情况。

“这他妈也是我的责任吗？”时桥南写着写着会诊记录，忽然啪地扔掉笔，“我没有让你喜欢我，你喜欢我问过我的意见吗？你心甘情愿，你甘之如饴，你深情似海……”时桥南忽然苦笑，这他妈搞得好像自己是个渣男。

他长长地吐了一口气，重新拿起笔。

他可能还是太善良了。

咚咚咚——

这时，突然传来敲门声。

时桥南深呼吸几次，恢复惯有的淡定温雅，温声道："请进。"

护士李曦拿着文件夹走进来："时医生，您该出发了。"

时桥南看了看墙上的挂钟，已经四点半了，离他跟林树约定的时间还差三十分钟。

想到要去面对另一个精神病患者，为精神病事业献身多年的时医生第一次有了抵触心理，他不情愿地合上文件夹："我知道了，你今天也早点回吧。"

李曦脸一红，应了一声，悄悄退出去，关门前忍不住抬眼偷偷瞄了时桥南一眼。今天的时桥南有些奇怪，她捉摸不透。

时桥南整理好文件包，穿上毛呢大衣，跟李曦道别，带着奔赴刑场的心情离开。

雨已经停了，云层逃也似的散去，只留下淡然的朵朵白云随风飘散，悠悠然好不自在。然而，十二月的天气，仍旧寒冷刺骨。时桥南是北方人，并不喜欢南方的气候，可历经数冬磨砺，如今他对上海冬日的湿冷也已经习以为常。

他开车离开医院，没走出多远就看到路边有人在发呆。这里是郊区，莱恩医院建在一座小山坡上，从医院大楼出来走十分钟就能到山下，坐公交就能往来于附近村镇和城区。大约是平时在院里见惯了四十五度仰角望着天空发呆的人，这时他原本也并不在意，但等到他超越那人，不经意间从后视镜里看到那个人时，他一个急刹车停了下来。

林寂已经离开一个小时了，却才走出百十米?

时桥南停车的地方就是公交车站，十分钟一班，几路车交叉，一般等几分钟就会有车到来。即便林寂倒霉，等上十分钟才等到车，这时候也该到家了。

但她完全没有离开的意思。

一辆公交车驶来，在车站略一停留再度驶走，她无动于衷。

时桥南想起她之前的表现，有些不放心，把车倒回来停在她面前。

林寂仍然没有反应。

时桥南用力按了几次喇叭。

鸣笛声惊天动地，林寂被吓了一跳，回头看到时桥南，愣了愣这才认出来人，嘴角一弯：“时医生？你下班了？”

时桥南失笑：“你是打算在这里站到天荒地老？才四点半，哪来的下班？你在干什么呢？这么冷的天，还不赶紧回家。”

“看天。”

这个答案让时桥南大跌眼镜，他探头看了看天。

云收雨住，天空澄澈如洗，白云悠悠，像一幅画卷从头顶缓缓划过。往日遇到这种天气，他也会特意跑去楼顶欣赏几分钟，拍几张照片，那些照片如今都好好地连同单反相机躺在他办公室里。

那也不至于看一个小时吧……

“这一个小时你不会一直都在这里……”时桥南顿了顿，终于忍住没把“犯病”两个字说出口，“发呆？”

“大自然可是有着无与伦比的艺术细胞！”林寂解释，说到后面倒先把自己逗笑了。

那也不如你的“艺术细胞”无与伦比，时桥南露出尴尬而不失礼貌的微笑。

艺术修行被打扰，林寂也失去了继续修炼成树的兴趣，踩在花阶上小步前行，边走边问：“时医生，你见过最深情的精神病是什么样子的？”

这个问题有些超出时桥南的预料。他慢慢开车跟上林寂，说：“我没有遇见过，倒是听我导师说起过，那些什么爱他就吃掉他之类的都是真实存在的，这类案例并不罕见，新闻中也有过不少报道。有个老剧《不要跟陌生人说话》看过吗？典型的因爱成魔。”

林寂认真地听着，心里盘算着回去应该把这部剧好好看一看，可能可以借鉴。

时桥南看她神色莫测，以为她又多想了，自觉失言，有些没趣。他急着去见林树，遂道：“你住哪儿？我送你吧。”想了想又道：“如果不顺路，我就只好送你去地铁站了，这一带不好打车——我跟人有约。”

林寂不好耽误他时间，本想拒绝他，可被他这一打岔，忽然意识到自己在这里待了太长时间，寒意入骨，感觉有些冷。于是，她不再客气，坐上副驾驶座，报了地址，竟然就在林树单位附近。

林寂上了车，时桥南这才问："你刚才到底在做什么？你可别吓我。你这样，我恐怕需要跟你家人谈一谈，讨论下是否接你入院治疗。"

林寂有些窘，这就尴尬了。

"我真的在看天啊。正常人看天就是文艺，换了精神病就是恐怖，这世界的双标真是无法置评。"林寂指着前方的天空，"你看，那朵云像不像一只狮子？那边那朵，像不像一条热带鱼？还有那边，那朵像不像空中之城？那朵像不像中国地图？"

这些证据还不够，她拿出手机翻出今天拍的照片，边滑动手机展示照片边说："你看你看，蘑菇云、狼图腾、龙吸水、骷髅旗、UFO……"

时桥南扫了几眼，果然看到手机里一张一张蓝天白云的照片划过。他看了林寂一眼："没想到你也爱好这个。"

林寂一愣，眼睛里有光芒一闪而过，随即转过头去看路边迅速向后掠去的山景："这是有生之年系列。希望有生之年看遍一切美好的风景，和有情人，做快乐事，不问是劫是缘。"

她的男神白石也是生活的有心人，她想靠着仅有的共同点维系一生的梦。

不用看，时桥南都能感受到她不自觉地弯起了嘴角，字里行间都透着甜。

他明白她在说什么，但他不想接话。他不是第一次接触脑残粉，他不想打击对方，毕竟他应该感激对方的厚爱，可他也无法回应，因为爱到恰好是天意，爱得太多是罪恶。他只是一个平凡人，他需要自己的生活和人生，没有人有资格以爱为名对他人进行道德绑架。

林寂最怕空气突然沉默。不知道别人感觉如何，反正对她而言，这种沉默要比冷战更尴尬。所以，她只好没话找话。

"你平时有什么爱好？"

"看书、看电影、喝茶、下棋，有时候跟朋友随便走走。"

"女朋友？"

“不，男朋友。”

“噢？”

“开玩笑的，其实就是基友。年过四十的油腻老男人，哪有女朋友？”

“不能吧……”林寂迅速看了他一眼，这个自称……原来男人都喜欢变老啊，下辈子让他们当女人好了。

时桥南回以微笑。

林寂只好继续尬聊。

“你都看什么书？”

“专业书、杂书、狄更斯。”

“忧来无方，窗外下雨，坐沙发，吃巧克力，读狄更斯。”[1]

“你也喜欢？”

“谁不喜欢呢？之前看到网上有人说，狄更斯幽默中带有暖色调。的确如此，他的故事结局总是给人的心灵带来暖意，壁炉篝火，烛光热茶，大家围在一起笑着说起往事，含泪畅谈未来。”

“是。我还以为现在的女孩子都喜欢小言呢。”

“我不是女孩子啊，我是小仙女。”

“……”

“不过我也喜欢小言，比如简·奥斯汀，这可能是我最喜欢的作家了。”

“是吗？比之狄更斯？”

“原因就是……她初恋未果后，终身未嫁。”

“……”

话题终结。

林寂只好继续问他看什么电影，听什么音乐，喜欢去哪儿玩。

时桥南的回答简短而保守。不管从医患关系，还是从偶像粉丝的角度，他都不希望二人有私人空间的交集和牵扯。他像一只野兽，时刻戒备

---

1 托尔斯泰语，原文为：“忧来无方，窗外下雨，坐沙发，吃巧克力，读狄更斯，心情又会好起来，和世界妥协。”

而警惕，生怕被对面的猎人识破伪装。

狭小的密闭空间里，几乎只有林寂的情绪如精灵般一点点跳跃。纵然尬聊，她也很快觉得自己跟他是熟人了，竟然像孩子一样雀跃，询问他时，不自觉地说一堆自己的事。

她是典型的双子座，精分严重，兴趣广泛，注意力转移极快，可惜栽在了一个声音上。

直到车子猛然停下，林寂下意识地愣了下：“到了？”

是的。

她跳下车子，弯腰对着时桥南挥手再见，笑得纯良无害、灿烂无比。

如果她不是对他满怀觊觎，他一定会喜欢她。

看着时桥南的车子驶远，林寂给林树打电话。之前林树给她打了好几通，她都没接，再不主动打回去，估计就没法收场了。

响了两声，林树就接起来了，开门见山地问：“林寂，你想清楚了？”

林寂呵呵呵呵敷衍地笑。

林树冷哼：“林寂，你胆儿挺肥啊，跟你妈吵架把她气哭就罢了，竟然敢挂你妈的电话？你是不打算姓林了，还是想改名叫林闹啊？”也不知是从哪里学来的，林树跟林寂说话从来是以“你妈”“你爸”做称呼，说得好像他们不是亲兄妹似的。

“哥……”

“别叫我哥。”林树打断她，“给你妈打电话道歉，立刻，马上！”

“我不。”林寂拒绝，“我跟她没法聊，我也没觉得我做错了。我给她解释，她听了吗？她哪怕听进去一句，然后跟我好好谈，也不会这样。”

“你……”

林寂把电话拿远一点，她知道林树要吼她了，没想到林树低声道：“我现在有事，回头再找你算账。”说完林树就挂了电话。

林寂拿着电话愣了愣，无奈地叹了口气。

她从小就跟母亲的关系不好，小时候她人小没能力，却会玩阳奉阴违，在师长面前收敛自己做乖乖女，一离开了大人的视线就会成为小魔女。渐渐长大，继而独立，她曾经压抑在心底的锋利和叛逆都翻涌上来，随性而为，我行我素，因而与母亲的关系也越来越紧张。

最近，她无法忍受母亲的催婚，终于告诉母亲自己是百分之九十九的单身主义者，仅存的那百分之一是留给男神的，如果男神不娶她，她就一个人放飞自我。

可是，这对于观念传统的母亲而言无异于大逆不道，因而两人爆发了前所未有的战争，母亲甚至说出要与她断绝关系的话。而她，也毫不客气地回以“如果这样你会开心，那么你想断绝关系就断吧”。

父亲作为和事佬，一如既往地两头劝慰，可惜这次收效甚微。

想必，这才惊动了林树吧。

林树比她大七岁，现任职于市检察院。从她记事开始，林树就开口闭口地教训她，大概她从会吃奶就在吃他的亏。

林树这次的确也想好好教训她的，但他看到部下带着他约的人进来，只好暂时放过林寂。

他站起来，招呼来人坐：“时医生，又要麻烦你了。”

时桥南笑了笑：“应该的。”

时桥南是市检合作已久的精神病医生。

林树手里有个案子的嫌疑人自称精神病，可是没有病历证明，只好请精神鉴定小组出面进行司法鉴定。

莱恩医院是市司法局审核登记的精神疾病司法鉴定医院，时桥南等人都拥有执业鉴定资格。一般来说，精神疾病司法鉴定都是由单一鉴定单位进行，但林树所在的小组专攻重要刑事案件，责任重大，更易引起争议，因而检察院多数情况下会让两三家鉴定机构派出代表组成鉴定小组进行鉴定。

其实，这个圈子就这么大，市里总共也没多少科院和机构，同科的医生即便不算熟识，相互之间也略有耳闻。

这次与时桥南合作的两位，一位是他导师的故交，他早已熟识，姓周名奕君，年逾花甲，慈眉善目，往往开口便带笑；另一位中年前辈斯斯文文，戴着金丝眼镜，头顶秃了大半，时桥南曾在沙龙上见过他一两次，知道对方姓阮，单名一个枞字。

这起案子说起来十分简单，却因当事人的身份小小地轰动了一下。死者是一位名叫苏澜的女作家，一年前离婚，独自带着两岁的儿子生活。案发前一周，其前夫黄一亭从幼儿园接走孩子，以此为要挟，逼迫苏澜与其复合，苏澜抢回孩子后威胁要报警，黄一亭恼羞成怒，捅了苏澜十几刀，其子目睹了整个过程。

黄一亭很快被批捕，却在开庭审理之前忽然以患精神病为由进行辩护，声称自己患有家族遗传性精神分裂症，外加他离婚后身患抑郁症，当时的行为绝非理智之下的行为。调查发现，黄家人的确多多少少都有些问题，黄一亭的姑奶奶从小就精神不正常，黄父则死于上吊自杀。

“这两个例子并不能代表黄家就有遗传性精神病。”时桥南看着钢化玻璃那边的黄一亭道。

林树十分赞同：“黄父自杀其实是因为利用联保贷款无法偿还，都知道钻银行空子捞钱了，我不太相信他精神不正常。倒是那位老太太，的确对我们很不利。”

“他一直都这样吗？”阮枞问。

审讯室里，黄一亭冷静沉着，不知道在想些什么。

林树摇摇头：“时好时坏，有时候十分兴奋，有时候很冷静。”

“我去跟他聊聊。”时桥南看向周奕君和阮枞。两人点点头，留在外面与林树一同观察里面的情况。

时桥南在黄一亭对面坐下：“你好，我是时桥南，是一名精神病医生。”

黄一亭转过头来，瞥了时桥南一眼：“他们都叫我黄一亭。”

时桥南眼神一深，随即微笑：“所以，你不叫黄一亭？那你能告诉我你叫什么吗？”

黄一亭似乎十分为难，又转过头去沉思了片刻，道：“我不知道。”

时桥南没有追问，静静等待黄一亭主动开口。

没多久，黄一亭慢慢转过头来望着时桥南，道：“我只想尽快结束这一世。”

“这一世？”时桥南回视黄一亭，用眼神鼓励他说下去。

“对。”黄一亭换了个坐姿，整个人不再紧绷，“我跟苏澜是宿世怨侣，像是有人故意设定了这样一个程序，而我们两个只是实验品。我们俩初见面的时候都觉得一定在哪里见过对方，控制不住地靠近彼此，可是我知道她要死在我手里七次……这就是第七次。”

“七次以后呢？”

“我不知道。所以，我要尽快结束这一世。我想把我们两个都救出去，不再在这个系统里循环。”

“你的意思是，其实我们所有人都是某个人的实验对象，甚至我们的本质都只是代码？”

“我不知道。”

“可是你刚才说……”

“我只是说我和苏澜。我只知道我们两个是一组代码、一组实验数据，你们其他人我不知道，你们可能也是，只是你们是NPC，我和苏澜才是游戏玩家，确切地说，是游戏玩家控制的角色。”

黄一亭是一个高级程序员，有自己的游戏开发公司。他能说出这番话倒不奇怪。

“你是说我们都是为了你们而存在的？可是我们都有自己的生活，在今天之前，我也一直存在，我甚至没有想过有一天会认识你。”

“你玩过网游吗？”黄一亭突然反问。

时桥南道：“玩过。”

黄一亭笑：“那你应该知道，每一个NPC也都有自己的角色故事，就算没有跟玩家产生交集，他们也一直存在。”

“那你觉得我存在的意义是什么？”

黄一亭洞悉一切地笑了笑：“你不知道吗？你应该知道的。虽然你只是个NPC，可是你有自己的思维和逻辑，你不需要别人帮你思考。”

时桥南无法反驳。虽然荒谬，但他说的也并非没有道理，对于每个人而言，其他人的确是他“游戏”里的NPC，定时出现在某个时间、地点，按程序设计发生某些事情。

他换了个方向寻找突破口：“那你这场游戏挺无聊的，无论审判结果是什么，你都会失去行动自由。”

黄一亭耸了耸肩：“我跟你的看法正好相反。现在是我人生的低谷，但我的未来有着无限可能。最关键的是，我的任务完成了，我在等待游戏玩家重新给我指令，让我进入下一个篇章。”

“如果你迟迟得不到指令呢？”

黄一亭用怜悯的眼神看着时桥南：“所以，你只是个NPC。”

时桥南失笑。但他敏锐地抓住了这个问题：“那你杀苏澜也是游戏玩家给你的指令？”

“是。”

“他是用什么方式给你传达指令的？”

“在我大脑里输入的。”

“在你大脑里？”

“是。”

“我没太理解。”

“我能看到我的大脑里有一个控制室，里面是一群纳米机器人在编写数据，现在我跟你说的话都是他们输入系统，再由我负责表达出来的。我和苏澜的事情，也是他们这样告诉我的。我必须杀掉苏澜七次，否则我就没法继续活下去了。一旦任务失败，我就会被遗弃。”

“可是，苏澜是条生命，是你孩子的母亲。”

“我知道。我一直都深爱着她，如果没有她，我也不会爱那个孩子，可是……”黄一亭顿了顿，“只有她死，我们才能永远在一起。”

黄一亭的逻辑条理清晰，毫无漏洞。这与他一周前的状态截然相反，一周前他就像打了鸡血，兴奋不已，渐渐发展成了狂躁。正是因此，林树才怀疑他病情的真实性。

然而，三位精神病医生此时都无法给出确切答复，他们决定再跟黄一亭接触一下，然后讨论结果。

不知不觉已到饭点，林树早就在单位附近的一家居酒屋订好了位子，好说歹说终于说服三人一起用餐。

吃完饭，已经九点多了，林树还想邀请三人去附近的慢摇酒吧坐坐，周奕君和阮枞强烈拒绝。周奕君忙着养生，要早早回家休养生息，阮枞则要赶回家跟他逃学的儿子进行政治谈话。林树只好跟时桥南前往。

小花园慢摇酒吧位于附近一条很不起眼的街上，洁净的落地窗、玻璃天棚搭起小花园的入口，配合着大大小小的灯光，像是有人偷来了王母划下的那道星河。走进去，右首边一棵粗壮的大树赫然入目，树后是楼梯，通往二楼，吧内装饰复古，花木丛生，甚至把中央舞台完全装饰成了一个花园，周围空间简单隔断，既能看到舞台又私密，特别适合不喜欢吵闹的朋友一起来玩，难怪会成为网红店。

二人拣了左侧靠里的一张桌子，刚坐下，民谣女歌手就抱着吉他上台了。场内掌声如鸣，口哨声、起哄声四起，显然在座有大半是熟客，跟台上的女歌手相熟。女歌手抱着吉他坐下，调试了几下音，没开唱，先用口哨吹了一首时桥南没听过的曲子。吹到后面，她拨弄着吉他，开始唱，嗓音略带沙哑，是时桥南心中最欣赏的那种历经沧桑的民谣感。

林树点完饮料将菜单递给服务员，说："这首歌妹妹以前没唱过。"

服务员认识林树，闻言笑道："是的，4 Non Blondes的*What's up*，还不错吧？"

"特别适合妹妹的嗓音。"林树由衷赞美。

二人点的都是鸡尾酒，边听歌边聊天，一开始无非案件相关内容，渐渐过渡到了私人生活。

两个人的相识其实比较戏剧化，林树的未婚妻曾是时桥南发小关铎的讲师，新毕业的女硕士带着少女的羞涩和老师的轻熟，成了一大票建筑设计系男生的梦中情人，关铎也是其中之一。可惜女老师早有青梅竹马，关铎原本不肯罢休，整天纠缠女老师，直到被林树让相熟的警察以跟踪尾随的罪名请到了局里。时桥南恰好回国去探望关铎，只得去局里救人，于是跟林树认识了。

后来时桥南拿到司法鉴定资格，第一次参与鉴定便是与林树的重逢。

说着说着，林树把林寂的事情搬了出来："我妹妹，我妈怀疑她心理有问题，二十七八岁了，不肯谈恋爱，仇视婚姻，关键是越长大越放飞自我，你说她是不是真的有什么心理障碍？"

时桥南失笑："这不是很正常吗？现在有几个年轻人想结婚？买房、

买车、养孩子，压力大得想自杀，一个人多好。”看到林树一提到妹妹就愁眉不展，他喝干杯中酒，招呼服务员续酒，继续道：“你不需要担心，遇到那个人了，由不得她不想。所有的单身主义，无非还没遇到对的人。”

林树摇摇头：“希望你说的是真的，不然我就把她绑来让你给她看看脑子。”

两人正说着，林树一抬眼就看到酒吧门打开，进来两个人，熟人。他的眉头立马拧了起来，林寂这小兔崽子竟然还敢往这儿跑？他想冲上去把她拎过来好好教育教育，但想到大庭广众之下实在不雅，于是深呼吸了一下平复情绪，两眼冒火，盯着林寂和文棋往楼上走。

林寂往场内扫了一眼，瞬间锁定了林树，看到他对面坐着一个人，这才放心，缩了缩肩膀，推着文棋迅速上楼。看来今晚回去后这顿骂是挨定了。

反正已经躲不掉，林寂干脆破罐子破摔，要先玩个痛快。她和文棋上了二楼，找了个安静的地方，要了两杯鸡尾酒，顺便要了点歌单。

刚坐下，文棋就咦了一声：“你男神发微博了。”

林寂的男神，除了白石，从来没有他人。

林寂的眼睛一下子就亮了：“我看看。”说着就打开了微博。

白石一如既往地贯彻统一方针——一张有着电线分割画面的蓝天白云照片，配文简洁明了：看天。

有什么不小心撞了一下心脏，林寂忽然想起下午那条漫长的山间公路上，她踩在花阶上，银灰色SUV里的男人温和地望着她，问她在做什么。头上有云缓缓掠过，她记得那时候有风吹来，她回头的那一瞬间，忽然想起了白石。

其实走在路上，或者坐在哪里看风景时，不经意回眸，她常常会有前世今生的感觉，仿佛回眸一眼，她能见到注定会一起走过天光、走向雪染白头的人。往往回首时，那里什么都没有，只有风，风忽然不知从哪里吹来，带着宿命的气息。风将她包裹住，她逃不开，也不想逃，她知道那是前世欠的情。

她点了“转发”，手指落在触屏键盘上，却久久没有下文。她不知道该说什么，一些情绪堵在胸口，她怔怔看着原微博里的“白石”两个字，忽然鼻头一酸，几乎落下泪来。

他与她正看着同一片天，呼吸着同一片空气，吹着同一片风，不知是否有着同样的情绪。她很想知道他看天时是否有人陪在他身边——那人扬起脸静静望着他，眼睛清澈如许，只容得下一个他。那时候一定有风吹过，风扬起她的秀发，轻抚过他的脸，她眨了一下眼，沧海桑田在那短短时间里变换，她笑起来，因为看到树在、山在、大地在、岁月在、他在，万物安好。

那样的他一定很幸福。

与一个恰好的人，过着恰好的生活。

她应该祝福他才是。可为什么一想到他属于别的什么人，她就难过不已？

她不喜欢这样的自己，她努力安慰自己，劝说自己，尽量让自己平静下来，接受这个可怕又美好的现实。

许久，许久，楼下一曲终了，有人再度点了妹妹新学的歌，4 Non Blondes的*What's up*，很快传来妹妹略带沧桑沙哑的嗓音。

林寂终于动了，她苦笑一声，输入文字：天也在看你，哪里来的小可爱呀？点击“转发”。

随后她发了一条原创微博：情不敢至深，恐大梦一场。

短短十个字，道尽心酸。

看她终于收起手机，文棋这才一脸无奈地看着她，说：“我觉得你这样不行，要不要帮你介绍个男朋友？”

林寂那说不上来的情绪被她这话搞得一扫而空。

“哈？”林寂一脸问号地反问，“你自己的问题都没解决，却来担心我？有好男人先留给你自己吧。”

文棋耸耸肩：“我好解决，我要求不高，看对眼就行。”

“你知道吗，多少人只敢说条件合适即可，在经历一次次相亲和恋爱失败后，看对眼已经成了很高的要求。”

“总比你痴人说梦强。”

林寂苦笑，自我调侃：“现实太寂寞，只好梦里猥琐。”

第 二 话

风起时

小花园离林树单位不远，很快来了不少林树的同事和熟人，林树端着酒跟他们一桌桌打招呼，有几个跟时桥南认识的也坐过来跟时桥南聊天。

林树单位里少有的几朵花也凑在人群里嬉笑着，最干练、最巾帼不让须眉的是陆云嘉。陆云嘉已经喝高了，大咧咧地坐到时桥南旁边，揽着他的肩膀，毫无女人的自觉，分明是一个男人婆。她神神秘秘地问："小时啊，姐问你，有女朋友了吗？"

时桥南摇摇头："没有。"

陆云嘉恨铁不成钢地剜了他一眼，又问："林树有个妹妹，宝贝得跟什么似的，知道的知道那是他妹妹，不知道的还以为是他闺女呢。他有跟你提过吗？"

时桥南已经明白她的意思，有些哭笑不得："他跟我提过，好像挺令人头疼的。"

陆云嘉杏眼一瞪，拍案而起："谁说的？"

一桌子人都被她吓到了。

她意识到自己的失态，连忙坐下，凑在时桥南耳边小声循循善诱："我跟你说啊，小时，林妹妹可是个好孩子，小孩子嘛，总是会叛逆一点的，等结了婚有了娃就好了。不成人不懂事，你懂吗？"

时桥南也不知她是问他懂事与否还是懂这个道理不，默默点头附和，俨然接受教育的好少年。他知道林树的妹妹比林树小七岁，今年应该二十八岁了，在陆云嘉口中却依然是孩子，他特想问陆云嘉知不知道他其实也不过三十岁。但看着陆云嘉醉态毕现、自顾自地侃侃而谈的样子，他觉得还是不提为妙，遂收敛情绪，耐心倾听陆云嘉的醉言醉语和八卦数落。

在这样闹哄哄的时间里，午夜早早抵达，时桥南跟林树等人道别，林树正好要接电话，两人一前一后走出酒吧。陆云嘉还想拉住时桥南继续喝，但他明天还有工作，最近接的歌曲也都没录，实在不能再待下去，坚持告别。

时桥南的车停在林树单位门口，走路过去需要十几分钟。时桥南跟林树道别，独自前往。夜深人静，街上车辆寥寥，红灯下只停了一辆私家车和一个人。时桥南看着偌大的十字路口，只有自己孤零零地等待红灯变绿——期冀根本不可能发生交通意外的午夜街道更加安全，他忽然觉得有些寂寞。

他的父母是很开明的人，从来不会逼迫他做什么，对于而立之年的他，他们的态度是纵容的。眼看着同龄人一个接一个结婚生子，父母并没有对他有只言片语的不满和催促。他庆幸拥有这样的父母，才让他成为这样的人，现世安稳，岁月静好，知足常乐。

他并不是单身主义者，他也曾经倾覆一腔热情追求某人，最终被委婉而坚决地拒绝；他也曾享受被人追逐，可是当对方将爱情摊在他面前请他接纳并回应时，他忽然觉得没有意思；他自然也曾与人花前月下，但过后回首竟记不起当时是风太缠绵还是爱得纯粹才情生意动。他知道自己爱过，只是离开后彼此各自照常生活，不觉得生命里缺少了什么，那是爱情，却不是命运。

经历的人和事越多，越觉得应该找一个恰好的人，谈一场恰好的恋爱，过上恰好的生活。与其说是情投意合，他更相信那是宿命。他只是比那些急于投入热恋、走进婚姻的人拥有更多的耐心，他知道她会来，所以他等。可你要问他在等谁，他也不知道，他只知道冥冥之中有个人会在某天、某时、某刻、某个地点与他相遇，从此命运的齿轮完美扣合，开始转动。

此时此刻，午夜来临，她并没有出现，时桥南站在十字路口，忽然开始了多愁善感。直到红灯再度亮起，唯一陪伴他的那辆车早已毫不留恋地绝尘而去，他忽然清醒过来。

他想到那个精神病粉丝。自己怕是被她传染了吧？否则怎么会如此胡思乱想？

时桥南有些喝多了，被风一吹，醉意上来，坐进车里时微微有些头痛。

他叫了代驾，在等待代驾的时间里，百无聊赖，他打开微博扫了一遍热门。下午发的微博下已经有了数千条评论和转发，他手指滑动，随意扫视着评论，忍不住笑起来。这些孩子一如既往地对他进行诸多调侃，虽然隔着屏幕，他仍然感到温暖，好像自己置身于友谊的海洋，海洋上空春意盎然。

忽然，他眼睛扫到什么，手不自觉地一顿，缓缓滑动页面退回到前面，在几十条评论里，一个名字赫然入目：林寂Sylvia。

他愣怔了几秒钟，点开她的微博，黄V认证的微博，下面写着“非著名漫画家，作品《木兰花开必有鬼》《东风恶》”的认证内容。往下翻，最新一条微博发在几个小时前，紧跟在转发他最新微博的后面。

“情不敢至深，恐大梦一场。”

时桥南轻声念了两遍，心情复杂。

再看她前面的微博，有一半的时间都在转发他的微博；其余时候偶尔会发两句一看就是针对他的话语诗词，或者风景、小物图片，图片上都带有他常用的鹿角角标；间或是话题为“白石De日记”的Q版人物漫画，自然是以他为主角。他记得这些漫画，只不过艾特他的频率不高，他对作者印象不深。他进入话题页，看到全部的漫画，有一大半他没有看到过，应该是淹没在艾特他的茫茫人海里了。那些漫画短小却暖心，个个都脑洞大开，他不禁莞尔。

他想起林寂下午在医院的诊治，想起她可以呆呆地看天一个小时，想起她的症状。

他并不想涉足一个粉丝的三次元，也不想让粉丝涉足自己的三次元，最好把一切二次元的美好都留在二次元，离开网络，他们都是陌生人。可林寂似乎无法做到，她构建了一个世界，世界里有一个他。他从那些漫画里看到了一个活生生的人，那是他，又不是他，他渐渐明白，那个女孩不是活在妄想里，她是活在她心目中的故事里。

下午因这件事产生的烦躁，或许是因为酒精的作用，此时渐渐融化成了一种惋惜和歉意。

我不杀伯仁，伯仁却因我而死。

他虽无意，毕竟导致了她的悲剧。

回去的路上，时桥南心内五味杂陈，他漫无目的地看着窗外，冬日灰色的夜晚毫无生机，好像一眼望得到头的人生。就在这样飘然而过的景致里，他忽然瞥见一个熟悉的身影。

时桥南的目光落在她身上。不知发生了什么事，林寂正快步行走，边走边哭边擦眼泪，后面跟着一个穿着干练的女生。他顺着她们的来路看去，只看到小花园的门开了又合上，并没看清是什么人进去。

时桥南觉得没意思，靠在后座上闭眼小憩。未几，他终究还是拿起手机给林寂发了一条微信消息。

"你没事吧？"

林寂直到到家才看到这条消息。

时桥南离开后，林寂和文棋也准备回去，一出小花园的门，正好撞见刚打完电话的林树。兄妹见面宛如仇人相见，奈何这对仇人并非势均力敌，分明是耗子见了猫。耗子林寂转身想跑，却被老猫林树一把拎了回来。

林树冷笑："林寂，你跑什么，你哥能咬你啊？"

林寂瞪着林树，不甘示弱："能！"

林树被气乐了，松开林寂，点火抽烟，慢条斯理地打量着林寂。

林寂只好坚定地低下头，死都不打算看他。

只听林树笑道："我跟你的账还没算呢，正好，我们来算算。"

林寂用脚尖碾着地："哥，时候不早了，你明天不用上班吗？"

林树凑近林寂，喷了她一脸烟圈："清醒一下。我上不上班，你这账都得算。你跟你妈是怎么说的？'如果这样你会开心，那么你想断绝关系就断吧？'"

林寂被呛得直咳，听到林树复述自己的话，猛然抬起头："你怎么不问问她怎么说的？我结不结婚，丢她什么脸了？养个女儿，是给她挣脸用的吗？考虑过我的感受吗？"

林树闷声抽烟，并不作答。他了解母亲，母亲一生要强，将所有心血倾注在儿女身上，无非希望他们成龙成凤。她自己屈从于命运，空有一腔热血和梦想，便把希望寄托在了儿女身上，想要从儿女这里找回她逝去的辉煌，于是儿女就成了她炫耀的资本。这并不罕见，那一代人多数带有这样的观念，这也无可厚非，只是母亲的不幸不止于此，更不幸的是她遇到了一个将自由视为生命的女儿。

这个女儿厌恶甚至痛恨一切管束。小时候，她自己想做一件事，听见母亲命令她去做这件事，她会立马拒绝继续。渐渐长大独立，她这种性格开始变本加厉，她不是不了解母亲的苦心，可惜她们就像是上辈子的仇人，谁都没有耐心跟对方好好沟通。

他知道林寂能接受自己管束的根本原因，无非他只是训斥她，却会听她的那些不着调的道理，只要她不做出格的事情、不将自己置于危险中，他从不干涉她的自由。

林寂与哥哥想到了同样的事情，想着想着，眼中烟雨迷蒙。

她万分委屈："凭什么啊？我的人生，凭什么要听她摆弄？要说管，哥，你比我大那么多，还一个人呢，她怎么不管？她也有不敢的时候？是不是我也得跟你一样，她才能不作声？"

"林寂。"林树的脸色一变，低声唤林寂，平淡的语气中分明透着威胁。

"难道我说错了吗？"面对信任的人，林寂所有的伪装都会卸下，越想越难过，"你的事她不敢管，就拿我开刀，你也助纣为虐，你想管我的时候，麻烦你好好想想你自己。她要跟我断绝关系，我认了，你要的话，我也认。我跟你说过，我这辈子，除非他来娶我，不然我就一个人，我都想好了……所以，要骂要打您随意，其他我概不接受。”说完见林树没反应，她咬咬牙转身走了。

文棋原本想劝，看这架势，根本没法劝，只好对林树尴尬地笑了笑，追着林寂而去。她听到林树在后面说，“麻烦你了。”连忙回头表示没关系，紧追慢赶着离去。

林树站在路上看着林寂飞快地远去，心里有些堵。林寂哪壶不开提哪壶的毛病看来是改不掉了，自己或许也不应该一味要求她跟母亲道歉，或许更应该好好劝劝母亲。眼看着林寂转过路口，他才叹了一口气，重新拉开门进入。

林寂其实知道自己有错，可她现在心里更多的是委屈。他们这一代人与父母那代人的观念相差甚多，父母视儿女为自己终身的任务，而她则认为儿女长大成人，父母就该功成身退，好好享受自己的人生了，父母没有义务也没资格干涉儿女的人身自由，儿女更不应该把自己人生的任务和重责加之于父母。她感觉到时代的悲哀，也为自己的无能为力感到绝望。

坐在阳台的秋千椅上，她埋头痛哭。

文棋早已被她打发走，家里没有开灯，看着黑魆魆的房间，她对人生产生了深深的怀疑。

她打开手机的音乐APP，也就在这时她看到了时桥南的消息，她想到那双温柔的眼和那神似白石的声音，心里有些东西忽然破冰，她回复：“时医生，你说人这一生到底是为了什么？”

时桥南正下车，看到林寂的消息，他愣了一下。

人这一生到底是为了什么？

很多人曾问过这个问题，大多数人问过后就回归生活，一日三餐，朝朝暮暮。这或许是人生在世一个永恒的话题，然则无解，一千个人就有一千种答案。他也想过很多次，最终的答案随着年龄增长和阅历丰富而渐渐清晰。

他边走边打字，最后在楼下小广场的长椅上坐下，鬼使神差地回复了一大段：“每次看到负面新闻，震惊气愤之余恨不得自己能立刻身怀绝技替天行道，比如它有一个长长的望远镜，我便掏出一把比它更长的利刃，刺瞎它猥琐的眼，斩断它龌龊的头。然而冷静之后，袭来的便是深深的无力感。无力的是虽然不乏会有正义来审判，但通常情况下我们只能以一个围观者的姿态去面对这些接踵而来的人间黑洞，唾骂之后便是遗忘。[1]这个世界总是这样，所以，有时候恨不得十大酷刑重新采用，更多时候也只能是看过后产生深深的绝望，人性这个东西渐渐远去，好像诞生得更多的是罪恶。可是，我们还是需要在那茫茫黑暗中寻找仅存的一丝光芒、一线希望、一点良善，或许这才是活着的根本意义。”

又想了想，他问：“发生什么事了吗？”

那一大段话打开了林寂对人生思考的橱柜，里面装着的是她对现实、对人生的认识，这样的话语在夜深人静她扪心自问时说过很多遍，她的故事往往也是因为这些龌龊和黑暗而诞生的隐晦。她刻画的每个恶人都带有一点星光，她相信这世上没有彻头彻尾的恶，而她就是想要寻找黑暗中的微光。她忽然遇见了知己，这个知己没有回答她最想知道的问题，却给了她一个更深的指引。

她用语音消息把自己的事情大概说了一下，难掩哽咽。她像抓住了一根救命稻草，这根稻草是她名副其实的精神医生，更是她精神上不可替代的依赖。

最后，她说：“难道只有屈从于现实，才叫幸福吗？有人跟你说大家都在走这一条路，你也应该走，可是大家都走的路就是对的吗？从小老师就说适合自己的才是最好的，怎么长大之后，那些曾经教导你的大人却突然变了卦？”

时桥南静静地听着她的告白，她音色很好，像一场烟雨缠绵柔美，轻轻诉说时带有淡淡的寂寥感。他想到今晚自己在十字路口想的问题，闭上眼倾听夜风过耳，久久无言。

直到酒意都被风吹散，他方才在文字框里输入：“幸福如人饮水，冷

1　不做多余解释，这段话来自男神@慕寒mio 于2017年11月24日发布的微博内容。

暖自知。有人追名逐利，有人沉浸于家庭的小温馨，有人放逐自我，有人崇尚自由，谁也不能说他们之间谁活得不幸福。追求吾之所求，拥有吾之欢喜，足于吾之所得，就是最大的幸福，不必在乎他人。”

他不知道那一头的林寂，正沉浸在白石的声音里恍恍惚惚，看着这段话，各种情绪压抑在心头的她泪如雨下。

她在那一瞬有些恍惚，仿佛听到白石在耳边如是言语。

这一晚林寂睡得特别好，一夜无梦。林寂的情绪来得快，去得也快，第二天醒来，她发现自己已经睡在床上，窗帘没拉上，阳光透进来，晴空万里。她看着窗外湛蓝的天，心情跟天气如出一辙。

昨晚她睡在秋千椅上，必然是林树不放心过来看她，把她抱进房的。餐桌上的早餐证明了她这一推想。林树在旁边留下了便笺，向她致歉并让她不要难过，说他会去劝慰母亲。这让林寂的心情好上加好。

愉快地吃完早饭，她先去了文棋所在的Master D杂志社，跟文棋及其主管开完创作会，她的新作《恋声系》就正式敲定了。

接下来的一周，林寂的生活忙碌而充实，每天蹲在工作室里专注于创作，真正是两耳不闻窗外事。她好像已经忘了在深夜追问人生意义的事情，自然也不记得自己在白石的声音里泣不成声，她只是习惯性地打开音乐，单曲循环着几个月前白石发布的歌曲《朝暮》。

助理许攸、程瑜也在开完创作会后正式回归。林寂跟国内大部分漫画家不同，她病态地热衷于手绘，而非电脑创作。她的工作室就在自己家里，里面除了三人的工位，堆满了稀奇古怪的东西，欧美复古物件、东方建筑模型、古代刀剑、蒸汽朋克模型，甚至还有很多不知从哪儿淘来的号称某些原始部落的装饰品、图腾等……手绘创作比之电脑绘画要辛苦得多，好在跟林寂一起工作乐趣也多。林寂工作时并不会自动隔绝周围的一切，她会随时因为自己的脑洞而爆笑，甚至将其延展成一整部喜剧，给工作增添了很多色彩。

直到就诊日前一天，她看着日历，忽然意识到自己还是个精神病患者。她不得不考虑明天的剧本是什么，不过还没等她把剧本构思成熟，时桥南就发来消息取消了明天的见面。

苏澜案初审开庭就在明天，时桥南作为精神鉴定医生需要出庭做证。他这段时间忙得不可开交，要准备论文为明年夏天的一个国际会议换取门票，还要参与他在美国的导师麦肯恩先生的研究项目，此外手里还压着十几首歌曲没录，临床治疗反而成了一种休闲娱乐。

苏澜案的精神鉴定进行得并不顺利。三个人第一次产生了分歧，周奕君与时桥南一致认为嫌疑犯黄一亭属于精神失常，但阮枞坚持称对方没有精神问题。最终检控无奈，找了另一组鉴定人员，结果为没有精神问题。黄一亭的家人并不信服，申请了第三组鉴定，结果为精神失常。

关于黄一亭的精神问题一下子陷入了争议中，最终双方达成协议，由三位确认精神病的医生和三位确认没病的医生分别上庭做证，最终决定听天由命。自然，他们都知道，无论结果如何，败诉的一方都必然会上诉。

林寂忽然松了一口气，翻了翻自己准备的资料，目光落在“意象对话”四个字上，于是问：“时医生，你尝试过意象对话吗？我在想，如果在意象对话中满足自己的心愿，是不是走出来会更容易一些？”

经过这段时间的治疗，林寂的确开始怀疑自己真的有心理问题，这个治疗一则是她想用在漫画中，亲身体验一番更有话语权，二则是真的想看看对自己有何影响。

“时医生，如果可以的话，下次我们能尝试一下吗？”

时桥南的确曾在两个病人身上尝试过，不过他们的病症跟林寂不同，一个是抑郁症，一个是焦虑症，他没有把握这种治疗对林寂有用，但还是如实作答。他说：“意象对话一般是针对存有心结的患者，比如抑郁症、焦虑症，你现在这种情况我不建议。你本身已经出现了幻觉，如果贸然进行意象对话，可能会扰乱你的精神，让你更难分清真假虚实。”

“我这难道不算心结吗？所有的偏执都来源于心魔，不是吗？”林寂不肯放弃。

时桥南回：“让我跟我的老师讨论下再说吧。”

意象对话是这几年国内比较流行的一种心理治疗方式，利用催眠技术进行意向引导让患者产生清醒的梦，从而帮忙他们走出心理症结。这种治疗方法依靠的是患者的想象，所以对于精神分裂症患者并不适用。精神分裂症患者具有丰富的想象力，本身就难以分清现实与虚幻，若进行意象对话，反而容易导致情况失控。妄想症自然尤其不适合。

时桥南本想拒绝，但心念一动，鬼使神差地给林寂留了余地，说完他就后悔了。挂断电话，他看着手机，有些哭笑不得。没办法，他只好拨通了远在波士顿的导师迪伦·麦肯恩先生的电话。

麦肯恩先生对这个案子很感兴趣，听完基本介绍，他笑道："我也遇到过这类患者，最好的治疗方案就是让她与她所钟情的人结婚。"

这好像很难办到啊。

麦肯恩先生继续道："他们并没有恶意，也不会对钟情对象之外的人造成困扰，他们只是困在自己的爱情里。我们都需要爱情。不过，你这个患者的症状更像是单相思妄想，你要多多留意她，如果她承受不住自己的感情了，可能会做出一些侵犯对方隐私的事情，那就会构成犯罪了。"

时桥南自然想到了这一点，他看着桌子上的病例，脑海里一片空白。

半个月倏忽而逝，再见面，是连续阴雨天中不足为奇的一日。

林寂起床后，喝了一大杯黑咖啡才真正清醒过来。昨天白天飘了一天毛毛雨，晚上却风急雨骤，她让助理早早回家，自己坐在阳台上听着音乐望着窗外，心潮起伏。她坐到后半夜，上床后却躺在床上翻来覆去难以成眠。

她放弃了，拿出电话，反复看着白石的微博和私信箱，看着那一片蓝框内的信息，没有一条显示"已读"。她烦躁地关掉手机，不到一分钟却再度拿起来，最终她鬼使神差地翻出了时桥南的微信，看着他大段大段的回复，有些难以释怀。

她将自己的感受写进输入框中，写了删，删了写，一遍一遍修改措辞，像个情窦初开的少女面对自己喜欢的男生时一样小心翼翼，紧张又谨慎。

最后修改一遍后，她带着赴死的决心闭着眼发送出去。许久她才敢再看手机，生怕自己一冲动就撤回。

手机没有动静。

也是，凌晨两点钟，时医生应该已经睡了。

林寂忽然就后悔了。

有些星座分析说双子座是人前没心没肺、人后独自舔伤，她一直觉得挺有道理的。她不喜欢把自己的隐私暴露给他人，熟人她都存有底线，不熟的人就更加严重。她知道这是因为她对人缺少安全感和信任。

她第一次意识到这个问题是跟第一任男友在一起时。那个人对她千般好万般好，体贴疼爱，事无巨细都会先她一步替她想到做到，朋友和家人都以为生活常识约等于零的林寂一定会幸福地跟他生活在一起。那时候林寂也这么想。

林寂在十六岁时自认为顿悟人生，宣布成为单身主义者，二十岁时却对自己这一信念产生了怀疑，觉得自己走在一条不归路上，恰好那个人对她展开猛烈追求，她就彻底放任了人生，打算跟他这样白头到老。然而，跟他躺在一张床上，她充满了不安全感。他抱着她的时候，她心里一点甜蜜感都没有，取而代之的是漫无边际的虚无和警惕，好像他随时都会张开血盆巨口将她吞噬。她一夜一夜地做噩梦，一次一次惊醒，这才意识到自己的问题所在，她把原因归结为她不爱他。她思考了整整一个月，然后花了半个小时谈分手，迅速地将其拉黑，让自己的人生彻底翻篇。

她忽然就轻松了，像是终于脱出牢笼，心里卸下一大块石头，她几乎喜极而泣。

这之后她刻意注意自己的心理状况，发现自己对一切都充满了怀疑。

一如昨夜，她面对着失去撤销时效的信息，欲哭无泪，后悔到怀疑人生。

好在早晨时桥南看到后，并没有什么强烈反应，只是淡淡地公式化回复：“下午我们可以谈谈这件事。”

她开始化妆、挑衣服准备出门，精力井喷而出，她快活得像一只要出门撒欢的宠物狗。可真坐上前往莱恩医院的地铁，她又一下子陷入了紧张不安中，她不知道这种紧张源于何处，只是整个人都被一种莫名的忐忑包围，她看着报站灯一盏一盏熄灭，好像看着自己正走进黑暗越来越重的隧道。下车后，在车门闭合的前一秒，她差点冲回车里。最后一点理智牵引着她坐上前往莱恩医院的公交车，走进医院大门，进入电梯，按下“4”，她像经历了一场战争。

直到真正站在时桥南面前，她才意识到，自己害怕的不是面对他，而是从他眼里看到对她哪怕一丝一毫的同情和怜悯。幸好，时桥南只是微笑着邀请她坐，给她端来热水，主动跟她说话，从天气开始，到天气结束，把过去半个月的天气做了一次流水账式的分析。她的情绪这才渐渐缓和下来。

时桥南自然看出了这一点，开始看似随意地把话题深入到生活中，渐渐提到旅行。

他习惯性地抛砖引玉："前年冬天我跟朋友去云南待了十天，印象最深的是泸沽湖，真是跟油画一样美。"

林寂叹了一口气："去年我跟朋友去过云南，我们到了之后找的当地团，可是导游安排时把我们忘了，我们的计划就被打乱了，泸沽湖之行因而夭折，其实那趟云南之行，我最想去的就是大理和泸沽湖。"

"为什么？很多女孩都想去丽江和香格里拉。"

"因为我喜欢水吧。洱海不需要滤镜就很小清新，泸沽湖……我总忍不住想……白石曾在哪条船上路过这个湖，他曾在水边迎着风走过，曾站在船头张开双臂，湖风满怀……"她说到后面声音渐渐低下来，好像回忆起她只在脑海里见过的画面。

时桥南没有打断她，他有些震惊。当时，他与朋友的确曾划船游湖，他确实站在船头张开双臂迎风而立，当然，结果并不美好，他被关铎推入湖中，腊月的湖水缺乏诗意，他被冻得直打哆嗦，然后把关铎也拖入水中，一行人一个拉一个，最后通通落水。当他们回到码头，码头管理员看疯子一样看着他们。

时桥南收回思绪，又是一愣。

林寂正呆呆地望着他。或许她只是透过他看着另一个人？

但她的眼睛清晰地聚焦在他的脸上。

林寂的脑海中有那么一瞬的空白。

有人说眼睛是心灵之窗，是真是假从来无法验证，她只是痴迷一样容易恋上美丽的眼睛。时桥南的眼睛像湖水，是她想象中赛里木湖的样子，青天白日下泛着微澜，盛满不可言说的岁月过往，太多太多的故事沉淀下来，不一定要历经沧海桑田方能洗尽铅华，只是因为灵魂达到了那样的境地，从一开始就通透动人，将前尘往事通通包容其间。

她忍不住抚上他的脸，痴迷般喃喃："白石……"如梦似幻。

他的心不由一颤，有那么一瞬，他仿佛看到雪山历经阴霾后忽然云开见日，冰雪消融，涓涓而流。

他语气平和："跟我说说昨晚的事吧。"

昨晚，在她于阳台独坐的半夜里，窗外正下着雨，江南的雨丝毫没有气势磅礴之感，淅淅沥沥的雨声飘在风中，一抬头就能看到阳台玻璃窗上一张张哭花了的脸。

她轻声诉说，并没有察觉时桥南悄悄打开了音乐，是林寂最近一直单曲循环的《朝暮》。歌声绕过时光，在她的脑海里牵引着她倒退了十几个小时。

那里有人饱含深情地望着她，湖水般的眼睛里蓄满温柔。

他从风雨中走来，滴水未沾衣。雨水如注，在他脚下飞珠溅玉，那些珠玉反射出柔和的光，让人恰好能从黑夜里分辨出他。

他渐渐走近，脚踏进水中的声音和雨声渐渐被他的声音淹没，她看清了他的脸、他的眼、他不加掩饰的温柔浅笑。

他的声音缓慢而暧昧，她像是看到了那温柔的唇饱含深情地翕动，一张一合间，将情动撩拨。

他的声音化作一双厚重的手掌，轻抚过她的脸、她的眼、她的唇。她从玻璃的光影里看到他抚过的地方泛起微光，她清楚地感觉到烧灼感从他的指尖传来，一路蔓延全身，像正在酝酿一场盛大的火山喷发，有火花碰撞飞溅在空气中，她知道那是命运在传递爱的信息。

是谁说爱情是一种感觉？爱情是一件看得见、摸得着的礼物啊！天上落的雨、飘的雪，与你一起走过的风景、看过的云，哪怕每一个风起的瞬间，那都是爱情啊。如果不是因为爱，怎么会看到生命的色彩？

白石必然是赞同她的，他看着她，看着她，渐渐笑了起来，跟她想象中一样温柔淡然。

她的眼泪一下子就出来了。

她的心怦怦直跳，带动全身的血液沸腾，几乎要把她瘦小的身体爆破。

她舔了舔干燥的唇，在想象中感受着来自电波里的温润。

他化作一个滚烫的怀抱，将她紧紧拥抱住。

他缠绕着她，将她从内到外带向天堂。

后来他是怎么离开的，她是怎么清醒的，她并不记得。她看着他站立过的地方，看着映照着他的影子的玻璃，看着玻璃里困惑又幸福的自己，看着看着，她就笑了。

时桥南看着入戏的林寂，愣怔良久，问："这样的情况多吗？"刚才的谈话他刻意将林寂带回昨晚的情境里，甚至为了重现昨日，不惜加了一些催眠引导。他需要确切地掌握她的症状，才能对症治疗。

林寂没有回答，雨声打磨着白石的声音，磁性的声线越发带上时间的痕迹，在房间里回荡之后游走进她的耳中，诉说着一生的故事。她还沉浸在昨夜里，不知是重新入梦，还是她就是从梦里走来始终未醒。

她望着时桥南，又像是透过时桥南望着另一个灵魂，她的眼睛泛上微光，星星点点中似乎打开了一扇神秘大门。她的灵魂跟着那些光芒前行，她看到有人遥遥对她招手，用她熟识的声音说："你来了。"不是问句，是简单的陈述，好像他早已知道她会来，因而在此等候多年。

窗外的雨怎么就忽然飘入屋内，在她眼前拉起烟雨迷离？她困惑不解。

她捧住那人的脸，用目光一遍一遍拓印，每一份拓本都小心收进心底最深处，悄悄上锁。

她担心时间太长，变数太多，沧海随时换桑田，她无法陪他到老。可她又担心时间太短，一夜白首，不够在漫长轮回的孤寂里一遍遍体味。

她想要留住他，想要把往后无数个人生都献给他，把自己变成他手中的祭品，对她虔诚的主教不离不弃。

她吻上他的唇，他的唇似想象中柔软，带着他特有的温柔缠绵。

她闭上眼，泪如雨注，这一天她已等了太久太久。

时桥南愣在了原地。

被病人调戏并不是第一次，只是这一次让他不知所措。

他推开林寂，用力摇晃着她的身体，唤着她的名字想要叫醒她。

而她无动于衷。

时桥南忽然想起影视剧中常出现的被摄魂的人，如果真的有这种现象存在，那么林寂就是最好的证据。

他看着她，想做到无动于衷，却不能够。他清楚自己的身份，哪怕他面前的是个十恶不赦的浑蛋，他也得尽其所能。

她也看着他，却又不是在看着他。她的目光涣散失焦，她的表情幸福得太用力以至于有了一丝麻木的气息，她的灵魂不知游离在何处。

时桥南叹息一声，狠狠地给了她一记耳光："林寂，你听得到我说话吗？林寂，回答我。"

但她并没有清醒过来，只是整个人忽然看起来那么悲伤。

时桥南意识到那是她的理智在挣扎，她意识到了什么，却又不愿意承认。他无可奈何，只好端起茶几上凉透了的水，泼了她一头一脸。

那天的治疗没有进行到最后，林寂惊醒以后，夺门而出。她恨不得插翅逃出这所医院，可是电梯停在三层迟迟不肯上升，她望着指示灯上那鲜红的数字，像是望着自己的灵魂正处于红莲地狱的炙烤中。

林寂转身看到时桥南追出来，便迅速地钻进了旁边的楼梯里，却被时桥南一把拉住。

狭窄的楼梯间瞬间成了牢房，不，与其说是牢房，林寂感觉更像是精神病房，四面的墙壁包围着她，一点点向中间聚拢，她无处可遁，又无人可求。她心跳如擂鼓，呼吸渐渐急促，惊慌失措，她想叫，可最后一点理智扼杀了她的冲动，她祈求般望着时桥南，却不知是求他拯救自己，还是求他放过自己。

时桥南静静地看着她，见多了精神病，他仿佛早已麻木，无法再在他们发病时表现出焦虑急切。他声音平静，却带有镇定作用："林寂，深呼吸……对，深呼吸……再来一次……好，继续……"

等到林寂终于冷静下来，他松开她的手，说："穿上外套。"

林寂这才注意他早已穿上毛呢大衣，手中拿着她的大衣。他手一抖，大衣在他手中自然垂落，林寂的心跟着他的动作一抖，仿佛展现在眼前的不是一件衣服，而是前尘过往。他侧了一下头示意她穿上，林寂的反应仍旧有些缓慢，却乖乖照办。

看着她系好扣子，时桥南递过她的棉质围巾和帆布包。他不再理会她，率先迈下台阶：“我送你。”

林寂在听，却没有懂，只是机械地跟在他后面下楼。

一路无言。

直到站在医院楼门口，看着楼外的雨漫无目的地飞落，时桥南方才开口：“我不喜欢下雨。下雨的时候，人总是容易胡思乱想，也格外容易酝酿悲伤，多少犯罪和悲剧都发生在雨中。但不是你不喜欢，天就不会再落雨，我们只是需要适应，然后接纳它。”

医院大厅里有几个病人静静伫立窗前，不知想起了曾几何时的过往，抑或被强行塞入脑海中的曾经。走廊里一位护士推着阿尔兹海默症的老人走来，护士轻声细语，老人一脸迷惑地反问：“下雨？程真早晨上班时没有带伞，我得去给他送伞。”护士耐心地点头应声：“是是是，我已经让人去了。”说得跟真的一样。老人满意地笑了，审视而得意地看着护士，似在用表情诉说这个敌人派来的间谍最终折服在了自己手中。

时桥南从护士手中拿过伞，撑起伞邀请林寂一同出门。他看了林寂一眼，继续：“林寂，你在逃避。你在逃避我，还是在逃避你自己？我承认我不是你，无法与你感同身受，也无法说我真的理解你。但人生是你的，生活是你的，这条命也是你的，你若自己不珍惜，没有人会可惜。你从来不肯打开你的心，我也不知道给你开的药你吃了多少，但你的症状已经越来越严重，我需要你对自己负责。”

车站已经近在眼前，远处一辆公交车恰好驶来，时桥南忽然停了下来，林寂却浑然未觉，穿越雨帘走入公交车的遮雨棚下。

时桥南看着她，心头有些堵，更多的却是恼怒。他呼吸着雨中湿润的空气，把那怒火渐渐浇灭。然后，他说：“林寂，我一直在这里，我等你回来。”

公交车已经到来，林寂没有听到一般，头也不回地上车，找好座位坐下，却忽然泪如泉涌。

她一向自诩聪慧，一直自负可以掌控局势，但眼睁睁地看着形势失控，她才如梦初醒，原来病的从来不是故事里的人，自始至终都是她。

可解药只有一个人有，她能怎么办？

她看着他微博中的一张图就可以想象出他一天的生活，她透过冰冷的文字就能读懂他的心情。她在每一个夜深人静的时刻为他的声音迷醉，他一开口，她连呼吸都要停止了，他一开口，她连命都可以交付。

她也想面对，可你让她去面对谁呢？

没有人。

她试了很多种办法，她为他画过画，为他写过歌，为他发过数不清的邮件，为他进行了千百次的祈祷。她透过每一个认识的人，想去结识他，她利用一切可能利用的渠道，想要与他成为“哪怕仅仅是朋友”的朋友。她知道他在这座城市，她抛弃辛苦置办的家居，千里迢迢地奔赴上海，只因为这里有他的气息。她想，或许离他近一点，她就能听到他的心跳声，她内心的呼喊就会传递到他耳中。或许离他近一点，她恐惧不安的心就会回归宁静，只是没想到等来的是山呼海啸。

想一想，六百多个日日夜夜，她从未做出理智之外的事情。

她喜欢他，她痴迷他，她恨不得掏出一颗心来，把他的名字刻在心头。

她想很理智地喜欢他，她坚持了很久，最终还是无法做到。

这段时间她整夜整夜地失眠，可还是精神百倍地为他画画，她以为自己撑不下去的，却变得越来越健康。

她知道，身体上的健康，反而越发证明心理上的不健康。

如果不是时桥南，她永远都不敢把这句话放在脑海里播映。

一棵棵向后远去的树上披着冷色调的水质皮衣，枝丫上仅存的几片黄叶可怜兮兮地缀着随时会坠落摔得粉身碎骨的水珠，漫山遍野的灰色因云层落下的薄纱帷幕越发显得色调暗淡，毫无生气。

这是冬日的正常画面，也是林寂心底那片荒原的真实还原。

她坐在靠窗的位子上，拼命流着泪，生怕一停下就感受不到活着的气息，只有哭泣才能证明她还是一个活生生的人，拥有悲欢喜乐、爱恨情仇。

车上人不多，仅存的几位乘客好奇地窥探着她。一对头发花白的老夫妻并排而坐，妻子看着林寂与时桥南分别、上车，穷尽一生获得的睿智让她好似一眼就看懂了其中的故事，她同情地看了看林寂，几不可闻地叹息一声。身边的老伴儿立马心领神会，轻轻拍了拍掌心中的手，夫妻二人羞涩地相视而笑。

这一切林寂自然不知道，她与他们同处一室，却不在同一个世界。此时此刻，她的世界里是漫天漫地的雨，从天之涯到海之角，无休无止。

她病了。她早该知道的，从时隔多年突如其来的痴迷，她就该知道她不是陷落，而是病了。她并不排斥因白石而病，她也不觉得这有什么不好，只是理智与情感的割裂让她觉得自己被骗了，被那个看似潇洒的如风一般的女子骗了。可她能把她怎么样？她是她某种时刻、某种信念、某种理智的化身，难道让她对自己开刀吗？

多少年来，她从不觉得自己的生活信念有任何错误，她知道自己的思想不完美，自己也不会是什么百分百的人。人无完人。她相信人生需要快乐至上，只要在道德与法律允许的范围内，你可以竭尽所能地享受你可以享受的人生，她做事一向是开心就好。

文棋曾说林寂很伟大，多少含了几分戏谑。林树是可以冷冷静静地讲道理讲得你哑口无言的人；文棋是不善讲道理但善于用感情征服的人，可以噼里啪啦地展开感情攻势；而林寂是真正的"神人"，她厉害起来道理都不讲，我开心我愿意我最大，你不要跟我讲道理，我就是道理。然而，她并不是无理取闹，她总是可以把她的道理说得别人一愣一愣的，让人觉得好有道理，无法反驳。她并不觉得这有问题，毕竟人生如人饮水冷暖自知，你可以给她讲道理，却无法给她做出选择，人生幸福与否，只有当事人知道，她没杀人没放火，她只想以自己喜欢的方式过一生，仅此而已。

在她二十八年的人生里，这是第二次对自己产生怀疑。第一次便是第一次恋爱时，她怀疑自己的单身主义正确与否，因而随随便便把自己交付于那个人。而这一次，她对自己的整个人生、整个人生观都产生了怀疑。

她拉开玻璃窗，寒风卷着雨丝打在脸上，雨水冲刷了泪水，决堤的感觉酣畅淋漓。她靠在窗边，闭上眼，任由思绪从脑海抽离，徒留一片空白。

公交车走走停停，陆续有人上车下车，洞开的车窗引起乘客的些许不快，但对于闭着眼一副生无可恋的林寂，他们竟然都意外地选择了包容。生不易，死不易，懂得生活艰难的人，往往更容易宽恕。

公交车最后一次停靠，车里已经只剩林寂一人。售票员阿姨看到林寂仍旧没有下车的意思，过去推醒她："姑娘，终点站到了，下车吧。"

林寂愣怔地睁开眼，四顾茫然，这才意识到自己恍恍惚惚中忘了下车。她道了歉，赶紧下车，走出停车场却发现这是一个陌生的地方。

林寂的记性很好，到过的地方虽然记不住地名，但总会有印象，而手机地图的使用让她成了一个对地理方位一无所知的伪路痴。这里她没有丝毫印象，是个全然未知的所在。

她打开手机想要查看方位，看到屏幕上满满的都是文棋发来的消息，无一不是在吐槽某位漫画家大大。若是在平时，林寂那颗八卦的心必然蠢蠢欲动，可现在她对一切都提不起兴趣。

林树打来了两通电话，估计因为她没接，又发消息让她看到后回电。

母亲也发了几条消息询问她天气如何、工作忙否，让她注意添加衣物，客套而疏离。

自从上次争吵之后，两人的关系就变得十分官方。她仍会不定时往家里打电话，母亲仍旧会时常关怀她的衣食住行，但两人都清楚彼此心怀芥蒂。她们像是收拾好心情出席一场记者会，礼貌而友好，甚至会配合气氛地展露微笑、开怀欢呼，然而只有她们自己知道她们时时刻刻如履薄冰。她们小心翼翼地维系着母女亲密关系的假象，谁都不敢过多试探对方的底线，生怕命悬一线的美好梦幻般灰飞烟灭。好像只要这个假象在，她们之间的分歧和争吵就不值一提。

林寂不记得从何时起她与母亲的关系变得像外交。小时候的林寂乖巧懂事，聪慧而多才多艺的她从来都是母亲炫耀的资本，虽然她有一些小执拗、小脾气，但母亲并没放在心上，毕竟这个女儿始终在她的掌控中。然而，随着年龄的增长，林寂那些曾经让母亲引以为傲的独立、果敢、大胆都成了她忤逆母亲的装备，用母亲的话说就是，她翅膀硬了，飞出了母亲搭建的巢穴。

林寂是很早熟的孩子，十五六岁的年纪，在同学们偷偷摸摸搞地下情时，她对爱情没有开窍，却早早地洞悉了人生的真谛。她发现母亲这一代人把自己的人生奉献给了孩子，把梦想和希望寄托在了孩子身上，那些他们当年错过的梦想，他们希望有朝一日孩子们能帮他们采摘回来。顺着这个思路往上推，一代一代的父母都在最好的年纪结婚生子，其中大部分人都把自己的人生奉献给了家庭和孩子，特别是女性，他们或者说她们把自己未竟的梦强加于子女身上，一代一代堆积下来……那么，孩子自己的梦该怎么办？林寂被这个想法吓了一跳，自此开始审视自身，意识到自己最想要的或许不是找一个爱的人结婚生子从此岁月安好，她想要的是梦想，哪怕结婚，她也要找一个灵魂伴侣，山高水长。为此，哪怕穷尽一生的孤单，她也在所不惜。寂寞是一种心灵感受，一个人过一生并不一定寂寞，当你的心灵孤独终老，哪怕身处最热闹的人群中，你也会感到寂寥。

她曾试着跟母亲谈论这个话题，但母亲认为她还是小孩子，等她长大了就懂了。多少次，多少父母在面对孩子奇怪的想法时会给予这样的答案？他们以为小孩子不会思考人生，小孩子是没有思想的，他们不知道小孩子最纯粹的心灵往往最容易洞彻世事。林寂一开始是接受大人的说法的，毕竟她正处于一个多愁善感的年纪。然而，十余年过去了，林寂的想法从未改变。她看着曾经与她志同道合的朋友一个个妥协于生活，如今会感叹当年的年少无知，会惊叹林寂还有这么天真的想法，通通不复往昔。只有林寂，只有林寂还站在十六岁那年冬天风雪交加的路口，看着自己整个人生冻结在那时那地的灵光一现里。

她有时候会想，自己为何会这么执着？她也会试着接受世俗的人生，可是她做不到。她的确是偏执狂，如果让她像母亲希望的一样找个合适的人谈情说爱，了此一生，她宁愿从未出生过。

她一直在寻找，可她到底要找什么？在白石之前，她不知道；在白石之后，她知道她找到了。她要找的不是传奇，而是一种感觉，一种命中注定的感觉，一种梦想成真的意外感。她从来没有这么宿命论过，但当她迷恋上白石的那刻起，她从未如此相信命运。

从公交车总站到家，林寂走了两个多小时。她没有叫出租车，也没有找人来接，而是步行游荡着回家的。

天已经黑了，华灯初上，街头水汽氤氲，地面一片明晃晃。林树和文棋正站在楼下，林树正闷头抽烟，文棋不知说了句什么，林树疑惑而不满地抬起头瞪过去："你说什么？"

就在这时，文棋率先看到了林寂，惊叫着跑过来："天哪，你怎么回事？被人抢劫了吗？怎么搞成这样？"

虽然雨不大，但两个小时足够林寂变成落汤鸡。林寂这才发现自己已经浑身湿透。她的大脑却仍处于断片中，看到文棋，她扯了扯嘴角，终究没能笑出来。她苦涩地叫了一声文棋的名字，任由文棋揽着她。

看到林树，林寂忽然万分委屈：“哥……”

林树似有千言万语，终究是摇了摇头，把烟捻灭在垃圾桶上：“回家再说。”

等到回家洗了个热水澡，换上干净的家居服，林寂这才清醒过来，询问两人怎么会在楼下。

林树已经冲好了热咖啡，端给二人：“上次过来，钥匙忘了带走。给你打电话怎么不回？还有，你的新作品是怎么回事？”

林寂啊了一声，瞥向文棋。文棋冲她吐了吐舌头，想必是等她时闲聊不小心透露的。林寂耸耸肩：“就那么回事呗。”

“我知道你喜欢那个什么歌手，你以他为原型我也不说什么，但你去看心理医生……是真的吗？”林树又开始“审犯人”。

林寂抱着杯子闷头喝咖啡，黑咖啡就是有这点好，苦涩醇厚得让人只想埋头于这一件事，心里堵着千头万绪也没心情理会。杯子是她从田子坊的一个小店里淘来的，陶瓷杯，纹理粗糙，带着原始的气息——她喜欢一切复古的东西。

林树盯着她，不追问，也不打算放弃。

文棋见状想缓和气氛，转移话题道：“我推荐一家新发现的咖……啡……其实也不怎么好喝……”说到后面看到林树瞥了一眼自己，她迅速偃旗息鼓，什么姐妹情谊都不及保命重要。

咖啡终于见了底，林寂不得不回归现实，面对终将要面对的难题。她放下杯子，说：“是。为了更真实地还原一个精神病、一个单相思的偏执狂，我装病去找了心理医生，希望能从对方那里获取第一手的专业资料。”

“你知道有种方式叫作采访吗？”林树问。

“知道。”

“那你装病看医生是几个意思？”林树继续问，“你知道人一旦钻了牛角尖，就容易越走越远，最后没病也有病了吗？”林树是有案例支撑这一观点的，但他没马上就说，他想听一听这个想法总是天马行空的妹妹的说辞。

“我……”林寂顿了顿，“我觉得哪怕是同样的一种病，落实到不同的人身上，由于每个人的生长环境、教育水平、价值观、阅历有所不同，所呈现出来的症状也会不尽相同。在不考虑泄露病人隐私是否道德的前提下，我可以从医生那里获取我想要的专业知识甚至各种案例，但那是别的故事，不是我想要呈现的故事，里面很可能都不会存在我想要表达的东西，甚至跟我想要表达的东西相悖。我查过资料，我想要表现的这种症状从来没有过，这可能是广大网络用户，不，是广大“声控”同胞中普遍存在的一种症状……但据我所知，大部分“声控”的孩子也都能够分清二次元、三次元，知道他们听到的声音与自己的生活是两个世界，但是我……我要描绘的故事是介乎于二次元、三次元中间却无法自由切换的。我……我的女主角……她对现实与虚拟两个世界的区分很弱，她觉得遇见就是遇见，不存在媒介的问题。你在图书馆遇见一个人，难道就会因此在银行相遇而视而不见？你在书里看到的人，你会在脑海里浮现他所处的时空背景，天气如何，风从哪边吹来，扬起他大衣的衣角几分高，他过马路时会先看哪边、先迈哪只脚，他戴着什么样的手套、围着什么样的围巾，走路时如何两手插兜或者聚拢在嘴边呵气……”

林寂一口气说完这些，忽然停下来看着林树，直到刚才的话在空气中渐渐消散，见林树没有开口，她才道：“你看过的故事，并不一定存在，但他到了你的脑海里，他成了你的记忆。在你的大脑里，那个故事是一个世界，存在于你脑海里某片大脑皮层的某个细胞里。那里有个世界，他是虚拟的，也是真实存在的。我的故事就是一个虚构的世界，但我希望赋予他最真实的灵魂，所以我伪装成故事的主角，去感受她的感受，想要揣测她的言行举止、她的喜怒哀乐。我想要造一个梦，一个让所有‘声控’看了都觉得可以理解又不可理喻的梦，一个可能没有人会懂但总有人会想走进的梦。这有错吗？我是以此为生的呀。”

林寂说得句句在理，林树一时无法反驳。他把准备好教育妹妹的案例锁回脑海里，他不想给妹妹泼冷水。哪怕她想要摘天上的星星，即便做不到又无法提供帮助，他也应该支持她，不是吗？谁让他比她早出生七年，他们血脉相连，他是她在这世上唯一可以无条件信任和依赖的哥哥。

他不知道的是，林寂最后的那番话，与其是在说她的故事，不如说是在说她自己。她是以此为生的，只是不是在说画漫画，而是在说这个故事。

第三话

夕阳、远海和风

我们常常会这样：当事情发展到一定阶段，当时间缓慢推移到了一定的坐标，我们纵观全局，才会意识到当时当地所发生的事情有何意义，当事人所说的话、所表现的神态举止，就像是蝴蝶效应，会对往后的事态发展产生怎样举足轻重的影响。

当很久以后，林寂、时桥南甚至林树和文棋回忆起这一天，他们或许才会懂这一天是多么重要。这是故事的开始，又是故事的结束。

然而，那时候的林寂能想到的只是尴尬。为了掩饰这份尴尬，她强迫自己全神贯注于工作，不去想任何跟时桥南有关的东西，故意忙得不可开交。直到Master D放假，文棋约她喝了年前的最后一顿酒，奔赴老家接受父母的催婚指令，许攸、程瑜也各自与亲人团聚共享天伦，林寂才意识到自上次一别，已是半个月。她看着台历上醒目标注的春节假日，恍如隔世，此去经年恐怕就是这种感觉吧。

半个月来她第一次打开微信，一条条消息几乎挤爆了她的微信。她一条一条刷过去，看心情随机回复，直到看到一周前时桥南发来的消息。

“你今天失约了。”显然是想要她解释失约的原因。

几个小时后，没等到回复的他好像忽然懂了她失约的原因。

“你不需要介意，该介意的人是我才对。我遇到过很多这样分不清现实与虚幻的情况，所以不会介意这些。只要你自己想治疗，其他的只要相信我就好。或许你不会明白，但我比任何人都希望你痊愈，我会尽我所能帮助你。”

仅此两条。

这已经是时桥南所能做出的最大让步。对于林寂，他自始至终心怀忐忑，如今更是心怀愧疚。他说林寂对自己有所隐瞒，但他对她又何曾坦诚相待？诚然，一个医生无须对病人透露什么隐私，但他之于她毕竟是不同的存在。

上次送走林寂，时桥南站在细雨中的车站，许久许久。雨丝溅落伞上的声音刺激着他的鼓膜，屏退了一切杂念，让他能更投入地思忖这一切。沿着来路往回走时，刚才的冷静一下子如同泄了气的气球，他想着在办公室里的情况，想着林寂慌乱不安的眼神，想着初见林寂时她眼中自信的狡黠，他一下子不知道该把自己摆在一个医生的位置上，还是一个被爱慕者的位置上。

幸而这件事只是他忙碌日程中的两个小时，他被苏澜案和更多事务牵绊住了手脚，只好自欺欺人地将其放到下一次就诊时再思考。

苏澜案很快就宣判了，凶手黄一亭最终以患精神病免责，却被宣判关入精神病院，直到主治医师时桥南确诊他可以出院。然而，黄一亭在入院第二天就惹了不小的麻烦：跟另一个病人因为一个座位大打出手。时桥南只得紧急将黄一亭关入单间，时刻派人盯住他。而这件事刺激了好几个病人，此后几天里，院中时常出现斗殴事件，好像姗姗来迟的除了一年一度法定热闹欢腾的辞旧迎新，还有躁动不安。

年前最后两周，莱恩医院异常忙碌，今年轮到时桥南的师兄江箬值班，但时桥南回家的行程被一再耽误，直到除夕当天才得以脱身。从上海飞乌鲁木齐转伊宁，当他踏出伊宁机场时已是深夜十点多。一走出机场大厅，十个小时旅程的疲惫感瞬间被零下十几度的气温冻醒了，他呼吸着异常清新的家乡空气，所有的烦恼都抛诸云外。

虽然母亲一再坚持让父亲来接他，但他还是拒绝了。身为独子，他远在千里之外，不能承欢膝下已是不孝。一年中最重要的节日，他没有帮助父亲贴春联，没能陪着母亲购置年货，甚至连除夕夜也是半夜才归来，他自己都无法原谅自己身为儿子的失职。他知道此时父母正守着一桌子菜，心急如焚地看着一年不如一年的春晚，心思却完全在门外。

时桥南叫了一辆出租车，随着车子打表数字不断滚动，他大有近乡情更怯之感。司机师傅有一搭没一搭地跟他说话，询问他为什么一个人回家过年，听到他说还没女朋友，便劝慰他这个年纪也该找个女朋友了。继而不知怎么就突然提出让他唱首歌，时桥南直接蒙了，好像间谍身份暴露，自己赤身裸体地暴露于光天化日之下。他尴尬不已，看到师傅这么坚持，只好委曲求全地询问他想听什么。

然而，就在这时，时桥南终于看到了司机师傅耳朵上挂的蓝牙耳机——师傅一直在打电话。时桥南内心凌乱不已，只好迅速拿起手机，装作自己也在跟人语音聊天。他的余光瞥见司机师傅一脸疑惑，恐怕内心也在惊骇，这深更半夜出来接活儿，可别拉了一个精神病。

两个人在相互猜忌中相互较劲儿，明明都心虚担忧，却都不露声色。直到车子停在时桥南家楼下，时桥南打开车门下车时听到司机师傅长长地舒了一口气，他真是哭笑不得。

电梯停下，他一只脚刚迈出电梯，自家的门就开了，母亲笑逐颜开地将他迎进去，在他进屋的时间里，母亲把积攒了许久的关怀一股脑倒了出来，几乎有些手足无措。幸得父亲抽空从厨房里探出头来阻止了母亲，这出闹剧才结束。

这顿迟来的团圆饭吃得其乐融融，将近收尾，父亲与时桥南对饮开怀，语重心长地道："桥南，你的事情我和你妈都没过问过，我们觉得儿子长大了，有自己的想法，有自己的抱负和担当，我们做父母的不求助你一臂之力，但求不拖你后腿。不过，我们的年纪渐渐大了，有些事情，希望你也多多体谅。事业对于男人是很重要，但是呢，你已经三十岁了。三十而立，不管你是怎么想的，希望你都能跟我们好好谈谈。"

时桥南放下筷子，恭恭敬敬地听着，他看看父亲，再看看母亲，二老的确日渐苍老，岁月的痕迹在他们的身上日渐清晰。母亲看着他笑，慈爱中多了几分狡黠，他顿时明白了，看来二位是有备而来。他想了想，说：“你们相信我，我不是什么单身主义者，也不是因为对同性感兴趣，我只是还没遇到那个人。只要遇到了，我一定第一时间告知二位大人。”

母亲看到他沉思，突然就一脸委屈，听到他说自己不是同性恋，这才松了一口气。时桥南好像忽然懂了，他一直都知道母亲有关注自己的微博，也时常翻看微博评论，他不敢想象母亲在自己的微博里打开了怎样一个新世界的大门，虽然她从来没有说什么，但他知道母亲毕竟还是有些担心抱不到孙子。

想到这儿，他有些哭笑不得：“你们真的不要多想，我没有什么特别的想法，只是不想将就，想找我生命里注定的最重要的那个人而已。”

“可如果你一直找不到呢？”母亲再度紧张起来。

“那就一直找。”

“但你不出去，整天守在医院里，怎么找？你以为她会主动送上门来吗？你当你要找的是快递，还是外卖啊！”母亲说。

时桥南扶额：“我真的没有整天窝在医院里，我不时会参加聚会，也会三不五时地跟朋友出去玩啊，可是……”他一脸为难。

母亲和父亲都盯着他，屏住呼吸。

“如果我真的喜欢同性呢？”

父亲默默地放下了筷子，凝神沉思。母亲不善隐藏情绪，惊讶得真是眼珠子都要掉下来，她张了好几次口，嘴唇哆哆嗦嗦了许久，却没能说出一个字。

还是父亲沉着，他思索着道：“如果是这样，那我们会很失望，毕竟那就抱不到孙子了。可是，这是你的人生，既然是你的选择，我们即便不能支持你，也会尽可能地理解你。请原谅，作为父母，我们理应无条件地站在你背后成为你的后盾，但我们还没开放到能接受……这种事……”

时桥南原本只是想逗逗母亲，没想到引来这么大的反应，更没想到一向严肃的父亲会说出这番话。他收敛笑意，道：“我只是开玩笑，我真的是直的。但我还是非常开心能听到这番话，爸爸，不是所有父母都能接受这件事。”

母亲对此仍然存疑：“真的？”

“真的。”时桥南斩钉截铁，他有些怀疑自己这个玩笑是否会给母亲留下阴影了。

母亲这才放下心来，夹起一块红烧肉放到时桥南碗里：“那你要好好保重身体。”

时桥南看着母亲意味深长的眼神，瞥了一眼淡定的父亲，只好装作没听懂其中的深意，拼命点头。

吃过饭，已近午夜，父母各自给亲朋好友打电话拜年，继而就回房休息了。时桥南独自坐在客厅沙发上，看着电视里将近尾声的春晚，一个个回复拜年信息。

窗外，远远近近的鞭炮声此起彼伏，烟花不时腾空而起，炸裂夜空，流光四溢，这边唱罢那边唱，好不热闹。

他走到窗前，抓拍了几十次，终于拍到一张满意的照片，将其发在微博上，配文：新年快乐。

他点开消息栏，看到一条条新年祝福如蹦豆子般往上跳，忍不住莞尔。他随意地滑动页面，偶尔随机点开一条聊表谢意。大部分粉丝都把他这里当成了年终总结，回顾过去，展望未来，祝福他早日脱离单身狗种族进化成人。更有甚者，从十年前他出道之日起回忆往昔，大有“忆往昔峥嵘岁月稠，还看今朝”的架势。他们风格各异，却都言辞真切，在这样一个寒冷冬夜里，就着窗外的喧嚣和时光在人间唯一一次明明白白地交汇，读来格外暖心。

忽然，他看到一条新的消息，发消息人：林寂Sylvia。

时桥南的手一顿，原本随机要打开这条消息的动作便停止了。他不知该不该打开，特别是看到消息数目大得惊人。这像是一个潘多拉盒子，没有人知道里面贮藏的是什么，他怕他打开之后看到的不是他想看的，更害怕他看到的是他最最害怕看到的。他仿佛早已知道了她会发来什么内容，他不知道自己到底想不想看。

这时，忽然一条微信消息提示弹出来。

“林寂：时医生，新年快乐，年后见。”

时桥南忍不住微笑，不管如何，林寂至少认可了自己当时说的话，也默认了会继续回来治疗。不知从何时起，时桥南迫切地想要医治好林寂，不是因为责任，也不是因为亏欠，只是简单地希望。

他打开微信，迅速地输入文字，简单回复：“新年快乐。年后见。”

林寂看着这寥寥数语，心忽然静了下来。

回家之后，按照惯例，她与林树拜访了几位长辈，谁知他们无一不在关心二人的终身大事，林寂只得礼貌微笑，不反驳不附和，心里却难过得很。这些人或许不知道，他们面前的这对兄妹可能会就这样相伴到老了，林树的爱情早就死了，而林寂的爱情从未活过。

她这一天心乱如麻，随着辞旧迎新的钟声响起，她心里荒芜一片，越发难过。夜深人静的时刻本就容易引发多愁善感，而团圆之夜更容易增添寂寥。

楼下有人喊：“下雪啦。”

来得真及时。

她站在阳台上望着小小的雪花款款飘落，鼻头一酸，眼泪涌上来。她不想让父母看到这些，不，她不想让任何人看到自己的脆弱，她飞快地回到房间，埋首于枕头上，无声哭泣。

“林寂。”

忽然，听到有人叫她的名字，她唰地抬起头。

从小到大，林寂时常会听到一个女孩叫她。那个女孩总是站在车辆川流不息的街对面或者与她隔着闹哄哄的人群，她喊林寂的声音不大，可是在那一刹那，她不大不小的声音恰好盖过了一切喧嚣稳稳地传入林寂耳中。那时候的林寂往往情绪波动剧烈，或悲或喜，或恼或怒。

有人说每个人都有一个隐形的守护神，因而又有人说林寂是听到了守护神的声音。林寂不知道这些说法是否可信，但林寂知道自己见过她很多次，她总是在林寂情绪升上巅峰时出现。

一如此刻。

林寂环视房间，她看到那个女孩做着千篇一律的动作：笑着招手喊她的名字，然后与她目光相对时，背负双手歪头又是一笑。林寂迅速站了起来，窗帘没拉上，她看到外面的灯火映着远处海边的烟花。就在这时，她看到了时桥南的回复。

有些答案并不复杂，亦不珍贵，一旦给出，却救人一命胜造七级浮屠。

春节这天，北方大规模降雪。林寂趁机推掉了诸多邀约，在外婆家吃过午饭，与林树冒着细雪出城去拜访一位故人。

这位故人与林树是青梅竹马，差一点就成为林寂的嫂子，可惜造化弄人，在婚礼前一个星期出了意外。那时候她已经怀孕六周，甚至已经为孩子取好了名字，不管男孩女孩都叫林庭树，源自她很喜欢的归有光所写的《项脊轩记》：“庭有枇杷树，吾妻死之年所手植也，今已亭亭如盖矣。”这是她读过的最动人的句子，每次描述时，她脑海里都会浮现“时光荏苒，庭树与人渐老，伊人不再”的画面，她往往被自己的想象感动得落泪。

林寂与林树一路静默无言，停好车，一前一后，踏着薄薄的一层雪拾级而上。今天的墓园不像昨日，伴随着故人长眠于此的悲痛仿佛因为昨日的祭奠与缅怀都已画上句号，皑皑白雪更是给这份冷清增添了几分平和，林寂甚至有些怀疑，是否等冰消雪融，这片墓地就会长出名为希望的巨树。

他们要去的墓并不远，一路走来，石碑林立，薄雪轻覆，好像那些旧人从黄泉之下得到了告慰，趁着辞旧迎新的喧嚣悄悄将亲朋送来的祭品收拢笑纳。

那人的墓也不例外，墓碑前摆着整齐的果品，昨日烧过纸的灰烬掩埋在雪下，三杯薄酒已经因雪水盈满，杯沿上一圈雪环，像石碑上照片里那人的笑容一样，云淡风轻。照片下刻着四个大字：白繁之墓。

兄妹二人将花束放在碑前，百合花洁白可爱，不输于满园雪色，沉沉地躺在雪上，像极了此墓主人的坚韧和包容。

林寂道过寥寥几句便离开了，把更多时间留给这对久别的恋人。回去的路忽然变得如此漫长，长过八年的生离死别，长过三十载时光岁月。

林树与白繁从幼儿园就认识了，小学时一直在一个班级，一起上下学，一起带着跟屁虫的林寂摸高爬低，直到大学时，有次林树坐了十几个小时的火车赶去探望生病的她，他们的关系才公之于众。

白繁是个低调的人，又是个包容的人，她的心很小很小，只容得下一个人，她的心又很大很大，仿佛能容纳世间一切是非。

他们是众人眼中的金童玉女，曾是林寂歆羡不已的一对。

然而，八年前，一场车祸带走了这个童话，白繁在医院里度过了半年的植物人生涯，终于在一个大雪纷飞的夜晚悄然离世。白繁走了，也带走了林树的心，林树再也无法爱上谁。这些年，林树一个人过着不好不坏的生活，心情好时、心情坏时都会想起她。一开始，父母和白繁的父母还劝他，后来看到他不悲不痛平静如水的样子，他们忽然明白这是一个空心人，多说无益。

人这一生到底会有几次爱情？林寂常常会思考这个问题。无论思考多少遍，她最终的答案都是同样的：人这一生只有一次刻骨铭心的爱情，一次就足矣。

她想到了白石。如果一生只等一人，那么她的一生已经可以完结了，毕竟她已经等到他。

她没有回到车里，而是静静眺望这幅雪染江山的画卷。

早间新闻报道，北方大面积降雪，东北、西北最为严重，新疆一夜鹅毛大雪之后，一尺深的雪覆下，像是要掩埋什么不为人知的故事。

她脑海里想象出一个深雪世界，冰雕玉琢，有人缓步而行，不时停下脚步接一朵雪花，看其落于掌心瞬间融化消散。

她仿佛听到了那熟悉的嗓音在雪逝去瞬间的轻叹。

她知道这一切都是假的，她只恨找不到一条通往这个虚构世界的路。

许久，她的心情才渐渐平复下来，摸出手机看白石有什么动态。特别关注里，一刷新，一条新的消息弹了出来，发于早晨八点半。

“意不意外？惊不惊喜？今年的我大概是个劳模吧。”

下面是新发歌曲的信息，歌名是《十年一晌》[1]。

这首歌曲带有淡淡的凄凉，节奏缓慢，配上白石温润磁性的嗓音，把十年深情与无奈道尽。旧友重逢，只能草草寒暄过场，知音竟疏凉。还

1　男神慕寒演唱歌曲，未见钗头凤作词，弭沅作曲，sea云编曲。

有什么比“十年生死两茫茫”，到头来相逢不相识，“无处话凄凉”更凄凉？

心里有个声音一直在叩响她的意识。好像……她病了多年，终于在江南旧雨重逢，然而对方并没有为她停留，他步履匆匆，不愿折了她的面子，潦草寒暄，心却早已行出千里。那么，她在漫长人世轮回的病，终于要宣布落幕了吗？她心有不甘。

她在私信框里写下：“不知道你何时会看到这条消息，不知道你会爱上何人，不知道回首时繁华落尽，时光成空，你在天地哪一方。想到这件事，就莫名难过到想痛哭一场。然而于我，今生只喜欢你，就已经很幸福了。”

点击“发送”。

她感觉自己想通了什么，又觉得自己遗忘了什么。但那都不重要了，她已经做好了一个人走到世界尽头的准备。她相信她一路风雨兼程，总能在某一天某一个路口与他相遇。只是不知为何，忍不住就湿了眼眶。

“想什么呢？”林树走下来时，暮色已起，白色越发显得明晃晃。

林寂这才惊醒，不知道自己靠在车上出神了多久，她看到自己身上落了一层薄雪，赶紧将其抖掉。

“你们聊完了？”好像林树真的与人相谈甚欢。

林树望着远处的城市，长叹一声：“一辈子太长，一时片刻怎么聊得完？”他眼圈微红，低头哽咽良久，方道，“这个世上不乏多情种，为何偏偏要选中我们演绎什么生离死别？”

林寂说：“大概是因为上辈子欠了债，这辈子需要还，否则利滚利，下辈子可能得死在他手里两次才能解他心头之恨。”

林树压抑许久的情绪一下子被噎住了，他皱眉看了看林寂。他一直都知道林寂是宿命论者，但他怎么都不觉得她是在说他和白繁。

林树问：“你刚才在想什么？”

“没什么啊。”林寂打开副驾驶的车门坐进去，系好安全带，乖巧得一点都不像她，“我只是在想，命运让我们遇到某个人、某件事，却不肯给出明确的答案，它到底想告诉我们什么呢？就像有时候你遇到一个人，跟他展开一次简短的对话，从此人海茫茫，哪怕你刻意回去找他，天长日久地等待，都不会再遇到，但你也不知道你们的谈话于你二人有何意义。运气好的话，等到多年以后，你想通了当时你在思考的问题，你恍然大悟，明白命运这一安排的目的；运气不好的话，可能你一辈子都在思考那一天在你的人生里占据了怎样的一席之地。”

“你有那个时间，能思考下你自己的终身大事吗？”林树坐进来，启动车子，掉转车头前瞥了一眼林寂。

林寂呵呵笑：“我有心，可是郎没有情。这怪我咯？”

“那你可以换头豹子。”

“你是在开动物园吗？”

春节假期一眨眼就过完了，回到上海，林寂马上投入到了工作中。

《恋声系》在Master D中日两版同步连载，而年后网络版也正式上线。从前期读者的反馈来看，这部作品有望成为林寂最受欢迎的作品，没有之一。当然，林寂相信时间和口碑积累的作用，并不以为然。但眼看着热度持续升高，她对这个故事本身投入的热情也越来越大。

时桥南也早早返沪，毕竟一大家子精神病人，都交给江箬一人实在有违人道。一回来，他就跟林寂约好了时间，重新进入新一年的忙碌中。这一年，他的任务格外繁重，波士顿国际研讨会、论文、手中的案子，以及他趁着春节假期与几个同好商量好的专辑。今年是他出道十周年，同期出道的小伙伴们专辑早就出了一打了，而他总觉得水平有待提高，迟迟没有考虑这件事。这次假期，他终于被几个好友怂恿着决定在十周年之际推出第一张专辑。

当然，对于时桥南，他还有一项很重要的工作，那就是治好林寂。

年后的第一次治疗，时桥南做了充足的准备，然而，约定的时间已经过去十几分钟，林寂还没有出现。林寂是特别守时的人，从来都会提前十分钟到达，这样迟到的情况简直是闻所未闻。时桥南给她发了几条消息，但她都没有回复，他打电话，也无人接听。他在办公室里坐立难安。

事实上，林寂并没有爽约。她如常出门，坐地铁前往莱恩医院，但地铁在倒数第二站突发意外，她不得不跟随人流走出地铁站，去找出租车。也就是在走向出租车时，她不经意间望向街对面。

那里有一群人在过马路，天空飘着毛毛雨，打伞的、不打伞的人混杂在一起。

在她那随意一瞥里，那个雨夜黑暗里的微芒重现，点亮了对面那把黑伞，周围的一切都在这星星之光里化为灰烬。世间万物都远去，模糊成一片灰蒙蒙，只有那把伞及伞下的人清晰可辨。

喧嚣的街道忽然安静下来，穿越嘈杂，她清晰地听到对面那人的声音。

低沉磁性，温柔细腻，干净而纯粹。

君子端方，温润如玉。

正如她一直所知道的，他的声音极具特色，那磁性像是能产生共振，在他发声时，声波涟漪一圈一圈扩散过来，撞进胸腔，牵引着她的心脏，在她左胸口一下一下，产生共鸣。

她静静地望着他，仿佛看到芸芸众生中，两颗心天涯成咫尺。

她的眼睛开始发热，把心头所有悸动化作了晶莹，汇成春雪初融的清泉，润物无声，枯木逢春。

她隔着遥遥的马路望着对面的人停在斑马线尽头等待下一个绿灯。他打着伞，低头看着手机，不时侧首与身畔的女孩浅笑低吟，淡淡而优雅的气息，跟那记忆点极深的磁性嗓音有着浑然天成的契合感。

她往前迈了一步，红灯已经亮起，可她眼里只剩一个影子，又怎么望得见大千世界的纷繁？

她迈出第二步，马路上车子已经开始了川流，落在她眼里，都不及他的浅笑点点。

她迈出第三步，世界像是忽然安静下来，纷杂的街道、喧闹的魔都忽然化作了白色雪原，那些红尘纷扰凝结成雪花，款款飘落。

她迈出第四步，从人生的春天，一下子迈入了此生绕不出的迷宫……

马路上交通混乱，一辆辆车子紧急刹车，司机大骂不止，她猛然回过神来，愣愣地望着骂她的人，眼泪横流，却忍不住弯起了嘴角。

她找到了他，就算被全世界抛弃又有什么关系？

他才是她故事里唯一的存在啊。

电话再度响起，林寂终于从遥远的时空里听到了手机铃声。看到来电人，她接通电话，喜极而泣："时医生，我见到他了！我见到他了！我……终于见到他了！"

那头的时桥南一头雾水，他打到第三通电话林寂才接起，开口便是莫名其妙的话。他听出林寂的哭音，小心询问："你不要着急，慢点说，我在听……你见到谁了？"

"白石啊！我见到白石了！"

时桥南愣在了电话那头。

林寂出现幻觉不是一天两天了，所以现在她应该不是在拿她"见"到白石开玩笑。可这是悖论，这根本是不可能的，大概林寂说见了鬼都比见到白石更可信。

时桥南深吸一口气，故作冷静："你见到了谁？"

"你是不是也觉得不可思议？"林寂边哭边笑，"就在马路上，人海茫茫，我一眼就认出了他。我知道是他，我知道是他！"

时桥南无法置评，他听到手机中传来车辆行驶声、刹车声和谩骂声，问她："林寂，你现在在哪儿？"

"我……"林寂明显被问得愣住了，她这才回过神来，发现自己站在马路中央，她的身边车辆川流不息，不少司机路过她身边时都会探头谩骂。然而，在林寂听来，这些毫无杀伤力，反而更证明了她不是在做梦，这是凡尘俗子对她被命运偏爱的恭维和羡慕嫉妒恨。她招了招手，迅速穿越马路来到人行道上。

红灯变绿，刚才等在斑马线的人群步履匆匆而去。林寂站在那里，无动于衷，她看着人群中那把突兀的大伞，打伞的人步履矫健，走路带风，他穿越马路，迅速消失在街角。林寂看着他远去，忽然狂奔起来，大声叫着白石的名字隔着马路追赶他。

他就像是她的灵感一现，她追到街角，五颜六色的雨伞行色匆匆，唯独没有一把黑色的。人群、车辆，十里长街车水马龙，交织成一张命运的网，爱别离，求不得。

林寂落寞地伫立街头，刚才的喜悦一扫而空。人生最悲哀的事莫过于乐极生悲。往来行人多数会侧首投来或关切或好奇的一瞥，但没有人停下来询问她遭遇了什么。在这个世界上，芸芸众生，都如蝼蚁般艰难生活，对素昧平生的她，伸出手是心存善意，不闻不问是理所应当，谁又会是谁天经地义的依赖呢？没有人。悲欢喜乐、生老病死，原本就是一个人的事，只是一个人太孤独，人才习惯寻求慰藉。

这么一想，她倒渐渐释怀了。

她还会遇见他的吧？

不，她已经遇见了。

她抬起头，让雨丝亲吻挂满泪痕的脸颊。她看到灰蒙蒙的天透出一线光芒，有彩虹若隐若现，天地动容。她知道这是命运给她的礼物，她却之不恭。

当时桥南找到林寂时，她不知保持这个姿势过了多久。时桥南把车停在她面前，探身叫她："林寂。"

林寂一惊，像是睡梦中被人惊醒，她茫然四顾，待认出停在自己面前的车的主人，好像将死之人看到了灵药，她忍不住笑起来，眼泪却流个没完。

回到莱恩医院，林寂像条走丢的小狗终于找到主人，亦步亦趋地跟在时桥南身后。

她披着时桥南的大衣，身上湿漉漉的，脸色苍白，倒是跟院内的常住居民颇能融合到一起去。二人一路走来，护士纷纷回首。认识她的窃窃私语，怀疑她是不是被打劫了，或者被甩了；不认识她的一脸同情，没想到年纪轻轻的姑娘看着挺水灵，竟然难逃人生如戏。

时桥南走到自己办公室门口，打开门，忽然回头，冷静地看着身后那群蠢蠢欲动的八卦护士。小护士们更加好奇了，八卦的焦点瞬间转向了时医生是不是跟这女孩有过什么故事上，她们迅速作鸟兽散，随即纷纷拿起手机在八卦群里互通小道消息。

时桥南带着林寂进入办公室，又把助理护士李曦叫进来，吩咐她给林寂准备病号服并把林寂的湿衣服拿去烘干。

当办公室里再度只剩下他们两人，时桥南说："我让李曦带你去洗个澡，换上干衣服，然后我们再谈。"

林寂无动于衷。

时桥南叹了口气：“林寂，你听到了吗？”

林寂这才看向他，好像过了这么久才终于神游结束，她摇摇头：“不用。”语气生硬，像个闹脾气的小孩，倔强不已。

“你这样会感冒的。”时桥南觉得有些累，他不知道哪里出了错，可他不得不进行修缮。

“不用。”林寂重复。

她直直地看着时桥南，看得时桥南有些头皮发麻，她冷静却坚定地说：“我见到他了。”不容置疑。

时桥南马上意会，他不假思索地脱口反问：“谁？白石？”

林寂机械地点点头，目光仍然锁定在时桥南身上，好像他是她的猎物，她一个眨眼他就会脱逃。

这让时桥南有点紧张，他试着捋清当前的状况：“你见到了白石？”

林寂点头。

“可你之前不就见过他吗？”

林寂愣了一下，像是没搞懂他的意思。

时桥南继续：“他做了什么……他对你做了什么？”

林寂更加迷惑了，她紧紧地皱着眉头，一脸茫然。

他没有对她做什么？没有做什么，她怎么会这样？时桥南也有些困惑了。

他看着林寂的眼睛，林寂的眼睛是琥珀色的，瞳仁比一般人的要大，很容易显露出游离感。他想从中读出些什么，他需要更多信息。

林寂好像以为所有人都知道她的想法，以为所有人都能从她的只言片语中了解事情的全部。她很聪明，她以为全世界的人都跟她一样一点即通。她明明这么聪明，却偏偏忘了没有人会读心术，你不说，别人不一定懂。

时桥南不得不顺着林寂的思路走：“Anyway……你遇到了白石，真正的白石，不是你幻觉里的那个白石……”看到林寂的眼中渐渐升起光亮，时桥南知道他找到了钥匙，“我可以这么理解吗？”

林寂重重地点头：“真真正正的、活生生的，白石。”

时桥南倒吸一口气。

这时李曦回来了，她看到对峙一般的两人，诧异不已。时桥南看了她一眼，让她把衣服放在沙发上。李曦不明所以，但还是乖顺地将衣服放在沙发上，悄悄退了出去。

林寂对这一切浑然不觉，她仍旧直直地盯着时桥南。只是此时此刻，她与之前相比有了一丝生气，她琥珀色的眼睛里渐渐蓄满了泪水，好像那两汪琥珀随时会滴下来。她忽然蹲下身，抱着自己，放声大哭。

时桥南生平第一次感到如此无助。

他不知道该庆幸欢喜，还是该悲哀难过。

看着她哭得那么伤心、那么肝肠寸断，他感觉到这小小的房间太过狭窄，容不下那么多的爱，他的胸口处像堵了一块巨石，他觉得自己要窒息了。

时桥南从来不知道有人一哭起来就停不下来。

林寂哭了大半个小时，他手足无措地站在她面前，不知道该如何安慰她。又或者，她心里憋了那么多委屈，哭出来或许会好一些？

好在林寂终于渐渐安静了下来，她蹲在地上，泪眼婆娑地抬起头看着时桥南，眼泪仍如决堤一般汹涌而下。

“时医生……”林寂哽咽着，“你认为……人这一生会有几次爱情？”

时桥南静静地回视她：“这一生我们会爱过很多人，但我们只会爱上一个人，记住一个人。有的人终究会过去，有的人至死不渝。”

“那不是会很累吗？”

“可总有人会甘之如饴。所以，那些觉得累的都放弃了，他们还会遇到爱的人，可当他们回顾这一生，或许从此以后再也没有拥有过迫切想拥有的东西。”

林寂渐渐止住了眼泪，她思索良久，再次抬起头：“那么你呢？”

时桥南侧首：“我？我怎么了？”

“你可有……遇到过那么一个人，想起他，就觉得人生是走在一条寂静的小路上，只你与他并肩而行，他的每一句话、每一次呼吸、每一个眼神，都像是海誓山盟，都像是人生的结局？时间走得慢，你知道你们会这样走到尽头。”

时桥南明白她在说什么，他走过去蹲在林寂面前，叹息着：“林寂，你并没有见过他本人。”

林寂沉默着，没有反驳，也没有认同。

时桥南扶着她站起来，蹲了太久，她的腿早就麻到失去知觉，一起身就差点倒下去，幸好时桥南早有先见之明，顺势半抱半扶地将她扶到沙发上坐下。

这一阵安静又是好久，林寂的腿渐渐恢复知觉，她活动了一下腿，问：“你是说，我见到的还是自己的幻觉？”

时桥南扯了扯嘴角想做出微笑安抚她，终究没成功：“你告诉过我，你时常会看到他，可是你看不真切他的脸。你有没有想过，你现在只是补全了你的幻觉？”

林寂摇摇头，坚持道：“我遇见他了。”

是遇见，不是看见。

时桥南的呼吸一滞，顿时有些沉重。

林寂没有发现他的反常，后仰靠在沙发上，声音带着几分微澜，似春风掠过湖面：“就是很突然，在马路上与他迎面相遇，隔着喧嚣的街道和人群，我那一瞬只看到他、只听到他，我认出来就是他。”她闭上眼，沉浸在相遇的美好回忆里。想起与他的相遇，刚才的那些悲伤难过通通烟消云散，她像是历经干涸的枯木，终于盼来久违的甘霖，肆无忌惮地冲破压抑已久的冲动，招摇地开枝散叶、瓜熟蒂落。

“那你跟他打招呼了吗？”时桥南不得已地问道。

如果她说的是真的，且不论那个白石是真是假，只要真的有这么一个活生生的人，他宁愿把白石的身份双手奉上。这是一个契机，一个让林寂回归正常的契机，他想要抓住这个契机，在治愈她的同时摆脱她。曾有不少钟情妄想症患者的治疗都是通过与妄想对象结婚治愈的，其中不乏在治疗过程中发生移情，进而喜结连理的。虽然他还不确定，但天知道他多么希望这个奇迹真的发生在面前的女孩身上。或许当她知道真相，她还是会难过她所谓的真命天子不是她曾以为的那个人，但爱情这种东西是无法用标准形态去描摹的。真的爱了，哪能还在乎对方是不是对的人。毕竟人生不是考试，对与错的标准答案一无用处。

“当然。”她迅速地看了时桥南一眼，眼角眉梢带出眉飞色舞的气息，这是一个陷入热恋中的女人的真实表现。然而，随即她垂下眼帘，叹息道：“可是，他身边有一个女孩。他看她的眼神那么温柔，让我嫉妒得想杀人。”

“可是毕竟你已经迈出了第一步。”

“对。我们擦肩时，我知道他也认出了我。”她抬起头，眼中又是一片清明，“你知道，有的时候对有些人你会有一种前世今生的感觉，我遇到他的时候就是这样，我相信他一定深有同感。”

治疗结束后，时桥南不放心林寂，便主动提出送她回去。

一路上两人各怀心思，长久地保持着沉默。

在路口等红灯时，时桥南扫了一眼手机。某声音互动平台的直播组负责人再度发来消息，邀请他参与他们策划的一起大型古风直播活动。其实他已经谢绝数次，然而对方大概继承和弘扬了长征精神，锲而不舍，从年前联系上他之后就经常来给他做思想工作，好像间歇性失忆忘记了被拒绝的事情。对方客气又热情，春节还专门准备了小礼物，他也不好意思冷处理，只好保持风度地应对。

时桥南看完消息迅速将手机锁屏将其收起来，余光瞟了一眼林寂。人就是这样，在保有秘密时，哪怕对方从未怀疑，自己也忍不住心虚。

但见林寂靠在座椅上，面无表情地看着车窗外。外面树木凋零，街道上行人寥寥，雨后地面反射着光，明晃晃一片，将冬日萧条越发衬托得重了几个加号。

“在想什么？”时桥南问。

林寂没有动，淡淡地道：“我曾做过一个梦，梦里白石出现在我家里，跟我说话，我没有惊喜、没有兴奋，就好像这是平平淡淡的日常，眨了眨眼，这辈子就过完了。然后，我送朋友离开，朋友要为了爱人踏上不归路，我送了很远，因为知道此时一别当是死别，她是要去找仇人同归于尽，她是去赴死的。当我匆匆赶回家，他果然还在……我就高兴得哭了。”

她长长地叹息一声，继续道：“醒来才知道这梦是多么凄凉，好像死去的人不是朋友，而是我……我一直惦记着这件事，整夜都没睡好，最后分不清到底感到凄凉的是醒来的自己，还是梦里的自己，不知道是梦里的自己做了个欢喜梦，还是我做的。只是哪怕在梦里，明明是充满了欢喜，我自己也感到凄凉——人们常说，梦是反的啊……”

时桥南感觉自己给自己挖了个坑，但他不得不硬着头皮跳下去。

“根据心理学研究，梦都是可以用科学解释的，‘我们梦见我们所见、所闻、所思或所为’。在梦里，我们被从清醒的意识世界迁走，进入一个神秘的意识世界，那些见、闻、思、为就会化作各种象征，按照你本身的性别、年龄、受教育程度、人生阅历和思维方式，重组出一个完整的世界，那里有起承转合，甚至有完整的过去、现在和将来。”时桥南顿了顿，想说这个梦只是说明她潜意识里知道这一切无法实现，但话到嘴边他又咽了回去——这跟她所谓的梦是反的有何区别？

林寂像是猜到了他未出口的话和他的心思，没有接话。

后面的时间里，车厢内再度恢复了尴尬的沉默。

车子停在林寂家楼下时，仿佛车子都松了一口气。

林寂下了车，邀请时桥南上去喝杯咖啡，被时桥南委婉拒绝。

时桥南没有马上开车离开，他看着林寂刷卡进门，听到楼里电梯声响，摸出烟点上。直到烟雾缭绕，他不得不打开车窗，这才意识到自己在抽烟。

由于唱歌，他一直都克制着抽烟频率，回国前甚至成功戒掉了烟，储物箱里的烟还是关铎放进去的，他没想到自己竟然鬼使神差地摸出来抽上了。他并没有将其掐掉，而是慢条斯理地、享受一般重温香烟带来的愉悦，感觉到尼古丁融进血液循环，疲惫感才真正减弱。

等到一支香烟寿终正寝，时桥南才发动车子。

也就在这时，他听到微信提示音，拿起手机，他看到了林寂的消息。

“时医生，你说的我都懂，但是我还是想义无反顾一次。人生短暂，谁也不知道错过了这次，往后的日子里我还会不会遇到同样的人、拥有同样的心情，万一这就是我生命里至死不渝的那个人呢？”

她都懂。

可时桥南知道她懂的绝非他担心的。

她以为她遇到了那个人，他却知道那个人或许是她的至死不渝，却绝非她的初衷。

他站在命运天平的中间，看着两端，那都是她人生的筹码，他可以随意加减，她的人生掌握在他手中，他举手投足之间都是她的悲与喜。

他左右为难。任何一点加减，她所有的好与坏都会成为他的责任，更重要的是他不知道哪种选择于她而言更好。

他更不知道林寂自己已经做出了选择。

两天后，时桥南与人约在苏州北路的一家鲜花餐厅吃饭，饭后沿着苏州河散步。同行的是两位女生，一个是他的初恋，一个是初恋的闺密。多年未见，当初的心动正如冬日的苏州河，难起波澜，只是怀念太温暖，远远胜过现实，让人忍不住流连。

正在这时，时桥南意外地看到了林寂。

林寂像是在寻找什么，认真地按照建筑标识牌一栋一栋地往下找。

时桥南看了她好一会儿，却并没有上前打招呼的意思，毕竟除却医患关系，他没有资格过问她的生活。

初恋任语初问："认识的人？"

时桥南摇摇头，道："一个病人。"

话题便就此转开。

他和任语初的关系发展于大一开学后不久。同是外地生，来到江南后对一切都充满了兴趣。一次苏州之行，两人在一个评弹社结识，明明是第一次见面却意外合拍，就顺理成章地成了恋人。然而，两个同样骄傲的人，年轻气盛，都不善于委曲求全，也不懂得包容和磨合，热恋过去，矛盾越来越多，最终竟是不告而别。

人生中第一次感情来得仓促，去得匆匆，时桥南一开始大受打击，然而彼时他正好拿到哈佛医学院的offer（要约），无暇他顾，忙着远渡重洋。

海外数年，他从青涩蜕变到成熟，偶尔想起她，会为那份难得一遇的感觉和默契惋惜，却也心知肚明命里有时终须有，命里无时莫强求。数年间，他成长的绝不仅仅是医术，更多的是对人生和感情的认知。

这次重逢，是任语初主动联系的，她没有点明，他不明就里。往事太美好，他从不敢轻易碰触，整个过程都静观其变。自从看到林寂，他原本就复杂的心情忽然被什么生生压了下去，时桥南虽然仍维持着风度和礼貌配合二位女士的话题，但明显情绪收敛，心事重重。

任语初并非痴傻，稍微动动脑筋便想通了其中缘由。但她太了解时桥南了，既然他说那是病人，那就说明他有着不可逾越的原则，即便动了心，他也会因这原则铸就的高墙束手束脚。同时，她心中暗暗叹息时光匆匆，他们之间又何尝没有天堑鸿沟。

这样聊下去也是无趣，任语初便借口还有事情，拉着闺密告辞离去。

此时他们已经走到了外白渡桥，目送任语初二人上了出租车离去，时桥南缓步上桥。这座桥始建于1856年，那时还叫威尔斯桥，是座木桥，后来改建成同为木质的花园桥，直到清光绪年间，才建成如今这座钢筋混凝土结构的现代桥梁，后来几经修缮，如今它存在的最重要的价值或许早已不是交通行道，而是这座城市的地标之一。这里是过去与现代的结合，也是阅历与期冀的交汇，更是往昔与未来的连接和沟通。桥历经风雨多沧桑，人阅尽千帆往往越内敛，收起的是光芒，也是心扉。

他站在桥中部，望着滔滔江水，心中有什么东西打开了闸门，波澜起伏。

他没有来由地对在此遇到林寂耿耿于怀，当再见到林寂，他直言询问："前几天在苏州北路跟朋友吃饭，看到你了，你在找什么？"

他没想到这个问题的答案会这么简单，又会这么复杂。如果在提问之前预知后事，他大概永远不会容忍自己如此好奇。

他听到林寂轻笑着说："我在找白石啊。"

他心底噌地升起一团怒火。

她在跟踪他?

然而，他听到林寂继续道："我做了一个梦，梦到白石住在苏州河畔的平安弄。"

"……"

林寂没发现时桥南的异常："可是我并没有在地图上搜到那个名字，我想大概是改了名字，我只好亲自跑去找，说不准能找到跟梦里一样的地方。”说着她从包里拿出素描本，翻了几页找到目标拿给时桥南看，“你看，这就是我梦里见到的房子！”

小小的围墙，几道窄门，墙里三两棵蓬勃生长的大树冠盖如伞，大门两侧的两栋老楼围成一道狭窄的甬道，这样的建筑组成了这个小小的住宅区。速写笔触流畅，一气呵成，把一个老宅区的气质展现得淋漓尽致。

时桥南看了好一会儿，才淡淡地道：“林寂，你知道那是梦。”

林寂一愣，看仇人一般扫了时桥南一眼，一把夺回素描本，语气生硬：“他住在平安弄！”

时桥南不为所动：“你自己也说了那是在梦里，除了你的梦，没有人告诉你他住在平安弄。”

“不！他告诉我的！他……因为……因为……”林寂的脑海里有着清晰的画面，可是不知为何她无法描述出来，她一遍一遍重复着“因为”，却惊慌地发现“因为”后面是一片空白。她脑海里空有一幅画面，却仿佛在她记住之前悄然褪色，她无法抓到任何信息，无法描述，更无法告诉别人她看到了什么。眼泪无意识地流下，她惊慌又迷茫，她不知道发生了什么。

时桥南温言道：“因为那是做梦，林寂。你刚才清晰地告诉我你梦到他住在平安弄。”他语调轻柔，带着迷惑性的说服力。

林寂双手握拳，狠狠地砸在桌子上，气急败坏地瞪着时桥南：“他住在平安弄！”她不是在争辩，更像是在说服自己。

时桥南被她吓了一跳，他平静地望着她，不反驳、不拆穿。他深吸一口气，岔开话题问：“当时发生了什么？”

林寂眼睛里的火焰这才一点点弱下去，她颓然靠回沙发上，无力挣扎一般娓娓道来：“我回去找他，有人告诉我他住在平安弄，我知道就在苏州河一带，上次去邮政博物馆时我路过过那里，那里……那里……”

“所以你才会去苏州河一带？”

“是。”

“那里怎么样？”

“那里……跟我记忆中一模一样……”

“什么时候的记忆？”

“嗯？”林寂对这个问题充满了迷惑。

“你说那里跟你记忆中的一模一样，什么时候的记忆？能跟我描述下吗？”

林寂愣了好一会儿，她努力回想，大脑对这段记忆毫无存档。

“奇怪，我不记得是什么时候的记忆。”林寂十分困惑，“我……我上次去的时候，那里已经荒废了……可他住的地方跟我记忆中的一样，虽然老旧，墙面斑驳，墙头摆着一盆盆绿植，楼与楼之间挂满晾晒的衣服。有大爷在晒着太阳下象棋，旁边是两条田园犬、两只野猫，还有一只挂着铃铛的波斯猫，肯定是谁家养的。有老太太买菜回来，正在楼前聊天。几个小孩子放学后放下书包往外跑去，当然也有听话的孩子回家后乖乖写作业。年轻夫妇肩并肩说着话下班回家，因为那些悄悄话，妻子很明显地红了脸，偷看有没有被人注意到……一切都……”她闭上眼想了很久，才找到贴切的形容，“就像木心的那首诗，从前的日色变得慢，车，马，邮件都慢……”

“这是你记忆中的平安弄？”

“是。他住的地方应该是在……在……在四楼，他住在四楼，房间里有落地窗帘，他早起时会站在阳台上边喝咖啡边望着天空，揣测今天又是美好的一天。等吃完早饭，他会轻轻地关上门，可那门还是会发出重响，然后他徐徐下楼……”

“可是，你已经见过你记忆中的平安弄了，那里已经荒废待拆，你要找的人不在那里。”

“可是……不应该是这样的……”

第四话

我们的小世界

林寂的脑海里有一个故事，故事的主角是她和白石。

可故事到底是怎样的呢？她已经有些看不清。

她成为“声控”是在十年前，当时她在一位朋友的推荐下看了一个古风歌曲剪辑视频，视频是根据两部电视剧剪成的，将两位主角放在同一个故事里，于是有了这个新的故事。当然，真正吸引到她的是那亦男亦女的妖孽音，她被那独特的嗓音所震慑，从此一入古风深似海，痴迷上了网络古风歌曲，不，更确切地说，她是迷上了声音。她在这片海里沉沉浮浮，心情也随之沉浮。十年如一个恍惚，她已经误入太深，红尘难以入眼。

在此后的八年里，身边的朋友陆续知道她是“声控”，痴迷于古风音乐，因而不断给她安利同一个歌手。奇怪就奇怪在，被安利了很多次，她听了很多遍，却从未被打动。她承认这个歌手有着非常棒的音色，但年龄与阅历成为他不可跨越的鸿沟，那时的他过于青涩，尚不能承载起她心中的那片星空。

她是个“大叔控”，喜欢成熟的男人、成熟的嗓音，人生的沧桑会让一些东西沉淀下来，成为先天无法代替的气质和灵魂。

我们走过多少路、喝过多少酒、见过多少人、爱过恨过多少次，虽然不会在履历表里展现出来，却会在不知不觉中融入我们的血肉，会伴随着一个呼吸、一个微笑、一个眼神，哪怕是举手投足间，流转于空气中。因为经历过，因为与岁月抵死相搏过，因为那些或悲或喜的沧桑，才成就了站在你面前的人。当你爱上一个人，你爱的不是与生俱来的这具肉体，而是满身风雨的这个灵魂。

那时的他，于她而言，美则美矣，淡而无味。

然而，八年的岁月磨砺，宛如沧海桑田。

八年后，她纯属失误地意外点开了他的一首歌，当那低沉磁性、温柔细腻的声音响起，她以为自己产生了错觉。她愣在了原地，仿佛世界都不存在，她孤身于茫茫雪海中踟蹰，那声音就在这雪原上从遥远的天际传来，带来了春天的色彩，遍地春风似剪。

她的心像沉睡在海底一万米的水母，一下子睁开了眼。

她看到前世的花在今生绽放，穿越生与死，曾经的新酒如今深巷闻香便能醉人。

过了这么多年，她才懂了那句“我喜欢你”。

她的确很喜欢他，在她有限的生命里，这喜欢像是入侵物种，在她的心田里扎根发芽，野草般疯长，短短数日便根深蒂固，再难反顾。

“或许，这个故事没有后来，也永远无法落幕。”林寂的确是这样想的。

在林寂的心里，这个故事是浪漫、深情而纯粹的。然而，她也清楚地知道这些都是假的，她将心里的故事落于笔端，稍加演绎，就成了那个黑童话《恋声系》。恐怕没有人能理解她是带着什么样的心情在创作，她对这个作品抱有怎样的感情。

这不是时桥南第一次听到这样的告白。他几乎每天都会收到各种各样的告白，很多粉丝会写很长很长的私信或者邮件给他，诉说自己从何时、如何开始喜欢他，又经历了哪些内心斗争以及这份感情如今和往后会如何安放。

然而，这是第一次，他与对方面对面，听对方轻声细语娓娓道来，而他只是一个旁听者。作为一个局外人，他必须做到冷眼旁观，这种感觉很奇特。透过冰冷的文字，我们能捕捉字里行间的深情，却无法体会叙述者细微的叹息，而正是这些叹息往往会如蝴蝶效应一般让整个场面的气氛流转变化。她的一颦一笑、她迷离茫然的眼神、她微微侧首的动作、她的手指因紧张而总是不由自主地咬在嘴中的憨态，都带上了一丝绝望的自嘲。他不敢说正是这些自嘲越发吸引了他，但他亲身所见所闻的这一切比故事本身更打动他。

他尽量表现出冷静，不让自己受到影响，希望能尽可能保持中立地表达观点，但久久的沉默仍然出卖了他。

良久，他才问："除了白石，你还有喜欢的声音吗？"

林寂微微点头。

"比如？"

"神谷浩史、中井和哉、梶裕贵……国内的，像零梅君、最澄、小楼寒、A.K.……"

"这些人里，有没有让你动心的？"

"有。"林寂回答得十分肯定，"只要让我沉浸在他们的声音里，我就会有初恋的感觉。"

"所以，并不是非白石不可，不是吗？"

时桥南的问题一出口，连他自己都感觉到周围的空气一下子紧张起来。他与林寂对视着，一个冷静地挑衅，一个压抑着暴怒，气氛剑拔弩张。

林寂像是受到了侮辱，孩子般想要用破坏来征服。在这短暂又漫长的对峙中，时桥南清楚地看到她的眼中进行了一场战争，虽然理智让她最终保持了沉默，却难以阻挡她在精神上的屠戮。她把他的整个精神国度烧杀抢掠，不留寸土寸草，他甚至看到她眼中的自己烽火连天，生灵涂炭。

这场战争就以她以胜利者的姿态将他凌虐得体无完肤而告终。

她不声不响地拿起自己的东西离开，拉开门时，她回头看了他一眼，满目悲悯："这段时间，非常感谢。"然后头也不回地轻轻合上门，把两个人的世界彻底隔绝。

明明她才是可怜的那个，被怜悯的却是他。

时桥南始料未及。

这段时间他们有争执、有误解，但最终都能相互谅解。他眼看着她渐渐敞开心扉，把千疮百孔的自己展现在他面前，却忘了她有她的骄傲，这种骄傲不容置疑。

他看着门缓缓合上，像是她再度将他关在心门之外，而这一次她不但将他推开，还筑起了高高的围墙。他仰头向上看，仿佛置身于黑暗的洞底，洞口远在九重霄上。

他听到门外走廊里的脚步声渐渐远去，把他的最后一丝希望抽离。

他把一切都搞砸了。

接到时桥南的电话时，林树刚开完会。

晚上七点钟，这个时间，除非案子紧急，否则时桥南很少找他谈工作。

他接通电话，笑道："时医生，有何指教？"

电话里传来的声音有气无力，情绪消沉："请你喝酒。"

这就有些出乎意料了。时桥南的脾气好得像假的，生活态度恬淡，很少为什么事愁眉不展。林树体内的八卦细胞顿时苏醒了，因开会而培养的瞌睡虫此刻消失得无影无踪，他精神抖擞，像打了鸡血："失恋了？"

"少废话，赶紧过来。"时桥南说罢，挂了电话。

林树看着手机，摇摇头，啧啧："请人喝酒还这么拽，看来失恋等级很高，伤害指数不同以往。"

当林树赶到小花园时，时桥南已经在惯例位置上坐了好一会儿，他端着一杯冰镇龙舌兰，慢慢啜饮，缓缓咽下。林树吓了一跳，时桥南为了保护嗓子，很少喝烈酒，通常只喝清淡的鸡尾酒或者啤酒。

林树坐下来，随手招呼服务员，继而问时桥南："真失恋了？"

时桥南给了他一个眼神让他自己体会。

相熟的服务员抱着菜单过来，笑道："时医生已经喝了一杯了，这是第二杯。林检呢，老规矩？"

林树笑了笑："还是秀色懂我。"

秀色当然是艺名。“既然在酒吧工作，卖的是吃喝，那就应该秀色可餐咯。”叫作秀色的服务员如是说，从此就定下了这个花名。

秀色像是听到了极大的笑话，夸张地呵呵假笑两声：“全世界都知道林检只喝玛格丽特，被林检记住的那位姑娘真是三生有幸。”

林树保守地笑着点点头，却没有多说。他在外很少提及自己的事情，只有关系好的同事才知道他单身是因为未婚妻在婚礼前出了事。

看着秀色走远，林树跷起二郎腿，手指敲着桌子，活脱脱一个流氓警察审讯恶霸的架势：“说吧，到底谁这么大的胆子，敢甩我们温文尔雅的时医生？”

回答他的却不是时桥南，而是舞台中央的架子鼓。为了配合春节欢快的气氛，从年前开始，小花园就活跃起来，从朋克、雷鬼、爵士，到蓝调、民谣、流行、重金属，简直像是乐种展播。这种情况会持续到正月底，以一场大狂欢结束整个春节，从而回归正常的慢摇节奏。

时桥南像是被音乐吸引，转过头去看着舞台上张扬的乐手声嘶力竭地吼唱，纷乱的光影里，他看到的是一扇缓缓关闭的门，继而，一扇，一扇，又一扇，通往对面的路是望不到尽头的门，它们一扇接一扇关闭，把甬道重重封锁。

他遇到过比林寂更难缠的病人，以及更加令人绝望的精神状态，他头疼过、彻夜难眠过，可柳暗花明后一切都会顺理成章，没有哪次会让他如此力不从心，更没有哪次会反噬于他。是的，他如今在被林寂牵着鼻子走，他被林寂的情绪左右，他已经进退维谷，但他的向导突然抽身离去，把他丢在这布满荆棘的泥沼中，他寸步难行。

说不清是什么情绪忽然涌上来，在眼眶处堆积成温热，他轻声低语：“难怪她会怜悯我。”

多年的职业生涯让林树练就了一番耳听六路的技能，他循着时桥南的目光望去，却在这震天的乐声里隐约听到了时桥南的低语。秀色已经把酒端上来了，他喝了一口酒，思忖着该如何打破砂锅问到底。

谁知时桥南主动开了口：“我有一个病人，我费尽心机终于与她建立了信任关系，但今天，一切都被我搞砸了……恐怕我以后都很难再见到她了。”

“病人换医生很正常……你不会是爱上人家了吧？”林树幸灾乐祸，“时医生，你得注意职业道德。”他故意强调了“时医生”三个字。

时桥南面上没有反应，但林树清楚地看到他端着酒杯的手一僵。林树毕竟是过来人，终于收敛笑容，叹了一口气，道：“你叫我来应该不是为了听这鬼哭狼嚎的吧？心里不痛快就说出来，放心，哥哥我职业素养太好，听到的话都是左耳进右耳出，不会传到第三个人的耳朵里，让我给你分析分析形势。你要知道，玩‘三国杀’‘狼人杀’我都是妥妥的大赢家。策略懂不懂？要是我早出生一千八百年，就没诸葛亮什么事了。”

明知道他在胡说八道，时桥南也只是嗤笑一声，没有多做评价。他何尝不想痛痛快快地说出来，但他不能。

喝了一口酒，在品味吞咽的间歇里他想了想，道：“她喜欢上了一个人，至少自以为喜欢上了一个人，但是她对于跟这个人相似的人也会动心，所以我问她：‘并不是非这个人不可，不是吗？’她貌似受到了侮辱，愤怒离去，走之前还跟我道谢，很明显是在说‘希望以后再也不要见到你’。出门前，她最后看了我一眼，眼睛里全是怜悯……”

林树点点头，同情地拍了拍时桥南的肩：“她那是在说：‘你根本没有真正爱过，你真可悲。’”

时桥南无奈地看着林树：“其实你不用说出来，我懂她的意思。”

“我怕你太迟钝。”林树搓着手，对这件事充满了兴趣，“总之，现在的状况就是这个精神病喜欢一个人，以及跟这个人相似的所有人，而你喜欢这个精神病。”他搓着下巴想了想，“这个命题没毛病，反正她是个精神病，总得治疗，你给她催个眠、开点药让她爱上你呗。”

“……”反正等于他白说了呗。

林树啧啧称奇：“精神病人爱上医生的事，我倒是听过不少；但精神病医生爱上病人，这我还真是第一次听说。”

“林树。”时桥南低声吼他。

林树打了个哈哈，终于回归一本正经：“这样，你先冷处理一段时间，说不准你只是因为头一次遇到这样的病人，投入过多导致的。过段时间，如果你还惦记人家，就侧面打听下她的状态，跟她的家人联系下，让她重新回来治疗。一般来说，精神病人的家属都很喜欢关心病人的医生的，何况你有哈佛医学院的文凭，那可是让多少病人趋之若鹜的一纸证书。”

时桥南其实也是这么想的，只是他心里堵得慌。他淡淡地道：“我看起来像是很不懂爱的人吗？”

林树笑了笑，神色凝重了许多：“至少你没有肆无忌惮地爱过。”

时桥南一怔，林树说得没错。所有人都钦羡他温文尔雅，脾气好、性格好，实则他们都不知道正是因为这份温润，他一直有所克制、有所保留。他不是没有付出真心，只是从未敢肆无忌惮地交付。世间的悲欢喜乐太多且莫测，他希望自己能淡然处之，他承认自己功力不够，他唯一学会的方法便是冷静深爱。

这些年，他珍藏着所有过往，去其糟粕，取其精华，将美好当星星一样小心翼翼地珍藏。哪怕粉丝们送他的礼物、生日祝福，他都一一珍藏。偶尔的偶尔，他会翻阅记忆深处的那些回忆，他会因那些曾经的温暖露出笑容，却从未觉得少了它们，生命里就少了阳光。他以为，他没有刻骨铭心地爱过痛过，只是因为他还没有遇到那个人。

从来没有人告诉过他，不是因为命中注定才会刻骨铭心，是因为刻骨铭心才注定唯一。

林寂是否早已参透这个命题，所以，她才说她遇到白石的那一刻像是前世今生？

前世刻骨铭心，今生才无法忘记。

时间已过十一点，小花园里的演出换成了城市民谣。混浊的空气像是被净化一般，忽然变得简单质朴，就像时桥南一直想要的生活。

他像大部分同龄人一样，对人生抱有极大的热忱，但他并不追求功成名就、留名青史，他所追求的不过是无愧于心。他倾尽绵薄之力于自己所热爱的这个职业，借此成为一个更好的人，如此简单。

林树出去接了一个电话，回来后就火急火燎地跟时桥南道别：“有点急事，我先走了。你别待太久，今晚你已经喝了不少了。”

时桥南不屑地摆摆手，催他赶紧滚，还不忘调侃一番：“又是你那个爱生事的妹妹吗？她大概是佛祖派来降你的吧。”

林树没空跟他斗嘴，指了指他，最终放弃了，转而道：“打电话一声不吭，就知道哭，也不知道哪儿来那么多毛病。我得去看看，保不准她会做出什么事来。拜啦！”

时桥南只好一个人喝闷酒，越喝越闷。

这时，一个女孩突然出现在他面前，扭扭捏捏地歪头看着他。

时桥南抬头，没有说话。

女孩回头看了看，像是鼓起了极大的勇气，问：“帅哥，我正在创业，能帮忙扫个微信吗？”说着拿出手机摆在时桥南面前。

时桥南越过她，看到不远处的几个人正兴致勃勃地看着这边，桌子上摆着果盘和一个倾倒的酒瓶。他了然，想必是玩大冒险，面前的这个女孩输了，被同伴要求跟陌生男子搭讪。

只是，这借口……简直烂到五颗星。

时桥南没有心情配合任何人的游戏，冷冷地道：“不能。”

女孩顿时石化了。

她长得清秀可人，尤其是并不以此为傲，面露羞怯，烟视媚行，反倒像只清秀无害的小白兔。恐怕她走到哪里都畅通无阻，因而被时桥南这个看起来温润如玉的好好先生拒绝，其震惊可想而知。

她顿时面红耳赤，丢下一句“对不起，打扰了”就匆匆逃离，委屈得几乎要哭出来，却咬着唇不让眼泪掉下来。

同伴们顿时七嘴八舌地批判时桥南，从不够绅士引申到道德败坏，好像他真的十恶不赦，他们故意提高声音，好让时桥南听到。时桥南一字不落地收进了耳朵里，却没有留到心里。这些孩子看年龄应该还是学生，脸上稚气未脱，顶多是大一，他们懂什么？被陌生人拒绝就暴跳如雷，被生活愚弄那该如何应对？

他懒得跟他们计较，亦懒得为他们的人生担忧，埋单走人。

或许是因为酒精的关系，他毫无睡意，于是泡了茶，对着棋盘自己跟自己下棋，脑中却是一团糨糊，根本分不清黑子、白子该如何摆放。

凌晨两点钟，言聆风从法国打来电话。她一直有跟时桥南交流转交给他的几个案子，尤其关心包括林寂在内的三个，两人就这三个案子聊了一小会儿，她便表示要给时桥南传一些关于钟情妄想症的资料，紧接着传真机就响了起来。时桥南拿起这些资料随手翻看了一遍，越看心中越烦躁，最终冷笑一声，将其扔在了桌子上。

他回到阳台，打开窗户，想让自己清醒一下，想把脑海中关于林寂的一切都抹掉。

第二天，时桥南醒来才发现自己昨晚不知何时睡着了，头痛得厉害。窗户仍然洞开，屋内一丝暖意也没有，很明显，他感冒了。

今天还有几个预约，时桥南本想坚持着去上班，但实在头痛难忍，就决定任性一回，打电话给李曦让她取消预约，然后就在沙发上睡了过去。

这一觉漫长得像一个世纪，恶魔、小鬼在他脑子里纷纷登场，没完没了地打打杀杀，但他实在没有力气反抗。直到门外铃声大作，他一个激灵惊醒。

且说林树跟时桥南道别以后，匆匆赶去林寂家。

林树早已买了房子，原本想做婚房，然而人算不如天算，空荡荡的房子如今只住着幽魂一个。林寂来上海的时候，他是想让她跟自己一起住的，但林寂见了他就跟老鼠见了猫，躲还来不及，怎么可能跟他住在一个屋檐下低头不见抬头见？他只得按照林寂的各种要求，在附近给她另租了房子，自己也留了一把钥匙，方便照顾她。

林寂家里一片黑暗，林树打开灯，没找到人，正要喊林寂，就瞥见一个小小的身影抱膝蜷坐在阳台的秋千椅上。

“又怎么了？”林树有些无奈地问。

林寂小时候是乖巧地任性，总会在别人的承受范围内；长大后是肆无忌惮地任性，你最好能承受，否则就离她远一点。

这种现象在他们这一代人里并不少见。在上世纪传统守旧的家长式教育和新生活方式思潮的夹缝中诞生的他们，一方面要面对思想尚未完全开放、对子女有强烈掌控欲和保护欲的父母，另一方面又要应对可怕的应试教育，很多孩子的天性都被长期压制，直到长大成人，脱离父母的掌控，很多就会变本加厉地讨回自己失去的自由。

林寂有位同学，当年可以长期处于昏睡状态，作业、试卷永远都找不到，却成绩优异得令人发指，最终以省第三名的优异成绩被几大名牌高校争抢，然而大学以后的故事不提也罢，他一路红灯开到底，延期毕业两年，如今凭借父母的关系在当地一家冷清的单位上班，按部就班地结婚生子，过着毫不起眼的生活。林树并不排斥平淡的生活，相反他十分渴望这样的生活，但不是沦为平淡，而是选择平淡。

林寂转过头看着林树。林树低头与她对视，又问了一遍："又怎么了？"

"我想见他。"林寂没头没尾地冒出一句。

林树自然不知道这个"他"是指谁。

林寂毕竟是女孩子，她的小心思会跟文棋说，会跟白繁说，会跟她那些小姐妹说，却很难向哥哥开口。

她不说，林树怎么可能懂？

林树只得自己探寻问题的答案："谁？"

"我花两年时间终于见到了他，只要我再努力一下下，我就能够走到他面前，让他认出我。"林寂自顾自地说。

"……"

"哥，我要去新疆，去看他的风景。"林寂突然仰起头，眼睛里洒满星光。

林树双手插兜站在秋千椅旁边，像个黑社会老大，他像看猎物一般盯着林寂，却没有回应她。

林寂眼睛里的光在他的注视下渐渐暗淡下去，她又低下了头，小声询问："哥，如果给你一次通往另一个世界的机会，你会怎么做？"

林树心中一软，在林寂旁边坐了下来："我会找到白繁，跟她好好告别。"

"然后呢？跟现在有什么不同？你会从此放下过去，开始寻找新的人生吗？"

林树沉默了一会儿，道："她离开后，我的人生已经是全新的了。我想我会过着跟现在一样的生活，只是偶尔想起她，偶尔失望，偶尔遗憾，偶尔会想……幸好是我，而不是她。我常常产生错觉，她还在我身边，我们的孩子是个女孩，古灵精怪，伶俐可爱，一点都不像她，我们一家三口过着平淡的生活，一起散步，一起游戏。如果不出意外，我们还想要个男孩，凑一个‘好’字。虽然他是弟弟，可他是男子汉，我会教他从小就保护姐姐，成为姐姐最强有力的后盾……”

林寂看着哥哥，他的表情一派平和，并未因勾起心底难以愈合的痛而痛苦。他已经接受了现实，走出了悲伤，他找到了他的心灵归宿。而她，什么都没有失去，却在这里自怨自艾，可同样，她也什么都没有得到过，她不知道哪一种更好一些。

林树似是懂了她的心思，把无奈化作叹息吐出，说：“如果这样做你心里会好受一些，那就去吧。”

“嗯？”

“去新疆吧。我不知道你喜欢的是什么人、想见的是什么人，但是你总不至于傻到被人卖了还帮人数钱吧。”

“我会帮忙数钱的。”林寂说，“然后携款私逃。”

是林寂会做得出来的事，林树摇头苦笑。但他并没有被林寂麻痹，他说：“你知道我不赞同你一个人去，对吧？”

这个问题的确出乎林寂的意料，她只是有了这个想法，实则没有任何计划。按照她的性格，不做任何攻略乘兴而至的可能性很大。

林树倒是有些佩服自己的神机妙算了，他问：“你要去哪儿？”

“新疆啊。”林寂看白痴一样看着哥哥。

林树握了握拳，已经有了想揍人的冲动：“新疆哪儿？”

林寂这才反应过来：“伊犁。”

林树冷哼一声：“算你走运，伊犁我还有几个认识的朋友。你至少找一个同伴，我让朋友帮你找靠谱的导游。”

“哎？”林寂像是受到了多大的侮辱，不满地叫起来。

林树横了她一眼：“两个选择，要么听我的安排，要么在家待着。”

“我怎么觉得你把我当罪犯对待呢？要么被枪毙，要么把牢底坐穿。”林寂皱着眉抗议。

林树笑了笑：“罪犯比你乖顺多了。”

看到门外的人，时桥南竟然丝毫不觉得诧异。

从接到任语初的电话，去赴上次的那场鸿门宴，他就预感到事情不会那么简单。只有纯粹的感觉主义者才会随性而为，像任语初这样独立自强的理智派，任何行动都必然有一定的目的。

他站在门口，丝毫没有让她进门的意思。这个女人表面上的知性亲切都是假的，她不高兴了可以一声不吭地把你推下悬崖，转身走掉。哪怕她现在对你露出久违的笑容，显得包容、温柔，那都是她妄图掌控你的方式。

任语初却毫不见外，她把手里拎的购物袋塞到时桥南怀里，不顾时桥南的冷漠，绕过时桥南走进门里，边走边说："没看到我拎着一堆东西吗？阿桥，你在国外待了几年，还是没学会绅士呢。"她明明是第一次来他家，却像个主人，轻车熟路地在玄关鞋架里找到拖鞋换上。

她叫他阿桥，像当年一样。时桥南的头更痛了，他跟在任语初身后，看着她自顾自地脱了外套挂在墙体衣架上，然后去冰箱里找到矿泉水，轻松拧开瓶盖，咕咚咕咚喝水，好像中间失去联系的十年并不存在。

她余光瞥见时桥南正将东西放在厨房案台上，笑道："听说你病了，我买了一些水果，给你补充VC，还有一些你爱吃的东西，也不知道这些年你口味变了没有。以前你生病，就爱吃山治家的榴梿酥，我特意跑去买的，还热乎着呢，你赶紧吃。"

看他不动，任语初摇摇头，拎过袋子往外拿东西："你还是跟以前一样，生了病就懒得理人。"

不，不是懒得理人，是完全不想配合你，时桥南在心里回应。

任语初将东西一一分类放进冰箱："我打电话给小关，他说你生病了，我就来看看，我猜你肯定不吃不喝闷头躺尸。一会儿我帮你煮点粥，你吃点东西，然后吃药……"

"语初，"时桥南一忍再忍，终于忍无可忍，"我已经过了会因为女生主动示好就心生好感的年纪，你也不是善于用这种方式打动别人的人，更何况我们之间的关系也不是靠关怀就能消除芥蒂的。你到底为什么回来找我？"

任语初的动作慢下来，像惯性引起的振荡一点点停止运动回归静止。她穿着卡其色休闲毛衣和深色休闲阔腿裤，微卷的长发自然散落，将她特有的那种平和安静的成熟知性美展现得淋漓尽致。大概不会有人相信这样一个充满感性的躯体里会存在着那样冷漠决绝的灵魂。

她像是在沉思，时桥南并不着急。他有足够的时间和耐心愈合伤口，就有足够的时间和耐心等她第二次举起屠刀。

她似是也懂他的心情，笑了笑，带着几分索然无味、几分自嘲。当一切情绪再度被掩藏在风平浪静之下，她终于开口了："阿桥，这些年你为什么始终一个人？"

"我并没有……"

"我知道。我知道你主动追过别人，无功而返；我也知道你试着跟几个女孩交往，最长的也没超过三个月……为什么？你想过吗，为什么？"

她的话戳中了他的心事。多年来，他从不将这件事放在心上，他不去想，不去深究，不代表他不明白，但他仍然坚持这与她无关："那跟你……"

她打断了他："这些年，我也没有敢再爱过。"

"……"

"我忘不掉，也走不出。"

"那跟我有什么关系？"

送走任语初，时桥南刚在沙发上躺下，手机就响了起来。

又是言聆风。

时桥南接起电话，有气无力："喂，师姐，这么不放心，不如把林寂带去法国啊。"

言聆风鼻子里哼了一声："你倒是会恶人先告状，听说你把人给惹毛了？"

时桥南顿时清醒了："林寂找你告状了？"

"告状的不是她，是我同学文棋，你应该见过的。"言聆风说，"她是林寂的编辑，正手足无措地应对林寂呢，她拿林寂没有办法，一哭二闹三上吊也没啥用，托我问问你，你到底是怎么惹毛林寂的。"

时桥南对文棋有印象，她是言聆风的高中同学，貌似现在在某家漫画杂志社当编辑，她与言聆风关系匪浅，就是她将林寂介绍给言聆风的。

"林寂怎么了？"时桥南闭上眼，权当自己死了，无法阻挡生者的念叨。

“其实也没什么，就是她一怒之下要休刊，放了文棋和她们杂志社的鸽子。”言聆风并不懂杂志社的事情，文棋絮絮叨叨说了半天，她概括了一下大意，好像是这样，“其实这段时间我也没跟林寂联系，关于她的情况我都是听你说的，她的情况很糟糕吗？”

“就是我跟你说的，她有幻觉，现在又发生了移情……”时桥南叹了口气，站起身去找衣服，“你等会儿，我去医院把她最新的诊疗记录发给你。我现在也是一团乱麻，你先看看会诊记录，我也会发给麦肯恩先生一份，我们一起讨论一下。他对这个案子也很感兴趣。”

“你没在医院……”言聆风后知后觉，“你声音不太对，你生病了吗？”

时桥南已经无法表达内心的凄凉了：“师姐，你真关心我……”

“那不着急，你先养病，反正人家也把你炒了，我们慢慢研究……”言聆风笑道。

时桥南已经穿好外套了，说：“别哪壶不开提哪壶，行吗？是我搞砸的，我也很心急，我们好好研究下，即便她换医生了，也可以把病历和我们的治疗方案给新医生，当作参考……”

“是是是，你心急，我看出来了，不然怎么会急火攻心病倒了呢？”

时桥南失笑，她这么解释貌似也没毛病。

时桥南去医院将林寂的会诊记录整理出来，文字版的发传真，视频、音频版的都打包发到了言聆风的邮箱。

不知道因为什么，只是忽然觉得世界都空了。

任语初的归来、林寂的恼怒，都带着阴谋的意味。一旦被他识破，荒原上就只余他一人。

倍感孤寂。

恰在这时，手机传来微信消息提示。像是溺水之际突然伸来的一只手，给了他莫大的希望，他迅速抓住这只手，感激涕零。发消息的人是某声音互动平台的负责人，她仍旧在锲而不舍地来给时桥南做思想工作——没有多少人会这么坚持了。

时桥南心里忽然涌上一阵暖意，为这份被自己忽略的在乎。他鬼使神差地觉得自己之前的拒绝都太不近人情，因而迅速地、果断地回答好。

这位叫作展信佳的负责人是个花痴型大龄少女，也是时桥南的迷妹，所以这次分明就是假公济私。看到时桥南的回复，她愣怔了好几秒，被拒绝的次数多了，她根本不敢相信自己的眼睛。她摇摇头，眨眨眼，醒了醒神，再看对话框，时桥南的回复仍乖乖地躺在消息气泡里，然而于她而言，这简简单单的一个“好”字简直可以包罗万象。她的第一反应就是男神肯定是手误回错了，她抖着手打字：“男神，你是不是手误了？”

时桥南淡淡地回应：“没有。”

展信佳激动得直接从座位上跳了起来，在办公室大叫：“白石同意了！白石同意了！我男神同意啦！”她怕时桥南反悔，立马发消息：“男神，不能反悔了哦，截图为证，我马上安排档期。你什么时候方便啊？”

时桥南回：“随便。”想了想，又说：“尽量在周末吧，我的粉丝多是学生党，周末才有时间。”

展信佳在屏幕前拼命点头：“好好好！你声音这么好听，你说什么都对！”

展信佳想趁机跟时桥南套近乎，希望哪怕尬聊也尽可能地熟悉起来——这是朋友给她出的主意。此前她委婉地询问过时桥南的个人情况，虽然时桥南没有明说，但她还是从蛛丝马迹中得知他目前单身，且没有目标。每一个迷妹在这种情况下都会满怀憧憬，否则实在称不上一个合格的迷妹。

然而，令她失望的是，说完工作，后面的话时桥南一概没搭理。其实这绝非时桥南的风格，但今天他没有精力应付任何人。他不想马上回家，又不知道该去哪里，可是当车子驶出医院，他忽然有了想法，他在一个路口折向与平时相反的方向，那条路的尽头有一个他突然特别特别想去的地方。

苏州，平江路。

时桥南与任语初的相遇始于平江路，一家古朴的昆曲评弹社芦花院。芦花院的名字源自元代散曲家贯云石，他辞官归隐后，自号“芦花道人”，他创作的曲调，后世称为“海盐腔”，是昆腔的先驱。

那是他和关铎到达苏州的第一天，两人在芦花院喝茶听曲，夜色渐浓，预谋了一整天的台风终于登陆苏州，狂风大作，暴雨如注，关铎原本想回酒店打游戏，最终被困无法成行。就在雨刚刚变大时，门吱呀一声开了，进来了两个女孩，其中一个就是任语初，另一个便是她的闺密纪念念。

芦花院里人很多，因为下雨都无法离去，只好安心地吃茶听曲。两个女孩环顾一周，最终选择了与他们拼桌。一切就那么自然而然地开始了。

那天的雨下得极大极久，号称苏州近十年来最大降水量，直到深夜才渐渐停歇。夏末秋初时节，对于江南来说毫无秋意，然而大雨过后，风也缓和了许多，平江河水量暴涨，水流湍急，很多店铺都早早关门歇业，只有寥寥几家还亮着灯，却也已经开始收拾着准备打烊。凹凸不平的石板路上，因积水泛着光，昏黄的灯光透过雨后清新潮湿的空气一团一团打在水面上，简单又暧昧。

四个人有说有笑，明明是第一次见面，却宛如故交，一同返回附近的荷马花园酒店。是的，这是另一个巧合。

之后几日，他们便默契地一同游玩，相互留了电话，竟然意外得知两人与时桥南是校友，且都是大一新生。一个接一个的巧合就像是伏笔，把他们的命运牵连在了一起。

后来呢？

后来，就像所有悲伤的故事一样，他们从相知相爱，到渐行渐远，直到在最后一次争吵后，任语初突然毫无征兆地加入支教队伍，跟随大部队入驻贵州某处山区，没有事前告知，也没有临别赠言。时桥南直到两天后才从她室友口中得知真相。

两人像是铆足了劲儿等待对方率先低头，却都因骄傲不肯折腰。

一个月后，时桥南拿到了美国哈佛医学院的offer，便赌气一样远渡重洋，不留只言片语。

两人就此失去联系。

要说是否有遗憾，答案是肯定的。

只是时桥南不是喜欢吃回头草的人，而且事情过去太久，连当时的争吵和矛盾所为何事他都已经记不清了。他们可能只是在错误的时间、地点遇到了对的人，因为有错误信息，所以无法持续。他知道他们都会有各自的生活，以后会遇到真正对的人，过着另一番幸福快乐的生活。

万万没想到，有一天她会重新出现在他面前，以一副从未离开的姿态。

她说："阿桥，这些年你为什么始终一个人？"

她说："这些年，我也没有敢再爱过。"

她说："我忘不掉，也走不出。"

我忘不掉，也走不出。

原来，他不是一个人。

次日，艳阳高照。

当时桥南坐在荷马花园酒店的落地玻璃窗前独自吃早餐时，林寂和文棋正从摆渡车上下来，坐上即将飞往乌鲁木齐的航班。

手机里，微信语音通话中，对面的江箬正絮絮叨叨地责怪时桥南病得不是时候，导致他现在忙成狗，一大早就得赶去医院。时桥南淡淡地回应，一副爱答不理的样子，但这丝毫没有影响到江箬斗志昂扬的批判。江箬这种人大概是最幸福的一类人了，天塌下来都挡不住他吐槽。

林寂坐上飞机，系好安全带，关了手机，拿出速写本和自动铅笔，向文棋自夸："你看，就算出去玩，我也在努力工作，是不是要好好感谢我？"

"呵呵。"文棋敷衍地笑了笑，"如果你这是在工作室里，我就真的感激涕零了。"

"不要异想天开。"林寂白了她一眼。

飞机渐渐远离地面，魔都一点点完整地展现在眼前。无论看多少次，林寂都喜欢这个城市出现在地图上的感觉，因为在地图上看到它，就等于看到了白石的存在。

林寂和文棋在乌鲁木齐逗留了两天，然后转机前往伊宁。

出了机场，林树的朋友贺应詹早已等候在此。贺应詹专门请了假，带两人游览了一番伊宁胜景。林寂满怀感谢，却并没有在心满意足后如文棋所愿打道回府。

他们行程的最后一站是霍城县果子沟，前一天冷空气南下，新疆大范围降雪，这一天果子沟也是雪舞银蛇。贺应詹边开车边道：“你来得不是时候，果子沟从春天到秋天都是旅游的最佳季节，野花盛开，随处可见牧民和蒙古包，真正是风吹草低见牛羊，加上三三两两的养蜂人夹杂其间，别提多有感觉了，连我这个当地人每年都会开车走一遭乌伊公路，然后在赛里木湖畔停下来……”

“我们不去赛里木湖吗？”文棋问。

贺应詹从后视镜里看了她一眼，笑道：“你们想去，那么我们就直接过去，不过这时候也没什么好看的……”

“赛里木湖才是我这次的真正目的地。”林寂说。

贺应詹笑道：“那你挺不善于做旅游攻略的。”

林寂没回应，文棋却在心里默默吐槽：“何止是不善于做攻略，这次来新疆她根本就没准备攻略，好吗？”

车子正穿越高架桥一段，雄踞山间的桥梁，前后左右都是巍峨的高山，山巅积雪不化，满天飞雪，闭上眼，好像山正承受不住积雪的重量倾倒下来。林寂想象着那个人与好友开车驶过这条路，车子是她钟爱的SUV，车窗洞开，山风在耳畔呼啸……

青的山、绿的水、五彩缤纷的花，组成一幅色彩艳丽的油画，小小如蝼蚁的牧民、蒙古包和牛羊徐徐行走在画中，那时候他们在说笑，他看着这养育自己长大的钟灵毓秀之地，胸腔里有股油然而生的畅快，那是自豪，也是欣喜。一方水土养育一方人，只有这样沉稳中透着灵气、豪迈中夹杂着温柔，就连质朴与随性都与生俱来的山川河流，方能养育出那样一个光风霁月的人。

赛里木湖畔已经积了厚厚的雪，另有几支小队伍也冒雪前来，文棋和贺应詹很快与那几个小孩子玩到了一起，打雪仗、堆雪人，玩得不亦乐乎。林寂独自走在湖边，看着结了冰的湖面上几个人正追逐奔跑，眼睛渐渐酸涩起来。她眼前是白石飞奔在雪地里与好友嬉闹的画面，但这画面只是略一停留，镜头一转就成了夏季，湖水微澜，天地万物蓬勃生长，白石站在湖边掬水，拿着相机拍下每一个动人的画面，用她现在的步速漫步过一草一木。

她听到了湖水静谧的微漾，她的心都要化了。

她听到了他的声音，寂静里带着深沉。

她跨越三千公里来见他，看他看过的天、他采撷过的云、他眺望过的山峦、他静默过的湖、他坐过的草地、他呼吸过的空气……以及她希望他想念过的她。

“时医生，我儿子还小，不能当精神病啊，要是传出去他这一辈子就毁了……”丰腴富态的中年妇人眼圈微红，恳求时桥南。

这话她已经重复了几十遍。“不能当精神病”，时桥南听着又是心酸又是气愤，他能理解一个母亲对孩子的爱，但精神病不是能不能当的问题，更不是一纸鉴定就能决定的问题，所有的患者都无从选择，他们只能被动接受患病这一事实。

时桥南送她出门，语气淡淡的：“杨太太，我只能用医学事实说话，他的精神状态如何等见到令郎我会判断的，但我不能向你保证什么……”

这是一起未成年人杀人案。凶手杨希雨还差一个月满十四周岁，按照法律规定，不需要负刑事责任，而是会被送往工读学校。但在警方的审讯过程中，他的精神状态极差，因而林树提交了精神司法鉴定请求，如果被鉴定为精神病，杨希雨将被强制治疗。

杨希雨的母亲无法接受这一转变，她原本已经规划好，把儿子送入工读学校后，她就对周围人谎称把儿子送去了国外上学，这样等儿子从工读学校出来后就直接出国，丝毫不会对他的人生产生什么影响。然而，如果儿子被司法鉴定为精神病，那么他的人生就永远都无法摆脱精神病这个标签了，这让她觉得自己的计划被打乱了。她来找时桥南，不过是希望时桥南给出否的鉴定结果。

听到时桥南的话，杨太太愣怔了好一会儿，还想说什么，李曦已经走过来，安抚着她将她领向电梯。

时桥南目送她离开，她不甘心地一步三回头，用眼神祈求时桥南改变主意。时桥南心中叹息，她或许不会懂，杨希雨小小年纪就出现了精神分裂症，不及时治疗，后果不堪设想。

时桥南捏了捏眉心，返回办公室，就看到手机屏幕亮着，“江箬”两个大字赫然入目。明明在同一栋楼里办公，江箬却总是喜欢打电话说事，美其名曰快捷方便，其实就是懒。

“一会儿去吃小龙虾啊。”江箬说。

果然不是什么正经事。

但时桥南还是答应了。最近他情绪低沉，实在不愿意早早回家面对空荡荡的房间，总觉得哪个角落里潜藏着一只野兽，对他虎视眈眈，伺机而动，想把他吞没。

挂了电话，时桥南随手打开微博，看了看热门，无非心灵鸡汤、感人事迹、搞笑段子和小鲜肉的最近更博，其中夹了一两条怎么看都像是花钱送上热门的。他滑动手指，扫完热门后，又看了看好友状态，也没有什么让人感兴趣的事情。

他索然无味地看着微博，别人生活中的五颜六色呈现在眼前，大概因为与己无关，又隔着冷冰冰的屏幕，他感觉不到任何温度，无法被那些秀恩爱的内容感染幸福抑或产生羡慕嫉妒恨的情绪，也无法因为那些乌龙事件会心一笑，连照片里的猫猫狗狗于他而言都显得呆板刻意。

他知道自己怎么了，他不想否认。他在搜索栏里输入“林寂”两个字，看着名为“林寂Sylvia”的微博头像跳出来，他这才从生活的旁观者变成了体验者，切身感受到了心跳带来的颤动。

林寂并没有过多的新状态，只有一条：“我跨越三千公里，带你们来见见白石，他看过的天、他采撷过的云、他眺望过的山峦、他静默过的湖、他坐过的草地、他呼吸过的空气……以及我希望他想念过的我。”配图是一片雪原，远远的地方有山脉的轮廓。

他认得这里。

他不知道林寂是带着怎样的心情写下这句话的，更不知道在写下这句话之后，林寂转过身时看见了他。

他双手插在大衣口袋里，信步而来。他温柔的目光带着强大的力量，从远远的山脉上抚过，一点点漫步过赛里木湖面，停留在她的脸上。她能清晰地感受到他的目光游走时带起了风，微微的风有着春天的气息。她与他四目相对，她知道他跟她有着同样的震撼，可又是那么自然，好像赴一场约。

他说："你怎么来了？"

她答："因为你在这里。"

他说："我也是刚到。"

她回："我知道。"

顿了顿，她又说："可是像等了一万年。"

他眨了眨眼，笑起来。

等那笑意带来的风渐渐停歇，他道："对不起。"

他没有说出为何道歉，但她知道，她知道他没说出口的不是"我来晚了"，不是"第一次没认出你"，而是他身边有了另一个人。

她深深地闭了下眼，多日来第一次笑得如此真心，好像到了生命的最后，夙愿已了，此生无憾。

她最后看了一眼赛里木湖和它的天与地，然后大踏步离去。她没有再回头，背对着他挥了挥手。

她没有把那些话说出口，可是她知道他懂。

白石，我要走了，我要去很多很多地方，见很多很多人，希望……能够忘记那些为你的日日夜夜。

我会好好生活，也会在每一个风景独好的地方想起你，唤你的名字，我会仰起头、转过脸，假装有你在身边，但我不会再出现在你面前。

像平行时空的两个人，爱情故事也显得不伦不类。

撒要那拉[1]。

在见到白石的第二天，林寂便与文棋返回了上海。

一下飞机，已有了暖意的风带着江南特有的湿气迎面扑来，让过去数日的旅程忽然变得做梦一般。

文棋已经累成狗，七个小时的飞行，她恨不得就地躺倒。与她形成鲜明对比的是，林寂情绪高昂，像个参加春游归来的小学生。文棋对此百思

---

1 日语"さようなら"的中文音译，意为再见、永别。

不得其解。

“林寂，你是不是撞邪了？”文棋问。

“哈？”林寂用搞笑的语调拖长音回应，摇头晃脑，“我只是很开心而已！接下来我就会用生命去工作了，燃尽自己，点亮Master D！”说到最后甚至握拳加油。

“走啦！走啦！走啦！”林寂取到行李，拉着行李箱迈着轻快的步子开路。

文棋看着她，想到一个词：花枝乱颤。

在赛里木湖时，林寂一个人溜达了很久，然后回来找她时仿佛遇到了什么好事一般，心情好得像受了刺激，直接摘掉了手套，用手抓起冰冷的雪团成球，加入了打雪仗的行列。

那时候，文棋就知道在林寂离开时一定发生了什么。但林寂不说，她也不知道该如何问。林寂没有变，只是一扫最近一段时间的沉默寡言，恢复了往日的开朗，即便开朗得有些过分、有些刻意。

林寂走出一段距离，发现文棋并没有跟上，她停下脚步，恨铁不成钢地望着文棋，喊：“快走啊！你在这里赖上十年，人家也不会退你机票钱的！”

声音传过来，周围好事者纷纷行注目礼。

文棋恨不得找个地洞钻进去。她飞快地追上来，毫不客气地拍了林寂一巴掌：“你发疯了啊？没发现大家都像看疯子一样看我？”

“你别误会。”林寂笑嘻嘻的，“他们只是把你当傻子，离疯子还有点距离。”

林寂爱说冷笑话，尤其喜欢玩文字游戏。文棋一时没明白，但也知道不是什么好话，疑惑地瞪她。就听林寂悠悠开口：“智商不够啊……天才与疯子只有一线之隔，而你与疯子隔着一个东非大裂谷。”说完拉着行李箱逃之夭夭，撒欢一样横冲直撞，全无章法，几次撞到行人，迅速道歉，马上离开。

是的，林寂状态不对。文棋看着她远去的背影，越发肯定。

当林寂下了出租车，文棋立马拨通了言聆风的电话。

如她所料，听完文棋的描述，言聆风也觉得其中有问题，但她人在法国，无法亲自诊断林寂的状态，便给了文棋时桥南的联系方式，让她以后有情况多跟时桥南沟通，然后就把情况转述给了时桥南。

这几天，时桥南、言聆风和麦肯恩先生开过数次语音会议，讨论林寂的症状和治疗方案，最终一致觉得应该顺其自然。既然林寂产生了移情，将虚无的情感投射到了一个真实的人身上，未免不是一件好事。真实世界的人与事，能够引导她分清现实与虚幻，也能够让她更好地走出她给自己建造的高墙壁垒围困的世界。

对于这一结果，时桥南说不上满意与否，他只是稍稍松了一口气，觉得理应如此。但过后回想起来，他又觉得心头堵得慌。

接到言聆风的电话时，他刚刚结束与杨希雨的谈话。

他跟杨希雨聊完后走出询问室，林树正与另外两位精神科医生说话。这次与时桥南合作的一位是市精神卫生中心的女精神科医生梅芳华，一位是刚刚拿到精神司法鉴定资格的新人骆梵。

不等林树开口，单眼皮、小眼睛的骆梵抢先问："时医生，你觉得如何？"

梅芳华与时桥南是旧相识，骆梵是她的后辈同事，她不好意思地对时桥南笑了笑，问："这个孩子，我们应该很容易达成一致吧？"

时桥南笑道："是，精神分裂。"

圣约翰国际学校十三岁少年杀人案[1]自从爆出，就引起了全民的关注。少年杨希雨平时乖巧懂事，很少惹是生非，大部分时间都是一个人埋首于漫画中，这一次他却做出了令所有人震惊的事情：用刀子捅了几个同学，导致其中一人当场死亡，一人在送医途中不治身亡，另有两人受伤。

---

1 该案部分内容借鉴和参考了美剧《法律与秩序：特殊受害者》第五季第二集的少年枪击杀人案。剧中，13岁少年患有抑郁症，因母亲没钱给他治病，恰好药物公司免费赠送新品药物上门，母亲便把成人服用的新品抗抑郁药物给少年服用，导致少年病情加重，出现精神分裂，并枪杀了校园里霸凌他的同学。最终，少年主动认罪并接受治疗，该药物公司CEO因危害他人安全罪和非法分发处方药而被逮捕。

在整个与精神医生的谈话中，他从不否认杀人事实，却坚称他们是咎由自取。他把自己代入到了漫画中，那几个少年是他漫画里的恶徒，他只是作为漫画中的正义使者“星王”惩恶扬善。他把漫画里的世界观解释给时桥南听——那是一个魔法世界，贵族少年星放弃享受生活，立志成为魔法骑士，却因出身高贵遭到排挤，不得已化身假面骑士到处惩恶扬善，因其魔法华丽如流星，被人称为星王。

如果说林寂是偏执，那么杨希雨就是真的入戏了。

时桥南问：“你觉得漫画世界和真实世界有什么区别？”

杨希雨道：“没有区别。”

时桥南问：“那我也在你的漫画里吗？”

杨希雨道：“嗯。”

时桥南问：“那我是什么样的？”

杨希雨道：“我看到了你的能量，是黑色的，黑色代表正义，你是个好人。”

时桥南问：“那你怎么跟他们交流？”

杨希雨道：“我能看到死神。”

时桥南问：“什么？”

杨希雨道：“死神。在星王的世界里，星王还代表着死神。”

时桥南不解：“他……”

杨希雨解释：“他告诉我去杀该杀之人，他选择名单，我负责行动。”

谈话的过程中，杨希雨一直在画画，他的画完全是黑白色调，画面压抑，跟他的年龄极不相称。他们所处的是专为少年儿童设置的房间，色调明快，有很多玩具，是为了让受害者或嫌疑人放松特意设计成这样的，然而杨希雨一进来就皱起眉头，在等待时桥南的时间里，他暴躁地不停地绕着房间转，几乎对每一个触手可及的玩具施展暴力。得知这一点后，时桥南就知道这个孩子的心理问题有些严重。

时桥南试着引导他：“那死神……星王是如何筛选名单的？”

杨希雨却突然离开了桌子，对着架子上的毛绒玩具一通拳脚下去，突然吼道：“闭嘴！”

“……”他的反应过于强烈，时桥南略感诧异。

就听杨希雨接着道：“不！我已经杀了两个人了，我不会再帮你做事的！闭嘴！我知道杀人是不对的……不！那不是正义！那是错的！你给我闭嘴！”

他是真的在跟人吵架，跟一个只有他自己看得到的人。

时桥南有些愣住了，林寂是不是也在这样的矛盾里不断挣扎？

林寂曾自嘲对白石的态度其实很婊，觉得自己活成了自己讨厌的人。她那么明白是非曲直，却偏执地为他成为她所讨厌的人，是可怜、可悲，抑或像她自己所说，其实她也是双重标准？

无论哪一种，都带着深深的恶意。

几个人心情沉重地看着钢化玻璃那边的孩子，孩子情绪暴躁，不停地在本子上涂画，虽然陆云嘉特意赶来帮忙照应孩子，但孩子又陷入了自己的世界里，根本不跟人说话。

就在这时，言聆风的电话进来了。

时桥南看了一眼，道了声不好意思，便走开去接电话。

言聆风把文棋的描述转述一遍，道：“反正我把人交给你了，你得负责到底。”

“我在外面工作啊。”当师姐的永远都善于滥用权力，时桥南无奈地叫苦。

言聆风愣了一下，随即反应过来：“你在司法鉴？”

“是的。”时桥南说完，才想起来林寂貌似就住在这附近。

果然，电话里传来翻动纸页的声音，那头的言聆风很快停止动作：“林寂就住在那附近。你看，注定的，你给我跑一趟。”

“我以什么身份去？”时桥南自嘲地轻笑一声，“你不要忘了，她已经把我炒了，只要她没有危害他人和社会的安全，她就有权利拒绝治疗。”

言聆风冷漠地哦了一声：“你现在跟我谈原则？你好像忘了某人作为病人的妄想对象，却隐瞒实情接纳病患……”

“……”

“时桥南，如果一个病人在离开你以后出了事，你会内疚一辈子的。”

“师姐……”

听到她语重心长的话，时桥南有些感动，谁知言聆风一秒即破功，她厉声道：“你少废话，办完事赶紧去！我把她家地址发你微信上。”言罢不待时桥南回应便挂了电话。

时桥南无奈地苦笑，回到几位同伴身边时，梅芳华看到他脸上遗留的神色，打趣他：“怎么，被女朋友训话了？”

“哪有什么女朋友……”时桥南失笑，“我们赶紧商讨下鉴定报告该如何写吧，结束后我还得去探望一个病人。”

“心病的病吧？”林树说。

时桥南回：“那你就不需要担心了，毕竟有心的人才可能有心病。”

林树摸摸鼻子，嘿嘿笑了笑：“你竟然跟我妹妹说得一模一样。这么有缘，要不要我介绍你们认识啊？”

时桥南并不把林树的话当真，笑道：“不必了，你都够麻烦了，我怕你妹妹变本加厉，我还想多活几年呢。”

没想到时桥南这么明白，林树哈哈大笑，说：“别怕，她才不会看上你呢，她最近迷恋一个什么网络歌手……还特意为了那个人跑了一趟新疆……啊！”他忽然道：“好像是今天回来。”

时桥南本来心不在焉地听着，听到“新疆”两个字，脚步一顿，扭头盯着林树：“你妹妹叫什么？”

“我没跟你提过？”林树道，“林寂。”

林寂。

日出远岫明，鸟散空林寂。

第五话

非鱼

居山四望阻，风云竟朝夕。
深溪横古树，空岩卧幽石。
日出远岫明，鸟散空林寂。
兰庭动幽气，竹室生虚白。
落花入户飞，细草当阶积。
桂酒徒盈樽，故人不在席。
日落山之幽，临风望羽客。

——[隋] 杨素《山斋独坐赠薛内史》其一

从什么时候开始喜欢这首诗，时桥南已经记不清了，大约是在抵达波士顿的那年冬天吧。至少记忆里对它产生特别深刻的感情，是从那时候开始。

那年的波士顿遭遇怪兽级暴风雪，一整个冬天都笼罩在童话一般的雪色里。暴风雪严重时，市政府发布了出行警告，让市民如无特别重要的事情，请尽量待在家中。因而，街道冷清，少有行人和车辆，仿佛一整个城市都陷入了冬眠。低达零下二十二摄氏度的室外气温，当你走出去，便会知道何止如此，你会冻得感谢一直以来的生活如此美好，毕竟跌破零下三十摄氏度的体感温度不是虚构的。

那时候他与任语初已经失去联系数月，一颗饱含着希望埋下的种子，在骄傲里失去了生根发芽的沃土，他们两败俱伤，却谁也不肯给这场战争一个应有的结局。

同学们在宿舍里日夜狂欢，但时间一久就觉得乏味。时桥南参加了几次后，便意兴阑珊，倒不如就着咖啡摆棋谱。几个外国同学对他的黑白子很感兴趣，也有样学样地画了棋盘，用不同形状的饼干，跟着他学围棋。东方围棋的高深莫测让这些高才生大开眼界，一个个还没入门就争先恐后地要跟时桥南过招。时桥南的水平并不见得有多高明，但应对他们实在有些大材小用，他便让他们各自对弈，而他仍旧在窗前摆自己的棋谱。

不知道是谁开窗后没有关严，风从窗户缝隙里灌进来，像一条小蛇一般迅速绕遍全身，冻得人直打哆嗦。时桥南抬起头，窗户一下子被刮开了，外面的风已经小了很多，鹅毛般的雪纷纷扬扬，能见度极低。他一个恍惚，眼前浮现出一个人影由远而近，从点状大小渐渐现出轮廓，在风雪中那轮廓隐隐约约，像是漫画里斜线填满的影子，却始终没有走出风雪走到他面前。他脑海里一下子闪过这首诗，默诵一遍，不禁悲从中来。

每一首古诗，今人解读时，往往会说表达了诗人如何如何的心情和想法，其实同样的一首诗，不同的人读来，品读出的内容也不尽相同。他不知道专家会如何给出这首诗的标准注解，但于他，初读时他只觉得这首诗很淡很静，而在这个异国他乡的暴风雪中，他好像忽然懂得了作者信笔写来时的寂寥无助。他跟诗人一样，在人生这座空山里，等一个知己，飞花流云，细草竹影，万籁俱寂，独不见人来。他望着棋盘对侧空着的位置，仿佛那里正有一个人跨越一千四百余年的岁月，与他面对面相望，一切尽在不言中。

时桥南并不知道林寂的外祖父出于何种原因给林寂以这首诗为典故取名，但作为一个名字，真的太寂寞了。在去林寂家的路上，波士顿那个冬天在记忆里如画卷般缓缓展开，以至于当他站在林寂家楼下时，面对着呼叫机，他的心情仍久久未能平静。他几乎是不假思索地按下了房门号和呼叫键，听到对讲机里传来林寂的声音，他如梦初醒。

“文棋吗？门开了。”好像知道只有文棋会来，连等待确认都没有，林寂直接按下了“确认”开门。

小别之后，乍然听到她的声音，时桥南百感交集。

他的手已经握住了门把手，门也已经拉开了一条缝，但他忽然犹豫了。他知道她跋山涉水去了他的家乡，知道她特意去看过了他钟爱的地方，不知道为何，他相信他也知道她这趟远行带着告别的意味。她没有在那条微博里写任何道别的话，在任何人看来，她这趟新疆之行都应该是一种执迷不悟的追随，但他就是知道那很淡很静的气氛背后，是一个无声的告别仪式，寂寥无助，故作洒脱。

不知过了多久，一对散步归来的老夫妻站在了时桥南身后，老丈拍拍时桥南的肩：“小伙子，不进去吗？”

时桥南轻轻啊了一声，慌忙给老人让路并拉开门。然而，他没有跟在他们身后入内，他的行动做到了这一步，但他的思维并没有跟上。

未几，一个年轻妈妈牵着一两岁的孩子从电梯走出来，与时桥南擦肩时，小孩子仰头对着时桥南笑：“谢谢叔叔。”走出几步，他忽然又回头对时桥南摆摆手：“叔叔再见。”

时桥南循声回头望去，年轻妈妈向时桥南点头致意，母子二人说笑着走远了。那声再见像一声善意的提醒，把时桥南从虚空中拉回。他自嘲地笑了笑，完全不知道自己到底在犹豫什么。他举步迈进这个林寂生活的空间，像踏入了一个充满无限可能的世界。

门铃响起时，时桥南听到林寂匆匆往门口跑来，边跑边喊：“你怎么才上来，在电梯里迷路了吗？你是不是找不到家门只好回来找……”

那个“我”字没有出口，门一开，她愣住了。

“时医生？”林寂往门外张望一番，发现只有时桥南一个人，觉得不可思议，像是看到一个动漫人物走进了现实世界，“文棋呢？”

时桥南失笑：“文棋没有来，一直都是我。”

“哈？”林寂皱着眉歪起头，忽然啊了一声，意识到呼叫的人从未自报家门，是她下意识地认为是文棋，毕竟也只有文棋会常来常往。但她又觉得自己像个傻瓜，文棋可不是丢三落四的人，她到底是怎么觉得楼下呼叫的人就是文棋的呢？

林寂不好意思地笑了笑，邀请时桥南里面坐。然而，当她冲好咖啡，两人在茶几前面对面坐下时，谁都没有再说一句话。

时桥南坐在沙发上，环顾室内——典型的北欧风装修，阳台上或挂或摆种了很多绿植，另有一个秋千椅、一张小圆桌，倒是适合林寂这样的人。林寂与他隔着茶几在蒲团上盘膝而坐，随手拿过一个抱枕抱在怀里，直勾勾地望着他。她背后是墙面书架，满满的书，她坐在书架下，像坐拥整个世界。

时桥南无奈，只得率先开口："按理说我不应该再多管闲事，但言师姐十分关心你，可她人在法国，她所谓的关心就只能由我帮她实践了。"

"哦。"林寂淡淡应道，并不关心时桥南为何会来。

时桥南却急于解释："文棋跟她说你最近的状态不太对……上次你离开时……我深感歉意，一直很过意不去……"

"真有意思。"林寂端着马克杯慢慢喝着咖啡，默默地听着，忽然开口，"事情都过去十多天了，你一直'很过意不去'，却从没想过跟我道歉。你有我的电话、有我的微信，我也没有把你拉黑，你用哪一种方式都可以达成目的，但你需要在别人的要求下才肯来找我，受人之托，忠人之事，因为不知如何开口，只好从道歉开始……时医生，在你眼里，原来我是这么不可理喻的人吗？"

"不……"在时医生的眼里，她只是一个值得同情的患者。而在时桥南的眼里，先入为主的偏见和后知后觉发展出的不知所措在他们之间制造了幻觉，她是他心头扎着的刺，他怕她恨她又身不由己地在意她。

"不是吗？"林寂并没有纠缠于这个问题，她无所谓地笑了笑，"我已经决定往前走了，我还会继续喜欢他……我只求在之后的之后的之后，哪怕有一天不再喜欢了，想起来也会为此笑得开心。你看，我也不知道为什么，只是走进了生命里。"

她的话就像一团炸药堵在他的胸口，他咽不下吐不出，只能眼睁睁地等待它连同他的身体和灵魂四分五裂。他目光平静地看着她，那份淡定下掩藏着较之昔年波士顿的怪兽级暴风雪有过之而无不及的破坏力，他想爆发，却有什么牵引着他、束缚着他，他如鲠在喉，酸涩不堪。

林寂并没有发现他的异常，她想起林树的话，说：“我哥哥曾经有个未婚妻，在婚礼前出车祸去世了，他到现在都是单身。他说他们只想做平凡人，不显山不露水，不要成为什么特别的人，只是希望彼此相爱，组成一个小家庭，生下一双儿女，过着平淡的日子。”说到此处，她鼻头一酸，泪盈于睫，“他很傻，是不是？”

这件事时桥南是知道的，林树曾怀疑自己的人生态度有问题，特意跟他聊过。不管是身为朋友还是医生，他都觉得那场生离死别让林树比这世上的大部分人都正常。他的确在白繁死后没多久就走出了悲伤的五个阶段，速度之快让人怀疑他是否真的爱过那个如烟花消散的女子。可这只是旁观者的所见，在他们看不到的地方，他的爱深沉似海。

有的人可以轻易放下，却会用一生去缅怀。

他们很傻。

他们并非长情，只是对“曾经拥有”这个一生的可能感到满足。此后，多少人感喟于他们的形单影只，却很少有人发现他们临风时会驻足闭眼微笑、下雨时会久久地听雨声寂静中喧闹，他们对人生充满了敬畏和感激。

“他过早地勘破了孤独，却一生都会饱含爱意。”林寂了然地笑了笑，“我哥听到大概又要骂我了吧——我一直想要这样的爱情。”

“是吗？”时桥南心头不是滋味，“那如果你再次遇到他呢？”

她并没有说过她已经跟他告别，他也没有说出自己的猜测，可是他们谁都没有意识到这个问题的前提有那么多破绽。

她耸了耸肩：“我不会再遇到他，除非……”

“嗯？”

“除非……”林寂自嘲地笑，“他真的想与我走这一段路。”

“那你会怎么做？”

“佛曰，留人间多少爱，迎浮世千重变，和有情人做快乐事，别问是劫是缘。”林寂一歪头，狡黠地笑起来，“也就是说，行乐须及时，莫待不及春。”

“……”

“结果并不那么重要。我们该哭就哭，该笑就笑，当一切尘埃落定……没什么大不了，我们还有下一段旅程，不是吗？”林寂仰起头，手指捏着下巴，眯起眼睛，勾勒着未来，“或许那时候，白石已经秃顶成灾，大腹便便，说话漏风，口角流涎，油腻得好像油脂堆成的……作为一个颜狗，我当然会选择惊才风逸的小鲜肉……”

“……”时桥南听着自己灾难性的未来形象，无言以对，这大概是他第一次听到这么可怕的诅咒。

林寂忽然意识到自己吓到了时桥南，扑哧一声笑出来：“不过，这只是假设，也说不准白石根本活不到那一天。所谓天妒英才，太风华绝代的人，总要英年早逝的。”

“……”够狠。

时桥南嘴角抽了抽，费了一番工夫方说服自己这都是林寂吃不到葡萄说葡萄酸。他道：“你这是准备粉转黑了吗？”

“没有啊。”林寂诧异，“我只是对未知充满了遐想。你不能否认这些可能是会发生的吧？”

“不能。”时桥南艰难地回答。认同别人给自己定制一个充满了恶趣味的悲剧未来，实在不是一件很舒服的事情。

“那么时医生呢？”林寂将胳膊撑在茶几上，一手托腮，兴致勃勃地望着他，“你有没有想过自己的未来是怎样的？”她望着他的眼睛里像有人撒了一把星星，但时桥南知道那些星星的背面都是锋刃。

时桥南露出温和的笑：“我希望，我的未来不在你的设计和遐想里。”

林寂不认同地摇摇头，很认真地解释：“你知道，在我们每个人的人生里，我们都是自己故事的主角。但当我们走进别人的故事里，你无法得知你在对方的故事里扮演何种角色、拥有怎样的价值定义，更不会知道对方会如何给你定位，反之，你的一个微不足道的行为也会带来蝴蝶效应反作用于对方的故事。所以，你不能这么要求我。毕竟即便你提出了要求，我也无法控制你在我的故事里进进出出，你的这些行动必然会给我带来影响，让我被动地自然而然地给你定位……”

时桥南很想问，白石在你的故事里也是如此吗？但看到她眉飞色舞地开始举例解释她的这一奇怪理论，他决定把这个问题的答案留给自己去发现，他眨了眨眼，微笑聆听。

时桥南离开时，已经是晚上八点钟。夜色转浓，万家灯火，如同泼墨画里糅进了初春的阳光。路边的山茶历经寒冬，仍旧坚强地绽放着。上海就是这点最吸引人，哪怕是万物萧条的冬日，也总有亮丽的色彩凭借着一腔孤勇书写柔软。

他走出没多远，就听到一个声音在身后喊："时医生！"

是林寂。她大喘着气，站在逆光里，灯光将她的影子拉至力所能及的长度，投射到他的脚下。有一瞬间，他脑海里冒出一个异想天开的想法：她会不会用影子拉住他？

她当然不会，这毕竟不是漫画。她在时桥南进入电梯后，眼看着电梯门缓缓闭合，她突然慌忙按电梯的上下键，然而一台电梯停在十二楼，完全没有要下来的意思；另一台正载着时桥南缓缓下降。林寂不及多想，转身冲向了楼梯间。

她叫住了时桥南，才意识到不知该说什么。

他们四目相对，相顾无言。

林寂的眼睛里带着热切和祈求，时桥南看着她眼中跳动的光芒，忽然明白了她的意思。

对不起就三个字，她想为那日自己的过激反应致歉，话到嘴边，却终究没有说出口。

她已经不需要说出口，这一番长谈翻过了太多不堪，历史既然无法重写，不若怜惜眼前。

她自然懂了他的谅解，方才艰难地开口："我……"她大脑飞速运转，思索着下一步要说什么，恰好这时有人路过，她一眼瞥见那女孩手中拎着的纸袋，"白日梦想家"的艺术字logo赫然入目，她脱口而出："我请你看书……"

"嗯？"时桥南皱了皱眉。

林寂意识到自己的失态，笑了笑："边看边吃……"

白日梦想家就在林寂家小区旁边，是一家兼营咖啡、糕点的书吧，并不宽敞的空间被充分利用，墙体书架上堆满了旧书，过道边的小架子上是过期杂志和旧诗集，小小的柜台里展示着今日的特色糕点，告示牌上是店内饮料供应，靠窗的位置有两张小桌子。整个店内加上门外那张桌子总共不过三张，每张桌子都各具特色，所有椅子也都完全不同，都是店主从各种渠道淘来的“古董”。在这家店里，几乎找不到完全相同的两样东西。

林寂推开门，门口的悬铃立马丁零作响，提示主人有客到来，两只肥猫懒洋洋地抬了抬眼皮，一只小猫蹲在柜台上喵了一声。

“Sylvia，你回来啦！”店主是一个胖胖的女人，乌黑的长发垂到腰部，圆圆的脸上带着平易近人的笑，虽然已近不惑，笑起来仍像孩子一般可爱。看到林寂，她马上站起来过来拥抱林寂，待发现林寂身后的时桥南，她大感意外，目光在两人身上溜了一圈：“男朋友？”

“不是。”林寂失笑，“只是男性朋友。这是时医生，时医生，这是老板娘喵姐。”

林寂是这家店的常客，在等待上餐的时候，时桥南从喵姐口中得知了这一点。当然，即使她不说，只看两人的相熟程度就可想而知。喵姐边给两人准备咖啡和招牌抹茶蛋糕，边絮絮叨叨林寂有多么爱抹茶，笑称店里的抹茶蛋糕一半都被她买走了。

“有时候大半夜店要打烊了她却会突然出现在门口，像被遗弃的小狗一般可怜巴巴地望着我，那时候店里已经没有蛋糕了啊，但她已经着了魔，根本听不懂你在说什么……我就只好单独给她做一个蛋糕，这样大半夜就又过去了……后来我就学聪明了，不管她来不来，我都单独给她留出一份。她一旦对一样东西有了兴趣，就会变得很偏执。”

“我也这么觉得。”时桥南附议。

等待的时间里，林寂并没有闲着，而是抱起那只幼年猫咪，去逗另外两只肥猫。大概是已经过了年少轻狂的年纪，肥猫不像小猫那样喜怒溢于言表，对于林寂的逗弄始终无动于衷，任凭她费尽心机，它们始终躺在蒲团里装死。

“喂喂喂，不要装死了，能不能有个猫样啊？”林寂像个小孩子一样戳着其中的那只加菲猫，不满地嚷。

然而，加菲猫眼皮都没抬，咕噜咕噜了两声，聊作回应，却怎么看都像是嘲弄。

时桥南笑道：“猫不就是这样吗？”

林寂拿起逗猫棒不停地撩猫，那只加菲终于忍无可忍，骨碌一下坐了起来，睡眼惺忪地轻轻喵了一声，跳下猫架，去跟另一只猫挤在一起。

时桥南耐心地看着她，有些怀疑她是不是反社会型人格，又有些怀疑她是不是有多动症。他看着那只加菲一脸无奈的样子，几乎看到了那只猫无法计算的心理阴影。

此时，喵姐已经把他们点的东西都端上来了，林寂终于放弃与猫为敌，在时桥南对面坐下。店里另一对客人已经用餐完毕结账离去，喵姐装作忙碌地端着杯盘去了后厨，店里一下子安静下来。然而，林寂与时桥南忽然没了话题，两人低头默默吃东西，目光不是定在食物上就是飘在窗外，好像对面的是个陌生人，说话会尴尬，对视会更尴尬。

喵姐回来时看到这样的氛围吓了一大跳，她凭借多年的人生经验，觉得两人之间有故事，但具体是什么样的故事她看不懂。前任？曾经的暗恋对象？失散多年的亲兄妹？她装作玩手机，眼睛不停地瞟向两人，在脑子里编织了无数个狗血的悲剧故事。

林寂和时桥南默默吃完东西，林寂拿出手机要付款，时桥南却忽然按住了她的手。他笑了一下，道：“我来。”平平淡淡的语气，越发显得理所当然。

“说好的我请你的。”林寂也笑起来，但已经放下手机。

时桥南温言道：“你已经请我来了这么好的地方。”

能被邀请到一个人偏爱的地方，就应该心存感激，那是对方在打开心扉让你看他的世界。

由于担心这里不好停车，时桥南并没有把车开过来，林寂便提出送他去取车，时桥南犹豫了一下，最终没有拒绝。

路上，时桥南想起林寂介绍自己是时医生，问：“你是不是不记得我的名字？”

“记得啊！”林寂诧异地看着他，不假思索地回答，“你不是叫时……”她很明显地愣了一下，秀眉微蹙，犹豫着、心虚地试探着，“医生？”

林寂对这个名字充满了疑惑，然而并不是因为不记得他的名字，而是对“竟然有人叫这个名字”感到不解。

时桥南看着林寂的窘迫，忍不住摇头失笑：“你怎么会相信有人叫这个名字？”

“我以前有个同学叫刘学生……”林寂尴尬地笑了笑，“所以虽然会觉得奇怪，可是并不会感到不能接受。”

“留学生？”

“是的。当初，刚刚分完班，老师让我去找刘学生，跟我说就是你们学生的‘学生’，我一脸迷茫，什么什么什么？我们学生的学生？我们还都是小屁孩，哪来的学生呀，还是个留学生！老师解释了很久，我才知道原来不是那个留学生，人家就叫刘学生。”

时桥南忍俊不禁。等到笑容从嘴角绽放完毕，时桥南停住脚步，神色微凛，伸出右手，认真地道：“我叫时桥南，白石桥南的桥南。”

林寂也停了下来，她看着他，不由自主地被他影响，跟着敛了笑意。她听着他温润磁性的声音轻轻地、简短地自我介绍，有风从他的嘴中吐出，掠过她的眼睛、她的发梢，给她的眼睛蒙上了春天色彩的虹膜，让她看到的一切都忽然春意盎然。

她第一次知道有人自我介绍可以如此诗情，像是被命运选中的人，明明是同样的汉字，由特别的人说出就会变得特别动听。

她的脑海里有一个想法一闪而过，速度太快，并没有让她产生任何概念。她握住他的手，轻轻回了一声：“嗯？”

时桥南误以为她没听懂他的解释，道：“我爷爷家楼下有一座白石桥，他整天在桥南的石亭里与人下棋，我出生的时候，他正与棋友对弈，眼看就要大获全胜。当时桥南有株老树，隔了数年忽然开花，他觉得是白石桥南风水好，便给我起名为桥南，象征希望。”

林寂点点头，感叹：“幸好爷爷觉得是桥南这个地理位置的风水好，不是那棵老树的功劳，否则你大概会叫时花花、时铁花、时小花之类的了。”

这个问题时桥南倒是没想过，经她一提醒，细思恐极。

分别时，林寂道了再见，随口说：“周五见。”

每周五是她去莱恩医院见他的日子。

时桥南没有多说什么，简单回复：“周五见。”

这一夜，林寂睡得格外好。她做了一个梦，梦接上回，她送完朋友回家的路上忽然下起了雪，她匆匆跑回家中，却仍不及雪下得快，到家时大雪纷飞，地面积雪已深达半尺。家里的窗户开着，白石坐在窗前喝茶下棋，听到声音，他向窗外望来，然而纷纷扬扬的大雪隔断了视线，他看不到她。她亦望不见他，但她知道他在看着自己，一如她无法移开目光。她穿越风雪走到窗前，他果然在那里，一盏茶已经凉透，她等不及找到大门，直接从窗口爬进去，纵身跳下时他稳稳地接住了她。就在那时，风忽然大了起来，一切声音都被淹没，她只听得到他与她的心跳声，还有他低低的笑声，分外撩人。

这一夜，时桥南却失眠了。他躺在床上辗转反侧，把世界上的羊都数了一遍，越数越清醒，他从来不知道自己是如此爱学习的孩子。他的脑海里反反复复出现着同一个画面，波士顿的大雪漫天漫地，无休无止……

林寂走出地铁，随着人群拥向电梯，刷卡穿过闸门，沿着熟悉的地下通道走向出口，前往公交车站。

她戴着耳机，声音放得不大不小，正好盖过一切外界声音。

忽然，她猛地停住脚步，狐疑地转过头向身后望去。路上人来人往，没有人在看她。但在刚刚的一瞬间，她清晰地感觉到有一个平静的目光紧紧跟随着自己，平静中蕴含着炙热。她皱了皱眉，继续赶路。

没走出几步，一道轻轻的呼唤声在耳边响起，熟悉的气息和音色。她收住脚步，回望来路，像是清风拂过树梢，哗啦啦一阵作响后，森林回归寂静，连花朵伸展花瓣的声音都清晰可辨。与她擦肩而过的过客皆行色匆匆，偶有人路过时好奇地扫她一眼，并没有什么灼热的目光在守望着她，也没有什么深情的声音在低声呼唤着她。

“难道还真产生幻听了？”林寂自嘲地摇摇头，转身走向地铁的出站口。

公交车很快就来了，林寂不喜欢拥挤，特意落在后面上车。当她一只脚踏上公交车的台阶时，刚才在地铁站听到的声音再度响了起来。

“林寂。”

不是远远的轻唤，就响在耳边，发音字正腔圆、清晰明确。

林寂一愣，飞速回头，站点还在等车的几人也跟着她的目光朝路边的绿化带望过去。

毫无疑问，那里并没有她要找的人。

“到底上不上？”司机师傅有些不耐烦地催促。

林寂只得放弃追寻，匆匆上车，刷卡后找到靠窗的位置坐下，有些颓然地靠在窗边。

车子启动，街边景致与行人倒带一般从眼前退去。大概生活就是这样，往前走的每一秒，脑海里就有个小人在清理那些需要被遗忘的过去。遗留下来的不是因为需要被铭记，只是没能清理干净，又或者只是那位小小的清洁工偷懒罢了，否则怎么解释莫名其妙的选择性记忆呢。

若果真如此，她脑子里的小人一定是个善于玩忽职守的磨洋工专家，林寂自嘲地想。

她闭眼假寐，心里空落落的。自从上次时桥南来找她，她隔了两天去莱恩医院见他，她已经告诉他自己最近一直在好好吃药，没有再出现幻觉。她不清楚精神科医生会如何诊断她，但她既然想要放下并结束这场闹剧，那就要给自己做好铺垫，在不伤及彼此的情况下慢慢结束。只是，理智可以列举千万种理由说服自己，情感却是个任性的孩子，不在乎任何因与果，全凭一己私念。她的人踏上了往回走的旅程，心却丢在了他曾存在过的废墟。

“林寂。”那个声音并没有因为她如此失落就放过她。

林寂霍然睁开眼。

一个熟悉的身影站在街边的绿化带旁，他穿着毛呢大衣，双手插在口袋里，静静地望着她，他身后是经冬不谢的绿化乔木，乔木下绽放着执拗的艳丽山茶。他像是站在风景油画里，唯独从嘴角微微晕出的笑意让画中人栩栩如生，她方知那不是画。

时间一下子慢下来，风轻轻地、缓慢地掀动他的衣角，幅度并不大，几乎能用肉眼看清整个运动轨迹。他们之间的距离随着车子的前行一点点拉近，又一点点拉远。

她看着他，脑海里一片空白。她几乎要冲下车去飞奔到他面前，但她咬着唇摇摇头，终于还是闭上眼别过头去，不再看他。她知道他一直在那里目送她，直到化作一个黑点渐渐淡出她目所能及的画面，可她不明白他为什么会在那里。他们不是已经告别，已经翻过了这一篇吗？为什么？为什么他还要出现在她面前？他是来找她的，是特意赶来见她的，可这是为什么？

林寂把右手放在左胸口，低声自言自语："对不起。"不知是对自己说，还是对那里住着的人说。

从此以后，他们会天各一方，过着不同的生活，但她会跟他一起白头。她不需要他的回应，这是她自己的决定，她自己的人生。他从来不曾亏欠她，她也从来不可怜，他不需要怜悯她，也不需要感激她，她所做的一切不过是为了让自己快乐。她是如此自私，想要在他的生命里占据一笔，如此已足矣。

见到时桥南时，林寂心不在焉。时桥南需要询问好几遍，林寂才会对他的话有所反应，甚至答非所问。

时桥南停止了对话，耐心等待，看她是否会主动开口。

办公室里响着白石的声音，对时桥南来说这样单曲循环自己的歌曲实在有些羞耻，他也只是在林寂来时才会循环播放自己的声音。一开始，他有些紧张不安，既怕林寂从两个声音里发现真相，也怕林寂突然当着自己的面说出演唱者的缺点，但她像是没有发现背景音乐的存在，每次进来都是静静地坐在那里，沉默好一会儿才能跟他正常交谈。他习惯了她对自己声音的习惯和融合，她一进来，她的气息就自然地与他的声音交融。

身负行囊，北方向南方。
琴歌送我，琴歌声长过路长。
斟酒作别就他乡，谈笑也匆忙。
今终归，坐当初小楼旧轩窗。
弦上已凝霜，无人抚，无人听，无人唱。
昔年者，踪迹心迹皆渺茫。

砚里墨香，自流淌，缩略山水于股掌，
提笔写罢，抬头落款怎签章？
险失交臂街巷，岁月惶惶，忘否心未忘，
潦草寒暄过往，知音竟疏凉。
独对大江，川流汤汤，怅也诚然怅，
不似少年风光，都磨尽轻狂。
梦里散场，有人痴，有人笑，有人伤，
转醒后，卸下喜怒假容妆。
但凭曲在，耳畔响，抵消去天地辽旷。
算君与吾，只如残谱上宫商。
又几次落叶黄，借云直上，相思捎雁荡，
概吾为野草莽，君为沧海浪。
回笺两行，说知遇难当，怕再见惹彷徨，
十年一晌，混沌本刻骨过往……”[1]

一曲即将终了，林寂忽然开口，重复歌词：“十年一晌，混沌本刻骨过往……我最喜欢的其实不是这句，而是前面那句‘潦草寒暄过往，知音竟疏凉’……我们总是需要忘掉一些人，才能继续生活。”说到后面一句，已经有些哽咽。

“是的。”时桥南说。

“可是，如果被忘掉的人不想被遗忘呢？”林寂问。

“嗯？”时桥南一下子被她问住了。他实在很好奇她脑子里到底整天在想些什么。

林寂以为他没听清自己的话，将问题重复了一遍，然后说：“我们劝慰别人的时候，都会说失去的那个人也希望你忘掉他、放下过去好好生活。可是，这只是我们作为第三者在杜撰那个人的想法。如果是你呢，当

1 慕寒演唱的《十年一晌》歌词。

你被在乎的人忘掉，你会开心吗，你会希望他忘掉你开始新的生活吗？”

“我没有想过这个问题。”时桥南如实回答。

“我发现我做不到。哪怕说过了再见，我也不希望他把我忘掉，我希望他能跟另一个人过着幸福快乐的简单生活，可我扪心自问，我希望他心里有一个位置是为我留的。我希望在他心里那个宽敞庞大的神殿里，在无数存档的格子里，有一个是属于我的。哪怕那里从此再也不打开，落满灰尘，我也希望他记得有那么一个地方，我就在那里，与他同在。”林寂这样说着，就懂了白石来找她的原因。

时桥南说：“毕竟我们都不是伟人，很难在历史中留下浓墨重彩，可能连草草一笔带过都只是‘21世纪的中国如何如何’这样的话语。对于大部分人来说，存在过的痕迹不是死后那小小一块墓地和墓碑上寥寥数语概括的生平，而是其他人的记忆。从冰冷的文字上是看不到人的，有温度的记忆才会勾勒出拥有独特音容笑貌的具体形象。”

“我怎么会忘掉你呢……傻瓜！”林寂低着头笑起来，眼泪却大颗大颗滴落。

时桥南张了张口，终究没有说什么。

他不知道林寂在来时见到了什么，自然不会想到当林寂坐上返程的公交车时，她再次看到白石站在同一个地方静静地望着她，仿佛从未离开。她下了车，想去找他解释，他刚刚站立的位置却已是空无一人。

此后连续数次，林寂只要出门，就会看到白石站在离她不远不近的位置看着她，但她一走近他就不见了。

她去白日梦想家买抹茶蛋糕，白石就站在街对面，一辆车子隔断了视线，当两点之间再无阻碍，街对面除了几对在买东西的年轻情侣，没有她熟悉的身影。

她去Master D开会，一走出办公大楼，就看到隔着喷泉他与她逆向而行，目光黏在她身上。她绕过喷泉，他已经消失不见。

哪怕是回家，电梯合上的那一瞬间，她也会看到他站在电梯外，静静地看着她。她拼命按下开门键，十有九次，电梯门缓缓打开，那里只有同楼的人刚刚走进安全门。

她几乎要被逼疯了，整天心不在焉，隔三岔五地跑到阳台向下张望，偶尔真的会看到白石站在楼下路灯下望着她。许攸和程瑜对她的状况颇感意外，悄悄告诉了文棋，文棋放心不下，只要一有空就跑来林寂家里盯着她。

林寂无奈，只好把白石随处出现却不跟她说话的事情告诉文棋。文棋听完后，沉默了许久，道："那个白石是不是跟踪狂？"

"啊？"林寂不明所以。

"他整天跟踪你，却不跟你说话，不是跟踪狂是什么？"文棋神色凝重，已经开始考虑报警，但有一点她有些想不明白，"不过，不是你喜欢他吗，原来他也迷恋你？那你们为什么不直接在一起？不不不，不对，他如果真的是跟踪狂就太危险了，还是不要接触为妙。"

"不是……"这个走向不太对啊！林寂慌忙解释，却发现文棋的话无法反驳。

"不是什么？"文棋把剥下的橘子皮扔到林寂身上，柳眉倒竖，"我告诉你，林寂，你别玩些有的没的！整天盲目自信我就不说你了，但这件事关乎性命，弄不好明天的微博热门话题就是'女漫画家林寂失踪'，然后马上就会有人扒出你迷恋网络歌手、被跟踪绑架的事情，网上会出现一片猜测，直到十三年后，真相浮出水面，你被当成性奴囚禁在地下室，还给他生了好几个孩子，也都跟着你住在地下室，三五不时遭受他的性虐……"

"……"林寂将橘子皮扔回去，有气无力地笑道，"你想象力这么丰富，怎么不当漫画家？"

"你是没看过新闻吧？"文棋严肃地瞪着她。她实在太了解林寂了，林寂会不断地挑战对方的底线，自以为足够聪明能全身而退，但对方跟踪她多次均没被当场捉住，可见高明之处。

"没你说的那么夸张。"林寂根本不相信她的恶意揣测，不，她是不相信白石是那样的人。白石必然是一个善良的人，哪怕他高冷，也是外冷内热，他的心里蕴藏着能融化冰川的温柔。

文棋冷笑："没见过世态炎凉的人，永远不会相信明枪易躲，暗箭难防。"

林寂知道文棋曾被好朋友背后捅过刀，也曾差点被网络情缘骗财骗色，她对整个社会的态度就是一个大大的问号，充满了不信任。她绕过茶几跑过去坐到文棋身边，搂住文棋轻轻摇晃：“我知道你关心我，文大人，我会谨记教导的，我保证！”她伸出手指做起誓状。

文棋挑了挑眉：“哦？是吗？”

林寂拼命点头。

文棋从鼻子里哼了一声，没再多言。

林寂趁机转移话题：“那位大神怎么样？”

大神笔名叫作高阳融雪，被誉为天才级漫画家，他十七岁出道，在毫无奖项和推荐的情况下，处女作就被日本某顶级漫画杂志录用，成为一颗横空出世的新星，备受瞩目。此后他历时十二年完成了处女作，也是目前唯一一部作品《大神》，故而人送昵称“大神”。据说，他从小学习日语，在高三放弃高考独自带着漫画原稿前往日本，没想到一击便中。

不得不说，有些人注定受到命运女神的偏爱。

林寂和文棋当年都是《大神》的粉丝，由于高阳融雪从未在任何场合透露过性别、年龄等任何私人信息，有读者凭借名字怀疑他是女人，也从来没有人怀疑过他不是日本人，毕竟日本漫画之发达和人才辈出往往让其他国家望洋兴叹，何况他还起了个很容易误导人的名字。

直到前段时间，文棋从一位退休的前辈口中得知这位大神竟然是中国人，且有小道消息透露他早已回国，沉寂三年后，正在准备新作。作为责编的敏锐直觉让文棋立马抓住了这一消息，她通过各种渠道辗转弄到了他的联系方式，想把他挖到Master D。然而，大神脾气古怪，让文棋简直不知该从何处开始吐槽。

林寂真是哪壶不开提哪壶，文棋横了她一眼，无奈地道：“还能怎么样，我小心翼翼地伺候着，都快成他家保姆了，他竟然跟我说还要再考虑一下。”

“是不是有别家也在挖他呀？”林寂问。

“这是毫无疑问的啊！”一想到这个，文棋就来气，“明明是我先找上他的，他一拖再拖，终于全世界都知道他要复出了，都跑来挖墙脚，有些人甚至完全不顾成本漫天开价，亏他们也算专业人士……”

“他到底还在考虑什么？”这才是问题的关键。

文棋像泄了气的气球，机械地摇摇头："不知道啊！大概是……想给自己炒作吧。'天才大神携新作复出，引起多家竞价争抢。'人气有了，银子也有了……"

"他这么势利吗？"这可算刷新了林寂的世界观，她心中的大神形象轰然倒塌。

"我要是知道就好啦。"

林寂忽然灵机一动，道："他已经名利双收，什么都不缺，是不是可以使用美人计？"

"嗯？"

"给他买个日本娃娃。"

"林寂，你……"文棋哭笑不得，"你真是一个天才！"

饭后送走文棋，林寂回家的路上看到小胡同里油墩子店门口一如既往排着长队，油烟里夹杂着浓郁的香味钻入鼻中，她一下子又饿了，于是欢快地跑过去站在了队伍最后。

等待的时间里，她拿出手机翻看，但时间一久手指都冻僵了，她只得收起手机，百无聊赖地看着阿婆不急不躁地制作油墩子。先将面糊倒入油墩子模具里，放入白萝卜丝，再加入面糊，放入油锅里，伴着滋滋的声音，一个香喷喷的油墩子就在油锅里诞生了。毫无技术含量，阿婆却做得那么认真，阿公在旁边含笑看着她，等她把油墩子一个个夹出搁在架子上凉过一会儿，他便在袋子里垫一层纸，如数装好，一手收钱一手交货，不能手机支付，只能现金交易。

这是一个与世无争的世界，一个与现代无关的小店。林寂忍不住想这对耄耋之年的夫妻是否就这样搭档做了一辈子的油墩子，岁月在油锅里滚了一遍又一遍，把他们曾经的冲动暴躁都沥干，沉淀下宁静平和的陪伴。相识于少时风雨，终老于夕阳月下，他们的故事大概平淡得一句话就能概括，但字里行间是任何笔墨都无法描摹的美好。

林寂有些戚戚然，她转头望着长长的街道，法国梧桐的旧叶落尽、新芽未出，然而整条街却并不显得寂寥，街灯和店铺灯火通明，行人车辆川流不息，引导着这条路没入遥远的未知。

大概骨子里是个悲情诗人，林寂特别喜欢回首时感受到的那种悲凉。在长长的街道，在漫无边际的雪原，在辽阔的海边，蓦然回首的那个瞬间，像是连通了不同的时空，尤其是那时候如果有风吹来，人生就显得那么深情。

她常常会望着一个方向久久伫立，仿佛看得久了，就能看到过去和未来。

这一次，她的确看到了。

她看到在远远的地方，一个熟悉的身影静静伫立，与她对视。捕捉到她的目光，那个人微微弯起嘴角。

她顿时愣住了。

直到阿公喊了她好几声，她才如梦初醒，恍恍惚惚地接过油墩子转身离开。

阿婆在后面叫她："姑娘，还没给钱呢。"

她张了张口，不知道该说什么，一腔委屈涌上心头。她机械地拿出手机准备扫码付款，在身后顾客的提醒下才意识到需要现金，又翻遍口袋找出仅有的六块钱交给阿公，迈着虚浮的步子朝着白石所在的方向走去。

白石已经不在了。

人来人往的街头，忽然变得冷清至极，如同一座废弃的空城。

她找不到生的气息，也无法寻到通往地狱的道路。

她很难过，可她更难过的是他永远不会知道她很难过。

有什么在胸腔里炸裂，她听到那声巨响震天动地，她看到自己在那满天弥漫的硝烟里四分五裂，她喘不过气来，她眼睁睁地看着隐藏其间的未知存在将她心底的荒凉拖入更深的荒凉。

林寂不记得自己是怎么回家的。她站在客厅里，没有开灯，月光从阳台的玻璃窗透进来，让夜色更加凉薄。

电话突然响起来，是文棋。

文棋终究还是放心不下林寂，回去时她想了一路，最终打了这个电话。她说："林寂，放过你自己吧。白石或许喜欢你，或许不会喜欢你，可他毕竟已经有了别人，这样的人还来招惹你是不对的，他不应该是你生命里的那个人，他不配。"

“我知道。”林寂冷静地说。

她很早就想过这一天，她会遇见白石，却发现他已经与他人琴瑟和鸣。她告诫自己，他不欠她的，这是她自己选的路，他不需要对她存有任何歉意。虽然她会失恋一辈子，可一辈子还很长，她会过得很好，她总要一个人过好这一生。

她早就知道这个故事的结局，只是没想到这一天来得这么早。

所以啊……

所以，请全世界分手吧。

请全世界陪我练习一个人。

她握紧了手机，用力，用力，再用力，然后扬起手将手机狠狠地扔了出去。

砰——

伴随着文棋的那声“林寂”，手机重重地砸在玻璃门上，玻璃上立马出现蛛网裂痕，手机四分五裂。

不是这样的。

她一点都不喜欢这个结局。

她一点都不喜欢能接受这个结局的自己。

她一点都不喜欢一个人。

林寂像一只暴躁的小兽，歇斯底里地大吼大叫，将所有触手可及的东西都抓起来砸向了阳台上的玻璃门。玻璃终于承受不住一波波的突袭，哗啦一声破碎，霎时间大珠小珠落玉盘，奏出疾风骤雨的气势。这并没有吓到林寂，反而更增加了她的气势。

直到她听到风声。

她只听得到风声。

他的温柔像风一样抚摸着她，她渐渐下落，一点点沉下去，仿佛陷入泥沼，周围却是他的包围，天罗地网一样，让她无处可逃。

就在这时，她听到门响，她并没有回头，有她家钥匙的只有林树。

然而，那个人并没有像往常一样把钥匙放在门口的案子上，他径直向她走来。

“你在家？”

听到声音，林寂一个激灵，唰地转过头，她看着面前的人，一脸的不敢置信。

“白……白石？你……怎么有我家钥匙？”

她并没有想到更严重的问题——他怎么知道她家地址？哪怕他站在她家小区外时，她想到的也只是既然说了再见他为什么还要出现在自己面前，而非他是怎么找到她的。

白石语调温柔：“门没关。”

林寂往他身后望去，大门洞口，风就是从那里来的。

不对，脑海里有个声音反驳她，但她没有抓住其中精髓。

她听到自己说：“这是你打开的吧。”

白石微微弯起嘴角：“刚才只是虚掩着。”

“你……”

林寂知道哪里不对，但她的脑子断片了，她不知道自己想问什么。

他却好像知道她的疑惑，轻轻地道：“我想见你，我就来了。”

她的眼泪一下子就出来了。

第六话
温柔宇宙

林寂在下沉。

她在空中看着那具叫作林寂的身体在平静的湖水里渐渐下沉。

她不知道该惊慌还是该难过。

她静静地看着自己。

她知道结果是什么，但她冷静地放弃了挣扎，放弃了求生。

她知道那具身体跟自己的想法相同。

她很想问问这两个自己，为何要做出这样的选择。

她已经看到那两个自己都看到了她，她忽然意识到为什么会有三个自己……

就在这时，门铃大作，林寂一个激灵惊醒过来。

墙上的钟表指向八点十分，阳光灿烂，阳台上的绿植焕发出生机，展现着宛如新雨后的生命力。

白石已经走了。

天光乍破之际，她亲自送他下楼，看着他踏着微芒远去。

一夜畅谈并没有缩减他们之间的距离。这大大出乎林寂的意料，她一直觉得她和白石是命中注定要相遇的人，哪怕是初次见面，他们也会如旧雨重逢。然而事实并非如此，他们更像初次见面的相亲男女，礼貌温和又不失风趣，以最佳姿态迎接对方最苛刻的挑剔，用最宽阔的心包容对方微小的瑕疵。他们谈论自己，也谈论对方，他们互诉衷肠，也耐心聆听。大概在古人看来，他们是如此般配，相敬如宾，举案齐眉，可这不是林寂所追求的状态。

在林寂看来，人与人之间的初次见面就会产生一种磁场，一眼定乾坤，有的人会相互吸引，意外合拍，有的人终其一生也难以同步调频。她与白石自然绝非后者，却离前者也相差十万八千里。他们游离在两极之间，情生意动，又客套疏离，像是没有CP感的演员在演绎一对情侣，虽然用心，却仍显刻意。

林寂送他离开后，飞奔回家，从阳台望下去，天光将东方点染出鱼肚白，像有人从黑暗里撕裂一条缝隙，留给另一个世界的某种生物潜入。白石就迎着这个未知走去，带走了林寂的心，以及林寂的灵魂。林寂听到自己心跳的声音，怦——怦——怦——万籁俱寂里，这声音宛如鼓擂。

门铃声再度响起，伴随着高亢的叫声："林老师！"是许攸的声音。

接着另一个声音道："电话也打不通，不会出什么事吧？"语调温温柔柔，毫无疑问是程瑜。

许攸道："不会吧，昨天文老师应该待到很晚才对，不会给她出事的机会。"

林寂环顾室内，凌乱的客厅像是被打劫过，但她也无心搭理了，拖着步子走过去开门。

许攸道："老师早。"转头对程瑜道："我就说老师没事吧？歹徒不被老师为非作歹就该烧高香……了……"看到客厅，她目瞪口呆，只能说出"天哪"两个字来。

程瑜不明所以，跟在她后面探头一看，忍不住惊呼："天哪！真的出事了？老师，您没事吧？"飞快地抓起林寂的手，查看林寂受伤与否。

"……"林寂尴尬地笑了笑，"我没事，就是……发了一通火。"

"啊？"许攸和程瑜一脸迷茫。

林寂不再搭理这个问题，径直去厨房煮咖啡，吩咐二人：“许攸，你打电话叫阿姨上午过来打扫一下客厅。程瑜，你让文棋转告我哥，我需要一部新手机。”

许攸和程瑜你看看我我看看你，用眼神决定到底应该由谁继续提问。眼神交流一番后，程瑜败下阵来，只得开口：“老师，您真的没事吗？”你最近都跟嗑了药似的呢……

林寂回头看了她一眼，用眼神对她是不是傻子提出质疑：“当然。你了解我，还是我了解我？我要叫个豆乳盒子，你们吃什么？”忽然想起自己的手机被摔了，“程瑜，你帮我点。”

“啊，好。”

事情就这么被揭过了，程瑜和许攸虽然心有不甘，但也只能不甘了。她们两个根本应付不了想一出是一出的林寂。

这一天林寂的工作效率极高，只花了五个小时就完成了一天的工作量，然后就开始坐立难安。她东摸摸西摸摸，浇浇花，剪剪枝，然后突然说：“我得养只猫。”于是便开始查找宠物店信息，但不过二十分钟，她就扔掉鼠标，想起什么似的，火急火燎地围围巾、穿外套、戴帽子。

许攸听到声音，跑出来察看：“老师，您这是……”

林寂正在玄关处换鞋子，愣了一下，道：“啊——我有个重要问题要去问一下，你们完成后走就行了，不用等我，回头我自己修改。”

她一分钟都等不了了，言罢一阵风一般刮走了。

她行色匆匆，脑子里全是白石的音容笑貌。

他的声音清晰地响在耳畔，她知道那不是真的，但她真的听到了。

他说他想见她，他就来了。

他说他有个新交的女朋友，跟他一样混迹于古风圈，是个很好很好的女孩，有才华，有灵气。

他说他想去北海道看雪，去冰岛看极光，去西伯利亚看原始森林。他没有说要跟谁去，想跟谁去，她却在每一句话里加上了“想和你”。

他说他也喜欢宫泽贤治的《不畏风雨》，也想成为这样的人，一个更好的人。

他说明知道不应该，却控制不住想见她。

……

他的每一句话都是真的，每一句话都发自肺腑，却应该早就随着天光乍破尘封进黑夜里，绝不该现在还回响不断。

她越想清醒，那些声音越发阴魂不散，渐渐地，一句句混杂在一起，从四面八方将她包围，将她整个人淹没在此起彼伏的声音里。

“够了！够了！”坐在地铁里时，林寂忽然捂住耳朵，大吼大叫，“不要再说了！不要再说了！！不要再说了！！！”

地铁里人不多，她这一声仿若平地惊起一声雷，几个车厢的人都纷纷转头望过来。

周围一下子安静下来。

良久，那个熟悉的声音再度响起：“我想见你，我就来了。”

林寂失笑，眼泪却大颗大颗滚落。

换乘上公交车，路过同样的地方，林寂从茫茫人海里一眼就看到了白石……以及他的女朋友。他们正有说有笑并肩而行，像所有美好结局的故事那般，在故事最后漫步进结局和另一个开始。

然而，与白石心有灵犀的人是林寂。白石感觉到林寂的存在，转头望过来，与林寂的目光相撞，那里面饱含着强烈的灼热，一丝一缕都是对她的渴望。

林寂霍然起立，几乎就要当场叫停公交车冲下去。

然而，也就在那一刻，她看到那个女孩的手轻轻挽上了白石的胳膊，女孩仅用一个习以为常的动作就在林寂和白石之间上了一道锁。林寂自嘲地笑了笑，颓然坐了回去。

她看着那对金童玉女渐渐从视线里退去，是难过、是无奈或是什么从心底缓缓漫上来，把她心中高地上沐浴着阳光、吹拂着微风的向日葵花田吞噬，顿时乌云蔽日，寂若死灰，空洞成渊。

她突然想见一个人，迫切地、急切地、拼命地，想见他。

公交车行驶得太慢，她急得不停地敲着手指，坐立难安，恨不得立刻飞奔而去。

她需要他，需要他温和的语调，需要他温柔的目光，需要他认真聆听。

她想把她现在的心情告诉他，也想听他对她说“并不是非白石不可，不是吗”。

不不不，他说什么都可以，她只是想……

想在这一刻得到他冷静的安抚。

林寂突然想给时桥南打电话，摸遍口袋并没有找到手机，这才恍然记起手机已经被她摔了。

她从未如此痛恨自己的任性。

直到看到莱恩医院出现在视线里，她焦灼的心才终于等来南风过境。

然而，时桥南并不在。

林寂走进大厅，正好遇到李曦。见到她，李曦毫不掩饰自己的诧异，今天并非林寂就诊的日子，何况时桥南现在并不在医院。她将这一事实告知林寂，有些不放心地问：“你脸色不太对，是有什么……状况吗？”

李曦说得十分委婉，林寂听懂了她话里的意思。对于精神病院的医护人员而言，精神病人出现突发状况想必已经司空见惯，李曦的神色有些警惕，目光不自觉地向周边扫了扫，看来是在搜寻就近的医护安保人员。林寂觉得有些好笑，却没有心情给她解释，淡淡地道：“我只是想见时医生，我有问题找他。”

“时医生真不在。”李曦柔声道，希望尽量安抚住林寂，“他今天义诊，四点钟结束，如果你没有什么急事可以留下来等他，我带你上去……”

她话没说完，突然警铃大作，广播里传来急促的召唤声：“请江箬、黎简昀两位医生尽快赶往B109病房。请江箬、黎简昀两位医生尽快赶往B109病房……”

李曦脸色瞬变：“B109？那不是……”她忽然意识到林寂在场，迅速捂住嘴住了口。

“发生什么事了?”林寂的好奇心一下子被勾了起来，脱口询问。

李曦急匆匆地道：“我先带你上去吧？我得赶去看看，这是时医生的病人。”

听到“时医生”三个字，林寂差点提出也要跟去，然而就在这电光石火的时间里，她的大脑理解了李曦的话，便将到嘴边的话咽了下去。据林寂所知，莱恩医院一共有四位医生、八位实习医生，其中言聆风已经移居法国，而实习医生基本不能独自应对重要案件。一个病人，却需要紧急召唤两位医生，看来的确问题不小。她环顾四周，看到大厅落地窗前两个护士正陪着五个病人玩游戏，便道："你去吧，我去那边看看他们在玩什么。"

"可是……"李曦不放心把林寂这个精神病人放在一群精神病人之中，这简直是把一匹小狼放在一群野狼中间，但她没敢说出来。

林寂看到她一脸为难的样子，反而马上就明白了她的心思。她笑了笑："我不会咬人的，我也没带刀，不会乱砍人。我现在很冷静，我知道我为什么而来，我会在那边等时医生回来。你快去吧，不要耽误你的事情。"

"好……"李曦犹豫片刻，终于还是放弃了，匆匆离去。

林寂看着她消失在视线里，有些感慨，又有些难过。连一个没说过几次话的人都会关心她，然而真正应该关心她的人从来不会这么贴心，白石也好，母亲也好。想到母亲，林寂心中一阵烦躁。

春节期间，她与母亲基本相安无事。说"基本"是因为这次天伦之乐起初十分完美，但就在即将圆满结束之际出现了一个小插曲。在林寂和林树离家前一天晚上，母亲说到次日兄妹二人的行程，忍不住多说了几句，进而就说到了林寂在新的一年里又增长了一岁却仍是孤家寡人，相反，她的同龄人、母亲那些摸得着摸不着的亲戚朋友家的孩子，以及林寂从幼儿园到高中的同学，只要母亲认识的大部分都已经结婚生子，与人说起儿女婚事，母亲感到脸上无光。

不，不是的，母亲的原话说："每当说起你，就让我在人前抬不起头来，我没脸见人。"

空气一下凝固了。林树默默地放下了马克杯，看向林寂。林寂头也没转，好像没听到一般，目光死死地盯在电视屏幕上。但林树还是看到她眼睛里渐渐泛起光，然后她突然笑了一声，道："生而为你的女儿，很抱歉啊。"

她原本有一大堆道理要说给母亲听：她不想找一个合适的人过一种安稳的生活，她不想要这样程式化的人生；她对爱情和婚姻的要求很简单也很高，她只想要唯一的那个人，除此之外不作他想；她已经做好一个人过一生的准备，以一生来博弈。她以前以为母亲对自己的催促和唠叨，都是出自对她的不放心和关怀，哪怕此前的争吵母亲话赶话说过类似的气话，她都不以为然，直到那一刻，当母亲那句或许无心却冷静异常的话出口，她清晰地感觉到自己浑身的血液一下子都冷了，她没了任何与她争吵的动力，她对母亲的心死掉了。

她若无其事地把遥控器给林树："你要看什么自己调，我先去睡了。"说完头也不回地回了房间。

关上房门，她靠在门上，双腿却再也支撑不住身体，慢慢地顺着门滑了下去。她坐在门后，压抑着自己，无声哭泣。

"天亮了。"

鹅蛋脸的小护士语调柔和缓慢，故意拖长的声音给游戏增加了很多气氛。

林寂走过去时，新一轮"谁是卧底"刚刚开始。

担任法官的小护士指着她对面穿着花衬衫、沙滩裤、人字拖的男人，说："昨天晚上苗苗被杀了。苗苗，你有什么遗言？"

被唤作苗苗的男人长着一张瘦削、棱角分明的脸，胡子拉碴，一双眼睛深邃而炯炯有神，大概是由于太瘦的缘故，他的眼睛略微凹陷，更增加了深邃感。单看外形，与其说他是一个精神病，人们大概更愿意相信他是一个几近疯狂的天才。他手里拿着一沓扑克牌，正无意识地快速洗牌。听到法官小护士的话，他手上的动作一顿，人也愣了一下，随即咧嘴笑了笑："你们会后悔的。我是警察，昨天晚上我验了他的身份……"他指着左边的圆脸胖子，"他是好人，请好人给我报仇。"

法官小护士道："死左。"即死者左侧的人发言。

圆脸胖子有些腼腆地嘿嘿笑着，慢条斯理地说："我是警察，我也是好人。"

一桌人都愣了下，然后圆脸胖子左侧的女人绽放出灿烂的笑容说："我是警察，我十分怀疑他的证词，因为他肥头大耳，不像好人，我……我相信苗苗。"说到最后一句，她的笑意里糅进了羞涩。

圆脸胖子不满地说："说好的不能以貌取人！"

一桌人都制止他，让他闭嘴。

接下来的两个病人也都相继跳警，真是把"谁是卧底"玩出了花来。

林寂站在边上，与另一个小护士观战，都忍俊不禁。这几个精神病人有逻辑却又让旁观者看得莫名其妙，大概只有他们自己才能理解彼此的思维吧。林寂一个恍惚，仿佛看到自己坐在他们中间，一起玩着莫名其妙的卧底游戏。

从小到大，她一直有一个奇怪的念头：自己总有一天会成为疯子，然后自杀。这种念头在她还是幼童时就已产生，伴随着她度过了童年时代、青春期，从未消退。仿佛上辈子路过奈何桥，喝下孟婆汤时被人下了蛊，惦记到如今。这恰好又解释了为何前尘往事虽未历历在目，却仍有模糊印象，让她总在冥冥之中感应到什么。

时桥南回来时，就看到林寂静静地站在落地窗前，不知在想什么。她神态安然，带着一种让人捕捉不到的情愫，似悼念又似怅然。他怔忡片刻，这才上前跟她打招呼："你怎么来了？"

林寂闻声回首，有一瞬间的恍惚，时桥南的身影与街边伫立凝望她的人重叠，她几乎脱口叫出白石的名字。她张了张嘴，眼一眨，这简单的动作在空气里带起涟漪，那画面如同海市蜃楼得遇轻风，晃了晃，模糊，扭曲，随即消散。向她走来的人一下子恢复清晰，蓄满温柔的眼嵌在春风湖面上，恰似一江春水向她潺潺流走。

在不知所措的海洋里漂泊太久，终于等来风平浪静，她忽然就安心了，喃喃："时医生……"

"我们上去说吧。"时桥南了然地含笑点头，脑海里却浮现出上次他问她是不是不知道自己名字时她的反应，他极其怀疑她现在是否记得。

林寂小跑了几步追上来，跟在时桥南身边进入电梯："我说过一切都结束了，可是并没有，白石不断地来找我，我不想理他，我希望就这样翻过这一篇，但……他昨天来我家了。"

叮的一声，电梯停了下来，时桥南错愕地看着林寂，忘了走出电梯。电梯门闭合，电梯再度缓缓下降，带着他的心往无底深渊坠去，他不知该如何回应。他听到有个声音在心里说话，可尘世太喧嚣，他听不清那些细碎而柔软的音调。

直到电梯门再度打开，余光瞥见两个小护士抱着文件夹站在门口，他才回过神来，快步走出电梯。入目的是一楼大厅，他恍然，有些哭笑不得。

这时旁边电梯门开了，他快速走进去，迅速按键，将自己封闭在狭小的空间里。接下来的时间是那么漫长，他想着隔壁电梯里被自己丢下的林寂，在她无助的时候，他把她丢给了两个陌生人，他有些恨自己，更多的却是从未有过的孤独。那种孤独从四面八方袭来，他有种错觉，他身处的不是四壁冰冷的电梯，而是黑暗沉重的海水。

忽然，一道光撕开这个黑暗的世界，投射到他的心头。

他听到自己在心底喊："告诉她真相！告诉她你才是白石！"

他一抬头，眨了一下眼，她正站在他面前。

阳光透过窗子打在她身上，把她的身影勾勒得柔和而模糊，好像一伸手就会惊散这场梦。

他忽然想起艾米莉·狄金森的一首小诗：

我本可以忍受黑暗
如果我不曾见过太阳
然而阳光已使我的荒凉
成为更新的荒凉[1]

他忽然就没了开口的勇气，想说的话和真相伴随着一声喟叹沉入深潭。

她的眼睛浅淡如琥珀，在暖阳里闪着冰冷的光，直到他出现。他清晰地看到因为看到他，她的眼睛忽然灵动如清泉，清秀的面庞上写满的焦急和无助也一扫而光，云销雨霁，彩彻区明。

他不忍打破她对美好的憧憬。

他听到胸腔里一声沉重的关门声，听到自己用自己都陌生的声音平静地说："不好意思。走吧。"

---

1 美国女诗人艾米莉·狄金森（1830年12月10日—1886年5月15日）的小诗《如果我不曾见过太阳》。

没有解释，没有答案。

“所以……”

时桥南再度开口已经是一个小时以后。

林寂从赛里木湖的告别开始，将此后的一切娓娓道来。

跟所有的故事一样，这个故事也只是讲述者的所见所闻所感所悟。人是有情感的动物，再客观地讲述事实，也会受当时当地的天气、氛围和心情影响。同样的夜雪初霁，在欢喜者眼中是清新素雅的风景画，在悲伤者看来则显得如此冷清寂寥。林寂介于两者之间，平静而克制，却掩饰不住眼角眉梢流露出的欢喜。

故事一幕幕在眼前重演，时间的播放器每走过一帧，时桥南的心便沉一点，眼睛里的温柔却更浓烈，仿佛他一眨眼就会一泻千里。

他知道她的移情已经不是他所能控制的，他引导不了，也无法制止，他只能看着她离他越来越远。

“我知道他身边有另一个人，可是他的心在我这里。”虽然时桥南只用了两个字提问，林寂却知道他要问什么，“我的心里有两个我，一个我被道德制裁，痛不欲生；一个我因为他的再度出现而欣喜不已。时医生，我不想背负着道德的枷锁窃取别人的幸福，那违背了我的原则，可是……可是……他与我才是注定应该在一起的人啊。”

时桥南仍然不明白她到底想问什么。

林寂双手捂住口鼻，深呼吸一番，等情绪稳定了一些，才说：“我尝试过了，也努力过了，可是这一篇我大概是翻不过去了。如果我执迷不悟地要走上歧途，时医生，你会不会觉得我是个坏人？”

“嗯？”这话从何说起？时桥南有些糊涂。她走她的阳关道，为何要管他时桥南如何看待她？

林寂以为他没听懂，重复道：“即便现在如此，如果我仍然执迷不悟地追随白石，你会不会觉得我是个坏人？时医生，你会觉得我是坏人吗？”

“你在乎我的看法吗？”这才是时桥南最迫切地想知道的。

林寂郑重地点了一下头：“嗯。”

时桥南的目光深了几分。

林寂继续："我也不知道为什么，只是想到这个问题，就突然迫切地想要见到你，想要知道你的答案，想知道在你眼里的我是什么样的人。我知道如果我继续跟白石见面，我就绝对称不上一个好人，可我还是希望在你这里，我只是我，不是好人也没关系，至少也不要是坏人。"

她的话化作涓涓细流，流入他的心田，他感觉到自己连眨眼都是那么温柔。他说："在我这里，你只是林寂，不好不坏的林寂。"

傻瓜一样的林寂。

疯子一样的林寂。

孩童一样的林寂。

属于别人的林寂。

林寂说完以后，提着一口气，紧张不安地盯着时桥南。看到他略作沉思，她屏气凝神，脑海里有一颗定时炸弹开始滴答滴答地倒计时，好像他一开口就决定着存在还是毁灭。幸而，他的话就像是拆弹部队，迅疾地终止了炸弹的使命。

她宛如九死一生，长长地舒了一口气，终于露出舒心的笑容。

"时医生，"卸下了重负，林寂连声音都轻快如流云，"你是我见过的最好的人。"

时桥南苦笑，因为他包容了她的任性和自私吗？

林寂误会了他的笑，以为他不相信自己的话，慌忙解释："是真的。以前我一直觉得白石是这世上独一无二的美好，直到见到你，我才知道，如果世界上真的存在如春夏秋冬般与生俱来就美好的人，那不是白石，而是你。我想，若不是命运如此安排，我一定会喜欢你。"

这不是告白，又是告白。

他于她不过是一个精神依靠。她的心来时荒芜，去时鲜花满径，所以她把这种功劳归于他，误以为是他带来了春之风、夏之雨、秋之霜、冬之雪，让她的荒原焕发生机，有了生命的色彩。

时桥南知道，在她的故事里，他的角色不可或缺，又无足轻重。

她会渐渐好起来，把投注到一个虚拟人物身上的感情转移到一个真正存在的人身上，渐渐停掉用药，从一周一次的诊疗到两周一次、一月一次、两月一次，直到再也不会出现在莱恩医院的门口。

大概，除了林树，他们之间不会再有任何交集。

她会与她心目中的“白石”过着另一番生活，她所有的悲喜都不再与他有关。

哦，不，如果她愿意，她大概会把他当成一生的挚友和依靠，让他听她倾诉与另一个“白石”的悲欢喜乐。

最初他只是好奇这一个罕见的案例，谁知得到的是一生的迷失。

这是何等的讽刺。

角几上是年后李曦新添的绿植，弧线设计、鹿回头造型的铁艺花架，里面盛着清新嫩绿的翡翠玉，枝条随意垂落，宛如绿色溪流从花架里满溢而出。

林寂对其爱不释手，她认真抚弄着翡翠玉，继续道：“我心中的白石，是一个霁月清风的人。”

他成熟而稳重，有责任感，他说了永远，那么差一天、一小时、一分钟也不会提前离场。

她见到的白石，像是制作中某一环节出错的复制人，差之毫厘，谬以千里。

“信守承诺的人往往都极具魅力，我总是容易被他们打动。”即便知道从此萧郎是路人，她也多么希望白石能如同他所钟爱的赛里木湖，清澈透明，是一座“净海”。站在结冰的赛里木湖湖面时，她透过别人挖开的雪坑，看到冰层里被冻住的一粒粒雪球，以及落叶、花草，正像她心目中的那个人，身处高岭，静静绽放，不被尘世沾染。

林寂心里突然冒出一个不可原谅的想法：白石不配，他不配被称为大西洋最后一滴眼泪的赛里木湖。

他与另一个人有着白首之约，却与她倾诉子衿忧思。

“我以为他是这圈子里最纯粹的一个。”林寂叹息。

时桥南懂她话语背后的所思所想，却没懂这最后一句，他轻轻抬眉：“嗯？”

林寂放弃了翡翠玉，收回手：“你了解古风圈吗？”

时桥南一时难以作答，他是古风歌手，认识几个圈内人，但若问他了解古风圈与否，以他仅有的认知，大概不足以称之为了解。

林寂想当然地以为这是否认，笑了笑："料想你也不了解。"

时桥南微微一笑，不置一词。

林寂又问："那你听过古风歌吗？"

时桥南犹豫了一下，谨慎地回答："听……过……几首吧。"毕竟他平时更多的是听纯音乐和民谣，也不算说谎。

"懂。"林寂点点头，这个答案是比较正常的，大部分人都只是听过几首流行歌手的古风作品，"有人的地方就有江湖，古风圈也是良莠不齐。我以前很喜欢的一位大神，据说到处睡女粉丝，甚至有女粉丝为他堕过胎。几年前我跟我师父——我也不知道这算什么师父，反正大家一起玩，有一天她喊我悟空，我就开始喊她师父了……"说到这里，林寂的眼神突然黯淡了下去，露出苦涩的浅笑，"我师父她……已经离开五年了。"

"她……"时桥南刚要问她去了哪儿，看到林寂的神色，他忽然明白了，要问的话堵在胸口，如鲠在喉。

林寂很快打起精神，强颜欢笑："师父是很八卦的人，跟我说了很多这个大神的……传说。说是传说，是因为我自己没有确认过，我都是当故事听了。师父说她也是众多女粉丝之一，她跟那位大神视频裸聊过，只是由于当时她身体不是很好，加班又多，错过了为他'千里送'的机会。想来那时候我师父的身体就开始出现征兆了，只是年轻人很少会往坏处想，等到一年后确诊为白血病已经是晚期了……"

看来这个人对林寂而言是很重要的，否则林寂不会三番五次地岔开话题，一提到这个人，她就会喋喋不休，忘了主线。时桥南却没有催她，而是耐心地听她反反复复地走副线剧情。

"当时有个女孩，因为他自杀过数次，后来得了抑郁症，再后来出现了精神分裂，再后来师父去世，我就不知道她怎么样了。"林寂道，"那个女孩自称跟那位大神一起去过云南，在丽江的时候遇到连阴雨，他们窝在客栈里颠鸾倒凤数日，后来依依不舍地各回各家，对方就拉黑她了。她不断地重新加大神的QQ，一次次被拒绝。然后她开始编造谎言骗他说自己怀孕了，谁知对方没相信，她自己却信了，明明没有怀孕，她却出现了妊娠反应，肚子也渐渐大起来……怀胎十月自然什么也没生下来，她就得了抑郁症……那时候，她才十九岁，人生刚刚开始，梦想着有一天能成为外交官，走遍欧洲的每一座古城和小镇……"

林寂笑了笑："在这个圈子里，拜高踩低者有，凭借抱大腿上位者有，抄袭创作者有，插足他人感情的'惯三'有，靠女粉丝养活的小白脸有，利益分割不均闹得不欢而散的更是大有人在。这些都是人之常情，只在于是否碰触到了粉丝的道德底线。可有一个人是这圈子里唯一的例外……"

像是故意勾起听者的好奇心，林寂顿了顿。

时桥南闻言，屏气凝神，意外地有些紧张，想必每年奥斯卡颁奖典礼上宣布获奖名单时被提名者都是这种心情吧。听到"白石"二字从林寂口中吐出，明知答案不出其右，但他仍忍不住欢喜。

林寂没发现他的异常，继续道："他出道十年，一直都很低调，几乎要低到尘埃里去了。他没有黑料，没有差评，单纯的就是喜欢的人为他痴迷，不喜欢的人发他好人卡。"

所以，当她见到白石，得知他有女朋友，为了维持彼此的好印象，她故作洒脱地选择告别，不承想他没有收拾好自己的问题，就来撩拨她。这不是一个好男人该做的事情，自然也不是她心目中的白石该做的事情。她无法抗拒他的靠近，却又无法承受他的靠近。

时桥南理解她，同时也有些受宠若惊。被一个人赋予如此完美的形象，他受之有愧，他……

"他并非十全十美，我知道。"林寂却替他说出了心里话。

时桥南不由自主地点了点头。

"他也是个看脸的人，他曾经追求过一个美女设计师，可惜被拒绝了。"林寂看到时桥南诧异的表情，狡黠地笑了笑，"我也是有小道消息的。有人说人与人之间的关系不超过五个人，虽然我以前跟他没有交集，但是我也有几个朋友的朋友的朋友认识他。"

"或许他也被人追求过，同样拒绝了对方……"时桥南忍不住为自己分辩，"或许他只是想要等一个对的人。"

"我知道。"

她又知道。林寂的回答让时桥南五味杂陈。

林寂接过时桥南的话："或许他受过情伤，不敢轻易交付真心；或许他本身就是慢热型，这种过往让他慢热得变本加厉，这很不幸又很幸运。不幸的是这让他错过了很多风景，幸运的是他更加明白自己想要的是什么。”

“我喜欢这样的人！”她眉眼弯弯，忽然孩子气地歪头笑起来。

“是吗？你不觉得跟这样不善表达的人交往会很累？”

“不会。我喜欢成熟型，两个人不必都外露，我主动就好了，他可以等在原地，等我走近……”林寂忽然住了口。

时桥南诧异地脱口问：“怎么？”

林寂唰地站了起来，着急忙慌地抱着大衣和包包往外赶。可是越慌越乱，她试了好几次都打不开门，只好回头向时桥南求助。

时桥南边开门边问：“怎么了？”

“没错，既然他不能主动，那么我主动就好了。谢谢你，时医生。”说完化作龙卷风卷走了。

电梯正停在一楼，缓缓上行，又在二楼停下。林寂心急如焚，看看两个电梯丝毫不肯理解她的心情，跺了跺脚转身冲入了楼梯间。

楼梯间的门在她身后砰的一声关上，整个楼仿佛也跟着颤抖了几下。

未几，林寂又回来了，站在楼梯间门口问：“白石在这周末会开直播，你要不要听？”

“嗯？”时桥南一时没反应过来。

林寂就当他给了肯定回答，语速极快地说：“明晚八点，Coco APP，如果不会玩，到时候我教你。”言罢又冲进了楼梯间。

又是砰的一声。

时桥南心情复杂地看着楼梯间的门，好一会儿才收敛心神，刚要转身，就瞥见李曦坐在位子上充满求知欲地望着自己。他耸耸肩，两手一摊：“What？”

李曦也耸耸肩，不作回答。她忽然想起什么，拿起桌上的病历夹交给时桥南：“下午B109的病人自杀未遂，救醒后躁狂发作，江医生和黎医生进行了紧急处理。”

“黄一亭？我去看看他。”

林寂下了公交车，就看到一个女孩在等她。

女孩高高瘦瘦，气质清雅，面若桃花，双瞳剪水，巧笑倩兮，美目盼兮。看到林寂从车上下来，女孩莞尔一笑，算是打了招呼。

她并没有举牌子或者喊林寂，但认出她，林寂就知道她在等自己。该来的迟早要来。林寂本想找白石，没想到来了另一个，但事到如今，已经无所谓了。

等林寂走到跟前，女孩开门见山地自我介绍："你好，我是张可人，白石的女朋友，你大概听说过我，古风词作音离。"

林寂当然听说过她。她年纪不大，填的词却都很有味道，充满诗意，十分有画面感，跟白石相熟的几个古风歌手都曾唱过她的作品。林寂在微博上见过她的照片，没想到本人比照片上更有气质，像是新雨后一杯酒，沾着雨露，散发着独特的恬淡气息。

"你好，我是林寂。"

张可人说："白石跟我说了你，我想我应该亲自见见你。谢谢你那么喜欢白石，你不是第一个疯狂的粉丝，也不会是最后一个，你最大的筹码不过是比大部分粉丝小有名气一点。我希望你有点自知之明，白石不会跟你在一起的。"

"哦，是吗？"第一个字林寂用了二声，故作漫不经心地回应。

张可人年纪虽轻，却不是不谙世事的小女孩，她一眼就看穿了林寂内心的混乱，她面上维持着礼貌的笑容："你可以试试。"

林寂想，这大概是一种策略，心理策略。她假装十分自信，不把林寂放在眼里，以此搅乱林寂的思维，其实她外强中干得很，但万一不是呢？

张可人的笑意完美得滴水不漏，见林寂没反应，她也已经无多余的话可说，道："那么，情敌，再见了，祝你好运。"

张可人迈着优雅的步子离开了。

她的出现如一盆冷水浇透了林寂好不容易死灰复燃的星星之火，林寂没有任何心情再去见白石，她需要冷静，冷静下来好好想一想。

回到家，许攸和程瑜已经走了，周五她们往往会提前结束。林寂踢掉鞋子，把自己瘫进沙发里。

暮色四合，肚子跟着咕咕叫起来。林寂点了外卖，等外卖的时间里她打开电视随便看着，然后想起白石直播的事情，便把APP图案截图给时桥南，发消息："时医生，这是APP，不要下错了，明晚八点，如果不会用跟我说。"

时桥南很久才回复："OK，我会准时出现。"

这一晚，林寂又做梦了。

一条路总也走不到头，她急得几乎要哭出来。就在她已经坚持不下去的时候，终于到达了目的地——一座双层木屋。

木屋檐下挂着几十个彩绘亚腰葫芦，白石正坐在台阶上拨弄吉他。看到林寂，他问："我们认识吗？"林寂愣住了，眼看着画面转换，白石和木屋一同消失，换成了杳无人烟的荒原，她只得沿着原路往回走，却始终走不到尽头……

醒来后，她给白石发微信："梦里走很远的路去见你，你说我们不认识。"

宛如石沉大海，没有得到任何回复。

她直接拨通电话，无人接听。可能白石没听到，林寂便一遍一遍拨打，但回应她的只是机械女音用冰冷的语调重复"您拨打的电话暂时无人接听……"

这大概就是张可人自信的根源吧。

林寂像是一个等待圣上临幸的妃子，生死荣辱皆系于陛下的喜怒，没有资格要求。而张可人截然相反，她有名有分，有着与他对等的身份地位和权力，他是九五之尊，她便母仪天下，她不需要像林寂一样等待对方偶然想起。

"倒还真像个'二奶'。"林寂自嘲。

一整天林寂都烦躁不堪，分镜稿画了撕、撕了画，竟没有完成一页。

时间过得太慢，她像是被架到火上烤，翻来覆去，没有尽头。眼看着日落西山，一轮弯月渐渐爬上枝头，她才稍感慰藉。

晚上七点钟，她就守在了昨晚半夜林树送来的手机旁，等待白石的直播开场。

八点钟，白石准时出现在了直播间。

“喂喂喂，能听到吗？”[1]

他一开口，直播间就如同高温下的海洋沸腾起来，汹涌澎湃，鲜花、礼物、欢迎词满屏幕飞，让人应接不暇。

温柔磁性的声音带着些许颤抖，一开口就平定了波澜。林寂没忍住，眼泪簌簌而下。

“大家好，我是白石。”白石自我介绍。他像是不善于在大庭广众之下说话，不时用笑声掩饰紧张。但直播进行得很流畅，没有出现任何尴尬。他语气温柔，吐字清晰，不时爆出冷笑话，气氛在他的随意里一点点攀升。

进行了十几分钟时，他突然道：“跟大家说一声，不要给我刷礼物。我知道你们大部分都是学生，希望你们能尽可能把钱花在自己身上。”

他真的什么都知道，林寂忽然有些感动。

这时，白石道：“说起来，距离上次直播已经过去五年了，五年来的确发生了很多事。”

是的，有人离去，有人归来，有人改变，有人一如既往。

白石又道：“预告上写着今晚会有礼物，但是看到你们这么支持我，我决定为每个奖项增加一份礼物……是的，都是亲笔签名。”

接下来就抽出了第一个幸运小可爱。

林寂在手机这头急得额头冒汗，然而屏幕刷得极快，都没有刷到她。

白石没有在这一项逗留，让获奖的小可爱自己联系官方后援会，他则开始进行互动连线。

这是一次能跟白石近距离接触的好机会，林寂深呼吸了一口气，紧张得手一直发抖。她希望自己能成为跟白石连线的幸运儿，又害怕他喊自己的名字。她有很多话要跟白石说，又不知从何说起。

时至今日，他们之间发生了太多事，绝非三言两语可以道完。

他们之间横亘着一座高山，他们可以翻山越岭相见；他们明明没有开始，又不知何时早已出发上路。冥冥之中，她感到他们的故事色调是灰色

1　音乐会活动部分内容借鉴慕寒在2017年12月8日的荔枝直播。

的，从头至尾。

她希望把这一切都交给天意，如果是天意，她就有了另一个说服自己的理由。哪怕这条路一直这样黯淡无光，她也有足够的勇气跟他走下去。

第一个连线的人并不是她。

对方是一个从白石出道就开始喜欢他的女孩，如今大学在读。她几乎不敢相信自己的耳朵，她滔滔不绝地说着，从第一次听到白石的歌是在中学，说到后来中考、高考，如今马上就大学毕业了，她感谢白石在她成长之路上的陪伴，并表示会继续陪伴他。

白石道：“非常感谢，感谢在过去十年与你相遇，也希望能在未来无数个十年与你相伴。”

第二次连线，对方久久没有动静，白石等了几秒钟，道：“看来这位小可爱是有中奖的运气却没领奖的命了，那么，我就挂断了，下一个。”

第三次连线的仍然是一个大学生。她来自四川成都，有一年回家，在路上看到白石发布了翻唱歌曲《成都》，她单曲循环了一路，感动而温暖。她们宿舍的四个女孩，三个都是白石的粉丝，她们因为他成为好朋友，因为他一起参加公益活动，做志愿者。

她说：“白石大大，谢谢你让我成为更好的人。”

白石道：“其实我并没有做什么，你们本来就是善良的人，所以才认为是因我如此。反而是我应该谢谢你们，谢谢你们一直以来的支持。”

连线互动并不是连续的。整个直播过程，单口相声、唱歌、抽奖、连线互动交叉进行，不知不觉，一个小时过去了。白石道：“原本定的是一个小时的活动时间，不过我们玩得这么开心，今天就破例再唠十块钱的吧。”

最后一次连线。

林寂想到自己向来不够幸运，怕是会再次失望而归。她叹了口气，已经决定放弃，又觉得这最后一次机会或许会成功。电光石火之间，她闭上眼点通连线。等待的时间里，她的一颗心怦怦直跳，好像她不是在等待白石的“临幸”，而是在恐怖片中。

很快，手机里传来熟悉的声音：“你好，林寂。”

林寂的手机啪地跌在了地上。

林寂捂住嘴，看着手机，不敢置信。

没得到回应，白石又说："林寂，你在吗？林寂？"

我在，我在，我当然在，我一直都在！

林寂听到自己在喊，可是她根本开不了口。

时桥南自然知道连线对面的人是谁，他知道她一定是乖巧地等在手机那头，也一定因为这个连线激动得无以言表。他在等她。

可时间一点一点过去，林寂却迟迟没有反应。

他不能一直等下去。刚才的连线对方没有回应，他很快就挂断了重新连，这一次也不能给予特权。

他暗暗叹息，声音里仍旧尽量维持平静："看来那头好像出了什么状况，那我切断了，林寂……"

"我在！"

"寂"字未完全出口，林寂抢着打断了白石。

空荡荡的房间里，时桥南轻轻笑了一声，极轻极淡，轻轻撩开夜色的面纱，把月光如水揽入心湖。

"还以为你不打算开口了呢。"白石惯常地呵呵呵笑了起来。

"我太紧张了。"林寂连声音都带着和弦。

"听出来了。"白石的笑深了几分，"你有什么想对我说的吗？"

"有，很多，太多了。一辈子很长，我会慢慢说给你听。"

"呵呵呵。"听起来，白石像是有些尴尬地笑，这几十万听众里大概没有人知道他只是想要掩饰真相，"你这样说，让我受宠若惊，如果你没有别的话要对我说，那我来……"

"你能给我读一首诗吗？"林寂再次打断了他，"一直都特别特别特别想听你读，做梦都想。"

"好。什么诗？"

"叶赛宁的《我记得》。"[1]

---

1 叶赛宁（1895—1925），俄罗斯田园派诗人，全名谢尔盖·亚历山德罗维奇·叶赛宁，代表作还有《白桦》《莫斯科酒馆之音》等。

时桥南一愣，笑意爬上了眼角眉梢。他第一次听到这首诗是在央视《朗读者》节目中，董卿朗诵时，他觉得很美，就去找了全诗回来。原来，那日的感动，就是为了今日的使命。

没等到白石的回应，林寂以为白石有些为难，急急解释："我在一档节目里听别人朗读过，那时候就想，要是白石能朗读一遍就好了，你能帮我实现这个愿望吗？"

白石道："当然。等我找下诗。"

未几，白石的声音再度传来，林寂忍不住笑出声，许久之后她才发现自己不知何时早已泪流满面。

我记得，亲爱的，记得
你那柔发的闪光
命运使我离开了你
我的心沉重而悲伤
我记得那些秋夜
白桦树叶簌簌响
愿白昼变得短暂
愿月光光照得时间更长
我记得你对我说过
"美好的年华就要变成以往
你会忘记我，亲爱的
和别的女友成对成双。"
今天菩提树又开花了
引起我心中无限惆怅
当时的我是何等温柔
我把花瓣洒在你的发间
当你离开，我的心不会变凉
想起你
就如同读到最心爱的文字
那般欢畅

第七话

那是一片海

白石的声音抚摸着她，像柳林风声抚摸着树叶，那般温柔。

林寂的身体在瑟瑟发抖，沉睡在深渊里的东西被唤醒。白石的声音像是融进了空气里，被她吸入体内，伴随着血液循环周而复始，被唤醒的东西便如虔诚的信徒紧跟它的脚步，每游走过一处，就在此地熔出炽热的岩浆。滚烫将林寂包裹，几乎将她的身体烧成灰烬。

她不敢出声，怕泄露自己的真实感受。

她无法出声，意识已经被白石化作的岩浆吞噬。

她在那滔天的熔岩里听到白石的声音若缥缈鸾虹："那么，连线就到这里，林寂，我挂掉了。"

后来的时间是那么短促，又那么漫长。

林寂在波涛汹涌的海洋里徜徉难返，耳中是白石在说："……这些年，发现粉丝是一批一批的，每年活跃的小可爱都是不同的，可能前一年的之后工作比较忙，就慢慢淡出了这个圈子。很高兴能认识这么多人，在你们的生命里曾留下什么记忆，当然我希望都是美好的回忆。虽然很贪心，但如果我能跟每个人都说一句话就好了。说真的，这样挺好。如果有一天你们对白石不感兴趣了，也没关系，就好好地过你们的人生。”

再后来，林寂从暴风雨中惊醒过来，世界已经归于平静。

窗外春雷滚滚，大雨如注。

门铃就在这时响起来。

时桥南读完诗，直播间里有几秒钟的沉默。

他看着快速刷屏的消息，在那般热闹里却忽然感到寂寞。他想起曾在林寂的微博看到的一句篡改的古诗：“满目山河空念远，也曾怜取眼前人。”

Coco的直播负责人展信佳迅速发现了他的状况，发来消息询问：“男神，有什么状况吗？”

被她一打断，时桥南倒吸一口凉气。枉他苦修三十载，差点一秒破功。他迅速调整好情绪，道：“林寂，你还在吗？”等了两秒钟，没有得到回应，时桥南有些担心，却不得不把直播继续下去，于是故作轻松地调侃道：“可能林寂还意犹未尽。我们就不等了。那么，连线就到这里，林寂，我挂掉了。”

他的大脑还在断片，只好从公屏上寻找话题。

“专辑？专辑一直在推进，但因为我是拖拉斯基·白，所以进展比较慢，请大家耐心等待，今年一定会跟大家见面。”

“有人问我会不会退圈。退圈干吗呀，唱呗，反正还年轻，才四十八岁。”

“看到好多人刷会喜欢我一辈子，好的，请喜欢我一辈子。”

“我结婚了吗？呵呵呵，我结婚你开心吗，这么关心这个问题！”

……

他渐渐找回了状态，他不知道林寂还在不在，可是有些话他想告诉林寂。

人生就是来了又去，像最初的任语初，像后来的一些人，好的坏的悲的喜的，兜兜转转，一路前行。

不管凛冽的寒冬有多么漫长，春天迟早都会来，然而，没有一个季节会长久停留，她悄然而至，呼啸之间远去，赶着时间的车轮带来又一个新的季节。大自然早已把一切故事的剧本写下，春夏秋冬，起承转合，年年岁岁，周而复始，让一幕幕连续播出，讲完一个生灵一生的故事。

有一天林寂会清醒过来，发现真相是如此残酷又甜蜜。白石不过是她生命里一场呼啸而至的春天，当她的人生走向高潮，盛夏里给她带来清风抚慰的人不是他，金秋之际带她品尝人生甘甜的人不是他，暮雪白头时陪她点茶说往昔的人不是他。

那时候，她不会再对白石感兴趣。不过那也没关系，她只需要好好过她的人生即可。

是这样吗?

时桥南扪心自问。

不，不是的。

第一次，生平第一次，时桥南不愿困守围城，看他人往来如客。

他有一种冲动，他要去见林寂，把她拥入怀里。

他也这样做了。结束直播，他仿佛怕自己冷静下来就会反悔，一刻不停留地拿着外套出了门。展信佳给他发了十几条消息，感谢他，表白他，赞美他。其他旁听的朋友也陆续发来贺电。他通通没心情搭理，他现在不能分心，只能一往无前，否则他一定会转身回家，关上门，好像刚才没有离开过。

林寂看着门外的人。

后者见到她，像夙愿已了，松了一口气，然后将她紧紧地拥入怀中。

哗哗的雨声淹没了心跳声，他们咫尺相对，呼吸可闻。

白石浑身湿透，头发上、睫毛尖上都挂着水珠，滴答滴答，仿佛与谁相和。

曾有多少个夜晚，林寂希望这个画面能不停地上演：他穿越声音的次元来到她面前。她甚至在心底珍藏了他的无数个形象：或湿淋淋如落汤鸡，或沾满风雪风尘仆仆，或雨后清晨漫步忽然开小差至此，或……那么多个白石在她心底扎了根，缠绕出叫作刻骨的宿命，如此纯粹，大约昔日三生石为三世轮回生出的神纹也不过如此。

过了许久，当林寂的衣服也渐渐被浸湿，白石终于松开了她。他扫视一番自己的尊容，轻笑出声："不好意思，风太大，伞被吹走了，可我太急着来见你，没有时间去追。"

林寂拼命摇头："无所谓。"

他们一前一后回到客厅。

林寂找出浴巾让他擦拭身体，问："你要不要洗个热水澡？"

白石顿了顿："可是……"

没有可换的衣物。

他们不约而同地意识到这个问题。

林寂无奈地歪了歪头，那就没办法了。

二人隔开一段距离坐着，一个认真地擦着头发，一个搓着手倍感局促。

经过刚才的直播，这两个几近而立的男女，忽然成了初吻后的少男少女，尴尬、拘谨，不知该如何开场。

最终还是林寂率先打破沉默："我没有听到最后……"

几乎与此同时，白石也开口了："你哭了。"不是询问，而是陈述事实。

林寂的眼圈因为哭泣红肿得严重，可听到白石的话，她又想哭了。她低下头，想要掩盖委屈，不想被人看到她的泪眼婆娑。她重重地点了下头："嗯。"

"你这么爱哭，我怎么放心得下？"白石轻叹。

林寂并不接受这个论断："我从小就不爱哭！"

"哦，是吗？"白石语调上扬，带着戏谑。

"只是……"林寂用力擦掉即将泄洪的眼泪，极力辩解，"只是因为你，我才去偷开了瑶池的水闸。"

"哦，你竟然能独自潜入昆仑丘，真不容易。"白石含笑调侃，"然后呢？"

林寂理解了他的良苦用心，破涕为笑，一本正经地胡说八道："后来，我遇上几个偷渡到人间的神仙，结伴同行，下得山来，就有了七剑下天山的传说。"

“我寻寻觅觅那么多年，终于找到你了——”白石朗诵话剧台词一般道，“七仙女。”

“我是七仙女，你是什么？”

“我当然是七仙女婿。”

林寂一愣，一朵笑尚未来得及绽放，但见眼前阴影遮下，白石已经来到她面前，将她脸颊上的花羞回了花苞里。

他湖水般深情的眼眸凝视着她，两汪湖水里映着两个小小的她，每一个都像受惊的小鹿，天真里带着迷惘。

她一时有些迷醉。

湖面刮起了风，湖水像有了生命，漾起轻轻浅浅的涟漪，每一圈都撞在她的胸口，每一次撞击，她的心跳都跟着停滞一次。风渐渐大了，涟漪从浅淡到如沟壑难填，进而一个停息，在林寂尚未反应过来之际，风暴从湖底卷起，滔天巨浪里，林寂看到自己一瞬间就被吞噬……

电闪雷鸣，情生意动。

她跌入了一片鸟语花香的黑暗。

她并不害怕，她知道那是白石的怀抱，她愿意溺亡在此。

与此同时，在雨夜的另一端，大雨阻断了视线，也切断了交通。

伴随着一声紧急的刹车声，四辆私家车撞在了一起，倾泻的雨帘里，火苗仍然肆无忌惮地蹿了起来，迅速将四辆车吞噬。

紧接着而来的便是漫长的拥堵。

正值晚高峰时间，周末加班后下班回家的、约会的都因这突如其来的一场雨乱了步调，显得急匆匆的，却通通被阻断了前行之路。若不是上海禁止市内鸣笛，想必整条街都已经被焦躁的鸣笛声淹没了。

时桥南看着前无道路、后无退路的街道，越发焦躁不安。

其实白天一直都是晴天朗日，直至傍晚不知从哪里流浪来了一片铅云，逗留不去，即景生情，牵动柔肠万千。大概是那片云的心理戏太足，在这冬末春初之际就打落响雷，几个闷雷滚过，倏忽间电闪雷鸣，豆大的雨点劈落，并迅速演变成一场暴雨绝恋。

他看着前方的道路，朦胧的夜雨中消防队、交警队、医疗急救队迅速赶至，冒雨奔波救援，有人往来奔走，有人驻地指挥，一个伤者被救出，一个伤者被送走，有人哭泣，有人痛彻心扉，像多少次新闻播报中出现的抢救画面那样，触动人心，分外催泪。

世事无常就这样展现在眼前。

胸腔里一股热流翻滚，从小就善于克制内敛的男子此时连眼睛都带着炽热。

行乐须及时，莫待不及春。林寂的戏言在脑海里滚动播出，他有一万个理由劝自己不去，却有一腔热情带着他走上不归路。如果这场大雨的尽头有她存在，又何须惦念归路？

只是，这场大雨来得太及时，他的前路漫漫无法前行，他只能坐在车里等待，在等待中焦急，在焦急中无奈。

眼看着前方的火苗渐渐熄灭，在雨幕里只剩滚滚浓烟笼罩未知，他心中的火也渐渐湮灭，理智一点点苏醒，重新掌控全局。

他有些难过。

他知道人生不如意十之八九，这不是第一次，也不会是最后一次。只是从来没有一次，过去、现在和未来，让他如此难过。

他启动车子，让自己淹没在上海两千四百万人口的汪洋里，然后随着车流在一个路口掉转车头。

雨夜会翻卷波浪，然而云收雨住之际，海面会回归平静，好像是夜的悸动和狂欢绝非斯人。

第二天等林寂醒来，阳光明媚，家里没有人，白石给她留下纸条说有事先走了。

她躺在床上，眼角眉梢都洋溢着叫作幸福的气息，连透过纱帘缝隙打在脸上的阳光都因而化作了多彩的泡泡，柔软得像在云端。

林寂伸了个懒腰，却不肯起床。她看着枕头上白石留下的便笺，以最原始的姿态蜷缩在床上，深吸一口气，想把白石残留的味道吸进肺腑。

就这样，在春天来临的时候，她与白石的故事也渐渐步入正轨。只是，每次见面之前，她都像这时节的猫咪一样躁动不安，总要打电话找时桥南倾诉一番，然后在时桥南的安抚中渐渐平息内心的波澜和罪恶感，再用笑靥如花去与白石互诉衷肠。

白石与张可人的事情她不敢问，白石从未提过，她也只好隐忍不发。有些事彼此心知肚明，但最好还是粉饰太平，除非你有足够的勇气承受接踵而至的灾难。古人常言难得糊涂，几千年的经验自然是没有错的。

她并不知道时桥南因她的悲欢喜乐备受煎熬。诚然，他已经渐渐接受了这个现实，在心理治疗史上，这个移情治愈的案例很可能会成为经典案例。他竭尽所能消除她内心存留的不安，引导她一点点走出泥沼。在她向着生机勃勃进发的同时，他却在不由自主地后退。岁月一帧帧退回到那年冬天，风雪萧瑟，心迹渺茫。

时桥南从没有主动寻求过答案，一旦看到对方止步，他便会敏感地觉察到对方的犹疑，为了避免尴尬，他总是马上停下脚步甚至悄悄挪动脚步，给彼此留下他认为对对方而言最好的距离。行动往往比语言更能表现内心，所以根本没有必要非要面对面地坐下来探讨。

正是这份敏锐，让他对精神病学充满了兴趣，让他敢于在拿到大学通知书时萌生更改专业的想法。他花了一年时间，从准备资料到笔试、面试，当那份承载着他所有梦想和希望的通知书飞渡重洋来到他面前时，那些因失去与不解而造成的阴霾里终于有了一线光芒。

他仿佛是注定要成为精神病医生的，从本科到研究生，无论是理论课还是实践课，他都是佼佼者，备受教授喜爱，因而成为同级中最早获得麦克莱恩医院实习资格的，后又在众多竞争者中脱颖而出拿到麦克莱恩医院国际项目组所设立的跨国合作项目的基金支持，与两位学长、一位学姐成立了这所属于他们自己的精神病院。

然而，医者难自医，精神病医生亦然。他在不自觉中找到了全部问题之所在，也知道解答问题的钥匙在哪里，但他也是第一次不忍心打开那扇门，因为他太清楚那扇门后有什么——他会摧毁一个人的信念和整个世界，而这个人是他哪怕付出一生孤寂也想保护的。他第一次如此想保护一个人，想让这个人能在毕生岁月里漫随云卷、静看花年。即便是为了一份虚假的心安，他也想为她轻轻拭去红尘俗世里的尘埃，让她保有那份纯粹的赤子之心。

只是这一次，他的思绪太重，把他惯有的淡然姿态压得走了样。

周末关铎来串门，两人吃饱喝足开始较量棋艺。这是他们从小较量到大的一项技艺，他们师从同一位师父，有着相近的水平，多少年来各有胜负，简直就像华山论剑，难分伯仲。但高低胜负仿佛已经不重要，对弈已经成为他们人生中的一部分，就像吃饭喝水一样必不可少。

关铎拈着白子，边思考边道："你最近是不是遇到什么事了？看你脸都跟酱菜缸里腌过似的，一副生不如死的丑样子。"

时桥南知道这是关铎惯用的扰敌之术，淡淡地道："我每天都遇到很多事，你想听哪种？堵车？吃饭？喝水？还是睡觉？"

关铎嘁了一声，落了子，吊儿郎当地道："那就……睡觉吧。你睡了谁？"

时桥南刚端起茶杯抿了一口，闻言一口茶呛在了喉咙里："咳咳……咳咳……你是不是又失恋了？"

"时桥南，能不能好好聊天？"关铎明显是恼羞成怒，"什么叫又失恋了？我好着呢！"

"哦。"过了好一会儿，时桥南落子，随口应着，完全不当真。

关铎自然懂他的意思，急于解释："我跟你说，我们所的小丫头片子个个都想爬我的床，我愣是不给机会……你别不信，改天带你去我们所转转，远远见到我，那幽怨的小眼神，啧啧，简直能掐出水来……一个个都跟白娘子似的，见到我就想水漫金山……唉，活得真累……"

关铎是一名建筑设计师，就职于一家外资建筑设计所，不知是自由奔放的外企环境浸淫所致，还是天性贱萌，反正是越大越不着调。

时桥南莞尔，一针见血地戳穿他："了解，她们都以为你是法海，欲杀之而后快。你看，不听老人言，吃亏在眼前，我跟你说过多少次了，多行不义必自毙。"

关铎皱眉："什么？"然而气势明显弱了下去，过了许久才意识到话题被精神病医生转移了，他收敛心神，悠悠开口，"你觉得自己会遇到什么样的人？"

"嗯？"时桥南诧异地看了他一眼，发现他神色郑重，不像是开玩笑，便也配合地思索了几秒钟，脑海里掠过第一次见到林寂的画面，她的眼睛里闪着光，虽然不是因为他，但他仍然动了心。他垂下眼，淡淡地开口：“肯定是各种各样的人。”

“你知道我说的不是这个。”关铎用眼神威胁他，就差把大刀扛在肩头对他比画比画。

“那你是说哪个？” 关铎从小到大都没在时桥南这里讨得便宜，竟然还敢来威胁他。

时桥南不为所动。

关铎眯起眼睛盯着时桥南看了好一会儿，忽然笑逐颜开：“时桥南，装蒜可不像是你的风格。”

“毕竟我不是你这根葱，是不好装。”

“你是不是有情况了？还不跟我说啊？”关铎顿时来了兴趣，“来来来，跟哥哥说说，是什么样的姑娘，让我们的高岭之花茶饭不思？那首歌是怎么唱的来着？蒹葭苍苍，白露为霜，窈窕淑女，君子好（hào）逑……”

“那是《诗经》，文盲。另外，是君子好（hǎo）逑，不是好（hào）逑。出去别说你跟我是一个小学毕业的，丢脸。”

“好。”关铎乖巧地坐好，“请开始讲述你的故事。”

“……”

如果有一天要对人讲述他们的故事，该如何开始呢？

时桥南忽然发现这个问题竟然难于上青天。他曾把林寂当成一个案例讲给麦肯恩先生和林树听，也曾把她当成一个疯狂粉丝吐槽给关铎些许皮毛，然而，每一次讲述里，她都是一个个案，可以落笔于纸上，用寥寥数语概括来龙去脉。

然而当他和她结为一体成为“他们”，这简简单单的两个字就忽然有了生命。他站在浩繁的汉字库中，看着面前游动的汉字，竟一时找不到合适的字眼。客观容易描述，生命只能意会难以言传，记录也只是留下过程，根本无法传达生命本身的千万分之一。

他思索良久，终于只是简短地概括：“有一个粉丝现在是我的病人，她因为我患上了精神分裂症，我深感歉意，一心想治好她……如今，她发生了移情，喜欢上了她自以为是我的一个人。我本来可以告诉她真相，但我希望这个人能让她过上她想过的生活。只是我不知道现在的生活是否是她真心想要的……她很开心，也很幸福，可越是这样，我越是担心她。”

穿一条裤子长大的情谊让关铎对时桥南了若指掌。如果不是真的动了情，时桥南绝不会把这些话宣之于口。有些人生来内敛，总是把感情藏于内心，他们绝非羞于启齿，只是天性闷骚，时桥南就是其中翘楚。

关铎真的有些同情时桥南了。他这样想，也真的这样做了，他拍了拍时桥南的肩，同情地道：“所以，你是失恋了吗？”

时桥南没吭声。

关铎只好正儿八经地问：“是你之前跟我说的那个女粉丝？”

时桥南垂下眼帘，像是想遮蔽所有答案。

关铎心领神会他的默认，想了想，道：“她不是声称要为你守身如玉吗，这么快就投奔别的小哥哥了？怎么有点……水性杨花呢？”

时桥南扫了他一眼，眼风带刀，猎猎生风。

“不是……”关铎赶紧改口，“我是说……你怎么连别的幼儿园的小朋友都不如呢？”

时桥南眨了一下眼，眼里已经摆开了杀阵，管教关铎有命来没命回。

关铎习惯性用左顾右盼转移话题，他挠挠头，看着窗外一行大雁自南往北飞过，从“人”字渐渐变成“一”字，在湛蓝的天空中留下诗意与空白故事。他终于良心发现，道：“不要多想了，她不过是你的一个病人、一个粉丝，病人会痊愈，粉丝迟早会热情退去。你还会遇到其他人，跟她一样让你不知所措的人。”

“如果不能呢？”

谢天谢地，时桥南终于开口了。然而，关铎多么希望他是个哑巴，毕竟这个问题太欠揍。他叹了口气，道：“我说能就能，你经验丰富还是我经验丰富？我这是经验之谈。”

时桥南冷笑。

关铎道：“我就不喜欢你们这种人，什么都憋在心里，遇事就各种自我折磨，闹得自己肝肠寸断才开心，你是不是自虐狂啊？”

时桥南没理他，埋头研究棋局，忽然蹦出三个字：“你输了。”

“怎么可能？”关铎不信，开始数子，发现果然如时桥南所言，他有些不甘，“竟然连输三局，不可能，你作弊！”

时桥南从鼻子里哼了一声：“是你心太浮。”

“是是是，我心太浮。我当然不如你了，你是柳下惠，坐怀不乱，美人解衣来，稳坐敬亭山。”看到时桥南没听到一样去给茶壶添水，关铎自讨没趣，便转了话题，“上次我回学校参加活动，遇到一个姐姐，又好看又高冷。”

“高冷。”时桥南抓住了关键词，关铎向来喜欢不爱搭理他的女生，“你要不要找大师帮你算算改个姓啊？”

“为啥？”

“你不该叫关铎，你该叫范贱。”

离开时桥南家后，关铎在回家的路上赶上了堵车。百无聊赖之际，他意外地发现旁边白色哈弗H6的司机正是那位高冷小姐姐。

简直天赐良机啊！关铎惊喜交加，正准备跟小姐姐打招呼，车流却动了，小姐姐启动车子开走了。关铎有些不甘心，便强硬地插队到了小姐姐车后，一路跟着小姐姐，却被小姐姐误以为是歹徒而将他送到了派出所，这自然又是另外一番遭遇。

此事暂且按下不提，且说时桥南送走关铎，回来把剩下的茶喝干，然后发现手机里多了一堆未读信息。

杨希雨的母亲再度询问他是否还来得及更改鉴定。她已经不再像前几次那样焦躁，杨希雨的案子下周一开庭审理，想必随着庭审临近，一次次碰壁后，她终于知道此事无法更改。

时桥南理解她，又不能理解她。为母之心，天可怜见。可杨希雨的情况对于他这个年龄而言已是相当严重，如果再不及时进行干预，这个孩子恐怕就要毁了。何况鉴定报告早已经递交上去，任何人都已无力回天。

任语初发来消息问他下周末有没有空。上次她冒昧登门之后，两人几乎没有再说过话，时桥南揣测着她到底又有什么事……却毫无头绪。他想起那天的谈话，不知该感谢她还是该怨恨她。

最后是林寂的消息。

“今天跟妈妈通了电话，她说一个远房姐姐也在上海，她拜托了姐姐给我介绍男朋友，问我明天能不能去见见。我说我已经有男朋友了，她就又八卦地打听这个打听那个，得知他是新疆人，觉得离家太远，十分不情愿。真是有意思，要么嫌弃我不肯谈恋爱，要么嫌弃不合她心意，到底是她谈恋爱还是我啊？我不想理她，觉得她对我的关心也那么伪善。

“白石就在旁边，他听着我跟妈妈的电话，说我们私奔吧。

“我想起来我上次做的梦，你还记得吗？我梦到白石要回新疆当大学教授，我说刀山火海、天涯海角我都随你去，只要你也一样喜欢我，然后……我就瞒着老妈跟他私奔了……到现在我都没搞懂为什么是私奔。大概我从一开始就意识到我们的故事是窃取了别人的时间而成的。

“我觉得对不起张可人，我把这些告诉白石，他的脸色很不好，虽然没有责怪我、没有跟我争吵，只是迅速拿上自己的东西告辞了，但当我独自被留在他关闭的那扇门后时，我清楚地感受到了他的不爽。可是为什么是他生气，难道该生气的人不是我吗？为什么？

“白石刚走，张可人就给我打电话，让我告诉白石，他的狗病了。你看，她都知道，好像我们什么时候见面、在做什么她都知道……真的是人在做，天在看。”

时桥南一字一字读着林寂的消息，好像林寂就坐在对面，正用她特有的柔软嗓音倾诉，她琥珀色的眼睛清澈而迷离，有着孩子气的不解和茫然。是不是每一个漫画家都这样精分？

胸腔里卷起一股前所未有的波涛，将所有理智沉沉地拍死在沙滩上。当时桥南回过神来，他已经在输入框里写下了长长的一段话。

“你一开始不就知道是这样的结果吗，有什么好抱怨的？既然那么痛苦，为什么还要为难自己、为难别人？你觉得自己委屈，是吗？可你不就是一个‘小三’吗？无论多少人理解你，无论你原谅自己多少次，你比任何人都清楚，你，是一个第三者，你在破坏别人的感情，你窃取了另一个女孩的幸福，只为了你所谓的真爱！既然已经做了，为什么还非要别人给你立牌坊？你可以选择放弃，从此不再背负道德的枷锁，否则你就放弃自以为是的三观，好好当你的坏人，可以吗？”

这不仅仅是恨铁不成钢。

就在点击“发送”的前一秒，时桥南看着自己写着的话，感觉不可思议。这绝非他惯有的语气和态度，不管是作为一个男人，还是一个精神疾病医生，他都不会如此。他按着删除键，一字一字删掉内心的波澜，直到输入框里徒留孤零零的光杆司令在闪动，他才有气无力地闭上眼，仿佛经历了一场战争。

作为国内第一个立案的十四岁以下嫌疑人故意杀人案，杨希雨的案子从一开始曝出将提起诉讼就引起了极大的轰动和瞩目。市人民检察院甚至破例为其一些手续开启绿色直通车，作为重点案件审理。而在确认庭审日后，杨希雨被检控方怀疑患有精神分裂症，对是否应该对其进行精神状况司法鉴定也曾引起轩然大波。

这一切都让这个案子成为年度案件。

虽然因嫌疑人未成年而采取非公开审判，但一大早，记者们还是围在法院外等候第一手消息。

当然，鉴于杨希雨本人的特殊情况，他并不会出现在法庭上。庭审期间，他在母亲的陪伴下待在检察院的一间办公室里，通过视频直播观看整个庭审过程，其间也会不露面地接受问询。自始至终，时桥南除了出庭做证以外，都在隔壁房间陪伴他。

离庭审还有十五分钟，时桥南走进杨希雨的房间。杨希雨上个月刚满十四岁，一张小脸仍显童稚，只是眉宇间有着同龄人少有的阴郁。他环顾整个室内，好奇里带着无法掩饰的紧张，他知道今天是改变他命运的一天，是他生命里最重要的日子。时桥南走过去，坐在他斜对面，有些心疼这个被父母耽误的孩子。

多次接触下来，杨希雨对这位温和又能充分理解他的叔叔颇有好感，他对时桥南露出浅浅的笑意，迫切地问："我会被判死刑吗？"

时桥南是精神病学与心理学兼修的，从进入麦克莱恩医院开始就接触了不少因亲人或朋友去世而产生心理问题的孩子，他们无一不对死亡这件事情刨根问底。死亡是人类始终难以勘破的一个神秘主题，我们探求，却无从得出结论，毕竟见到过死亡本身的人都没有机会将实验数据记录下来。在这么久的接触中，杨希雨从来没有问过这件事情里他自己会怎么样——他不问，时桥南也不好主动提及——现在他终于问出了时桥南最想跟他探讨的问题。

时桥南反问：“你知道死刑是怎么回事吗？”

杨希雨低头想了想：“就是陈松陵、唐徵熙去的地方。我们说过他们的事情，我记得。”

“你觉得他们是被判了死刑？”

“是，是星王将他们判了死刑。”

时桥南对杨希雨笑了笑，不置一词。他告诉杨希雨自己要出去跟他母亲说点事情，便先一步走出房间。

走廊上，春天的风已经暖意熏人，而在这座建筑里的人，没有一个有心情欣赏。凡是走进此地的，无非被红尘俗事缠身，哪有精力和心神去左顾右盼。

杨太太跟杨希雨低声交代几句，谁知杨希雨忽然抬头看着时桥南，道：“你们要说的事情是关于我的吧？能在我面前说吗？我也想知道。”

时桥南对这孩子多了几分欣赏，他点点头回到房间，对杨希雨道：“你妈妈曾经拜托我将你的精神司法鉴定确诊为否，我此前拒绝过她，现在也不得不让她失望。如果是否，那么你将会被送去少年教养所，表现好的话很快就能回家；而如果是是，那么你将被收进精神病院，接受专门的精神治疗，什么时候能回家没有人知道，如果状况理想的话，可能过两年你就可以回家了，但如果状况不理想，我不敢说你是否要在里面住一辈子……”

杨太太闻言掩住嘴，未语泪先流。

杨希雨反倒更镇定，他瞪大眼睛认真听着时桥南的话，似懂非懂地点点头，问：“去了医院，我会怎么样？”

“你会接受正规的治疗。”

“他们会离开吗？”

“会。”时桥南点点头，“总有一天会。”

杨希雨露出了多日来第一个真正的笑容，他握住母亲的手，认真地说：“妈妈，你看，叔叔说了，我会好起来的。”

杨太太将儿子拥入怀里，泪如雨下。

杨希雨闷闷的声音从母亲怀里传来：“你会等我回家的，对吗？”

“嗯。”

“我的那些漫画书，求你不要扔了，如果可以的话就给我送到医院里，好吗？”

“好。”

“如果很久都不能回家，我有一个愿望，妈妈，你能帮我实现吗？”

当杨希雨的父亲回来时，母子二人仍然拥抱在一起。

他看着面前这幅温馨的场景，一时有些哽咽，四十岁的男人，眼圈一下子就红了。

从事发到现在三个多月，妻子不听从任何人的劝导，凭借一腔孤勇为儿子奔波，作为家中顶梁柱的丈夫和父亲，他只能跟在妻子身后追着她永不停留的步伐。他知道事情不该是这样进行的，但除了这样做，他又能做什么呢？

然而，妻子将对现状的所有不满化作怒火喷向他，他成了没用的丈夫，成了冷漠无情的父亲。他无数次低下头求人帮忙，从不多言。

他站在门口，看着妻子和儿子，忽然觉得时光倒流，回到了儿子小时候。那时候的儿子乖巧可爱，丝毫不像一只奓毛的小狮子；那时候公司尚不大，但足以让一家三口无忧无虑……仿佛后来的一切都是一场梦。

一个警官打断了他的梦。警官在杨先生身后敲了敲门，越过杨先生对时桥南道：“时医生，请您准备出庭。”

时桥南点点头，站起身跟杨家一家三口暂别。擦身而过时，时桥南看清杨先生手里拎的购物袋，上面印着附近一家网红冰激凌店的logo。

走出门时，他听到杨太太问：“你怎么去了这么久？”

杨先生说：“他们家买冰激凌的人太多了，我只好去了稍微远点的一家，结果那一家抹茶口味的卖完了，我只好又换了一家，终于凑齐了小希喜欢的五种口味，而且浇了加拿大原生枫糖浆。赶紧看一看，希望不要化掉了……”

时桥南微微笑起来。

他只是一个医生，这个案子的是非对错，他无心评判，他所能做的就是关心病人。当行凶者成为受害者，法律的公平与否并不重要，悲伤和灾难终将过去，那个人生被逼入绝境的少年能否重见蓝天才应该是人们关心的问题，至少是他最应该关心的问题。

他为那死去的生命惋惜，更为被世俗的眼光所毁灭的灵魂痛心。

他想起少年的愿望——他想见一个人，一个他在国内最欣赏的偶像。

那个人有着穿越黑暗的笔触，好像可以洞悉别人的内心，把你内心不堪的部分掏出来，披上美丽的外衣展示在人前，然后一点点撕掉伪装，逼迫你用最原始的愿望做出选择。

杨希雨就是在那个人的鼓励下才敢面对那些可怕的存在，才能坚持这么久，也是在那个人的启发下，不断地将脑海里的喧嚣落笔于纸上。

那个人有一个时桥南再熟悉不过的名字——林寂。

又是林寂。

在时桥南当庭出示杨希雨的精神鉴定报告，并详细描述其精神状态后，控诉方也做出了相应的陈述。一切都没了争议，法庭很快做出了如时桥南和林树所料的审判结果，少年杨希雨被送入莱恩医院接受治疗，直至在以其主治医师时桥南为首的至少三位医生确认痊愈并不会再对他人生命安全产生危害后方可出院。

与此同时，杨先生主动找到检控方，申请给予受害者家属以赔偿。在庭外调解之后，杨先生主动做出了远超于对方预期的赔偿，杨希雨也当众向受害者家属道歉。虽然金钱根本无法弥补对方的损失，同样受害者及其家属可能永远无法原谅这个堪称恶魔的少年，但事情总算告一段落，每一个人都可以从痛苦的坟墓里走出来，开始新的生活。这大概才是审判的本质所在吧，这是一个了结，更是一个开始，得到与失去、悔恨与痛恨都在这里画上句号。对过去告别，才能遇见明天。

杨希雨入院的第二天，杨太太就抱着iPad来找时桥南："时医生，我也看不懂这些图图画画的，你能帮我解释下都讲了些啥不？我这几天一直在研究他这个偶像，感觉也没什么了不起啊，小希画得也不比她差……"

为了更好地跟杨希雨沟通，时桥南也重新翻看了一番林寂的资料，让李曦买回了林寂所有的作品，此时都码在茶几上。只是一上午他都在忙着开会、写报告，还没来得及拆封。

闻言，时桥南失笑：“漫画这东西也不是拼画技，还有分镜、台词、讲述故事的能力……当然，我也只知皮毛而已。我正要看她的作品。”

“我打算看看她的作品之后就给她发消息，问她能不能来见见小希，就是不知道这种大人物会不会搭理人……听说这种半红不紫的人最容易狗眼看人低。”杨太太像是想到了自己被拒绝的画面，叹息着直摇头，也不知是为林寂还是为自己。

时桥南想起林寂，笑了笑：“应该……不至于……吧……其实我可以帮你……”

话没说完，杨太太已经让李曦带路去探望宝贝儿子了。

林寂是在几天后才看到私信消息。

她不知道在这几天里，每小时查看一次微博私信箱的杨太太早已给她贴上了“冷漠无情”的标签。

看到消息以后，不知已经以莫须有罪名被判刑的林寂详细询问了患病小朋友的病情、所在医院、主治医师，然后自以为很客气地回答“好的”，就关闭了微博。殊不知杨太太接着发了数条消息，询问她家住哪里，是否需要订机票、酒店，是否要派人接送，打算一条龙服务这位儿子唯一的偶像，但这些消息都如石沉大海，没有任何动静。这让杨太太再度怒火中烧，却碍于有求于人，不敢发作。

其实，她的确错怪了林寂。林寂关了微博后就去找时桥南确认这是不是骗局，在得知实情之后，她第一时间赶去了莱恩医院。

路上，白石打来电话，表示自己已经在门外了，可是按了半天门铃，也没人开门，就问她是不是没在家。

林寂有些诧异：“不可能啊，许攸和程瑜都在呢，你稍等，我给许攸打个电话。我有事出去一趟，可能晚点回。”

她给许攸打了电话。谁知，未几，许攸就打了回来：“老师，门外没有人，是不是你朋友已经走了？”

林寂没有多想，道：“那就算了，不用管他了。”要找的人不在家，枯坐无趣，估计白石已经走了。

果然，她马上就接到了白石的电话，他要先去别的地方办事，晚上过去找林寂。

林寂出现在莱恩医院大厅时，时桥南正跟护士和保安交代事情。看到林寂，时桥南一愣，想起上次林寂在非预定时间到来时的事情，因而匆匆交代完最后一项注意事项，就向林寂走过来："想必是无事不登三宝殿。"

林寂往他身后扫了一眼，刚才听时桥南吩咐的护士已经转身查看轮椅上的病人的情况。轮椅上坐的正是黄一亭，自从上次自杀事件之后，他像是受了刺激，反射弧变慢，经常两眼放空，久久地仰望苍穹。

时桥南回头看了一眼黄一亭，道："今天是他第一次离开重症监护室，我不敢大意，得把一切事情都安排妥当。"未雨绸缪总比措手不及好。他又道："你是又有什么问题要问我吗？"

"我看起来那么像蓝猫淘气三千问吗？"林寂意识到自己每次急切地来找时桥南，好似都是要问问题，不禁失笑。

"不像。"时桥南保持一贯的认真，"首先你得把皮肤染成蓝色。"

林寂点点头："其次，我得学会拟猫化。"

两人不约而同地笑起来。

"我是来见杨希雨的。"

"你是来看杨希雨的吧？"

几乎同时，两人异口同声地道出了林寂此行的目的，然后均是一愣，随即相视而笑。

林寂道："没想到时医生不但会揣测心理，还能预知未来。"

其实不需要揣测，稍加思索便猜到了，在他第一眼看到她时就该想到的。林寂在中午刚刚询问了他关于杨希雨的事情，虽然她没有告诉他什么时间过来，但下午她就马上出现在了医院，还能有什么原因呢？他竟然还会多想，真是可笑。

幸好电梯及时到达，让这一篇章落幕，否则时桥南内心不知又要生起多少弯弯道道。

狭窄的空间里站了七八个人，虽然还没到人挤人的地步，但安全领域已然被迫缩减到了几乎用肉眼看不到的位置。在这样短暂而拥挤的时间里，人总是特别焦躁。大部分人都怕空气中突然的安静，而在电梯里，安静与狭窄伴随着电梯上升或下降，仿佛集装箱沉入湖中，湖水涌入，求生本能忽然达到顶峰，时间变得如此漫长。

在时桥南的记忆里，这不是第一次与林寂同乘电梯，却是第一次靠得这么近。两人并肩而立，林寂近在咫尺，她身上的香味极淡，不仔细闻几乎就会错过。她虔诚地望着电梯的数字显示屏，好像这是她唯一的工作。时桥南微微侧首看着她的侧颜，她并不出众，只是那股子化作血骨的安静让她多了几分专注，才变得引人入胜。

他听到了自己心跳的声音，他有些紧张，像是小时候第一次上课偷吃糖果，时刻担心被老师发现，那般小心翼翼，四面楚歌。

一股热流涌向胸腔，他莫名地有些感动。好像回到了大学时候，第一次跟随教授前往医院产科，在育婴室外隔着玻璃看着里面的一个个新生婴儿，那时候才真正回想起人生里首次对大自然的神奇充满敬畏和感动的感觉。很多人惊叹于人类的进步、科技的发达，其实真正伟大的是造物主，可以把同样的元素给予不同的生命，塑造出千姿百态、浮世万千。

林寂像是感受到了他的目光，转过头来望向他，有些疑惑："嗯？"

时桥南微微一笑，垂下眼帘收敛所有思绪，一个转眼望向数字显示屏，已经是另一个淡然如风的时医生。

林寂的笑他没看到，自然，他也没看到林寂微笑的尽头是恍惚。恍惚中，她看到白石站在身边，他脸上的浅浅笑意宛如西湖六月中，铅华洗尽，绿水盈盈，风光不与四时同。她仿佛嗅到了荷香，清风徐来，天香云外，她乘一叶扁舟消失在他那浩渺的湖水中，她几乎就醉了。

"走吧。"

她听到他如是说。

她下意识地回："好。"

一个激灵，她回过神来。

时桥南已经走出电梯，正含笑看着她。

林寂迅速挤出一丝笑意掩饰慌乱，却还是被时桥南看穿。

时桥南说："幽闭恐惧症？"

"不……"林寂摇摇头，"有点恍惚。"

“没睡好？”

是这样吗？林寂强颜欢笑：“大概吧。”

时桥南带领林寂前往杨希雨的房间，边走边说明：“你如果关注新闻的话，应该看到过他的案子，圣约翰国际学校体育馆杀人案。案子刚刚宣判，他才住进来没几天。”

林寂还真不关注时事新闻：“我从来不是那个‘如果’。他现在怎么样了？”

“这几天我们内部开了几次会议，由于他年纪太小，有些药物很可能会对他造成负面影响，所以暂时采取保守治疗。”时桥南停在一间病房门口，转身看着林寂，“但是他很清楚自己的状况，他是很聪明的孩子，我只跟他沟通了几次，他就能够明白那些人、声音都是假的。你不用担心，他不会随便伤人。”

林寂并没有想过这件事，不是她不担心，而是她根本没想到。闻言她勉强笑了笑，心想幸好时桥南提醒，否则她都忘了自己将面对的是一个杀人犯。

“准备好了吗？”时桥南问，说着手已经握上了门把手。

林寂深呼吸一次，点了一下头，却道：“等一等！”

“嗯？”时桥南一脸问号。

林寂解释：“时医生，你大概不知道，我到现在仍然是一个蒙面漫画家，没有跟粉丝见过面，没有参加过任何签售会，更没有在任何公众场合出席过活动。”

“……”

“我跟白石一样，极其注重隐私，倒不是我不敢露面，而是……”林寂搜索了一番用词，终于找到了合适的词语，“这很可能会万劫不复。每一个人的心目中都有一个完美的偶像，作家、漫画家、网络歌手，你会根据他们的作品脑补他们的形象。可作品不等于人品，大部分人的作品只是创作者内心的憧憬，而非其本人的真实再现，你懂吗？”

时桥南自然懂。

看到他犹疑着点了点头，林寂松了一口气：“谢天谢地。我很担心……万一……”

“林寂……”

“万一我让他失望，他会不会病情加重……”

“林寂。”

林寂一下子闭了嘴，略带诧异地看着时桥南，等待他发言。

时桥南道：“他们喜欢你，喜欢的是你这个人带给他们梦想的感觉，你是上帝也罢，是死神也好，他们不会在乎，因为在他们心目中，你只是你，你给予他们的抚慰和理解是不可替代的，是真真实实存在的。如果他们无法做到这一点，那他们并不是真的爱你，只是爱上了你身上可供幻想的某一点而已。”

“可是……”

“你把你的灵魂灌注于作品上了，对吗？”

“对。”

“那么，读到作品的人看到的就是你的灵魂。你长得是高是矮、是胖是瘦、是丑是美，都无关紧要，你站在他面前，他看到的是你的灵魂，他与你灵魂相通，这就够了。”

林寂已经被他绕晕了，她自嘲地笑了笑：“好吧，你说得对。我偶像包袱太重了。”

“没有，你只是担心不能帮上忙而已。”

“谢谢支持。”

“不客气。”

时桥南扭动门把手，看着林寂：“准备好了吗？”

林寂点了点头：“嗯。”

门打开时，阳光从窗户洒进来，林寂仿佛又看到湖面上微波起伏。

她进门时从时桥南身边走过，忽然转头道：“你看过我的作品？”

时桥南道：“嗯，书名和目录都看了。”

第八话

是月流光

少年站在窗前。

窗台上搁着一把小提琴，他正烦躁不安地拨弄着琴弦："本子！本子！本子！我需要我的本子！"

听到开门声，他下意识地转过头来，诧异很明显地写在了脸上。

"我是林寂。"林寂自报家门。

少年张大了嘴，几乎石化在原地，但眼睛里迅速闪现的光准确地传达了他的感受。

良久，他机械地离开窗前，回到床上，目光始终没有离开过林寂。他不确定地反问："林寂？那个林寂？"

林寂走过去，坐在他身边，点头："对，那个林寂。我从你妈妈那里听说了你的事情，所以想来看看你。"

"我喜欢你的漫画。"杨希雨道。

"我知道。"

"你真的相信我们会有特别的朋友吗？你不觉得那是一种病？"

“我相信有的人会有特别的朋友，那是不是病要看情况，如果不会对你的生活产生不好的影响，那就是命运的一种恩赐，如果那会阻碍你成为一个好人，那他就不是一个合格的朋友。”林寂并没有将其当作孩子，而是当作一个朋友。

杨希雨似懂非懂地点了点头，道：“我有好多朋友，我妈妈和时叔叔都说他们是坏人，我不能理解，他们只是想要保护我。”

林寂问：“那你为什么会同意到这里来？你知道，到这里来就意味着你承认自己有某种问题。”

杨希雨低下了头：“因为我们杀了人。虽然我讨厌他们，但我们没有权利剥夺他们的生命。”

林寂一愣，他说的是“我们”，而不是“我”。看来，虽然他认识到了错误，却还是无法将现实与虚幻分开。她忽然不知道说什么。

但听杨希雨道：“我介绍他给你认识啊……他来了。”他指着病房的一角。

在时桥南和护士看来，那里除了一盆绿植，再无其他。然而，林寂顺着他指的方向望过去，宛如看到日出，露出欣慰的浅笑。

杨希雨说：“他在那里。”

林寂答：“是的。”

“黑袍子，长头发，眼睛漆黑得像有人特意关了灯。”

“对。”

“他在对你笑。”

“是的。”

“他在跟你打招呼。”

“是的。嗨！”

杨希雨忽然目不转睛地凝视着林寂，神色是三分惊喜、七分怀疑：“你真的相信我？”他的目光太犀利，几乎有了虎视眈眈的意味，仿佛只要林寂给出他不满意的答案，他就会马上把她撕成碎片。

林寂反而诧异地皱了皱眉：“我亲眼所见，怎能不信？”

闻言，前一刻还在龇牙咧嘴的小兽立刻原形毕露，化作天真烂漫的小小孩童一枚，眉开眼笑，扑进林寂怀里，一个劲儿地叫着姐姐。

接着，杨希雨手忙脚乱地翻找出自己的漫画书、画稿、画本，将其通通搬到床上。床上原本已经有很多画稿，再加上这些书本，堪比高考后遍地废纸的教室。

边做这些，杨希雨边向林寂絮絮叨叨地叙说自己有多喜欢林寂。他从小就爱看漫画，学认字都是从漫画开始的，中外漫画他都看，最爱黑白漫画，特别钟爱暗黑漫画，林寂是他最喜欢的国内漫画家，也是他最爱的漫画家之一。他觉得自己一定能超越林寂，但是他现在年纪还小、能力有限，林寂是他未来六年的目标，他要在二十岁达到林寂的高度。

他在那位特别朋友的帮助下迅速把混乱的画稿分门别类，按不同故事摆到林寂面前，有些是不成熟的分镜，有些是完成稿，有的就是一页稿纸只有一个场景，还有或简洁或复杂的人设图。他一一解说自己的故事，以及每个故事要表达的思想，滔滔不绝，逻辑清晰，完全无法让人把他与那个传说中因精神分裂症而持刀杀人的孩子联系到一起。

林寂甚至有些惊讶这小小的脑海里到底有多大一个世界，可以容纳如此多的故事。她又有些心疼，他才只有十四岁，他看到的、经历的世界到底是怎样的，以至于他脑海里全都是黑暗?

当杨太太回来，看到相谈甚欢的一大一小，惊喜交加，激动得把一张浓妆艳抹的脸涂抹成了京剧脸谱。所以，林寂离开时，拉着她依依不舍的不止杨希雨，还有杨太太——她简直比一个真正的粉丝还像粉丝。

天色已晚，时桥南便提出请林寂吃饭，感谢她专门跑这一趟。

林寂并不以为然，却没有拒绝他的好意，只是表示在医院餐厅吃顿简餐即可。

大概由于是精神疾病医院，病人以疗养为主，住得起的多数有点小钱，所以莱恩医院餐厅的水平也水涨船高，菜饭称得上是色香味俱佳。

时桥南要了四五道菜，每道菜的菜量并不大，两人吃正合适。

“尝尝这个麻婆豆腐，看着红彤彤一片，实则不辣，豆腐很嫩，是这里的招牌之一。”时桥南忽然想起什么，“刚才的演技很好啊。”

林寂并不爱吃辣，听时桥南这么夸，便夹了一块豆腐，赞叹名不虚传。听到时桥南夸赞她的演技，她愣了一下，道：“我没有演戏啊。”

“刚才你说看到了杨希雨那个特别的朋友……”时桥南提示她。

林寂恍然大悟地啊了一声，皱着眉沉思片刻，道：“我这么说，你可能觉得可怕，但是我刚才真的看到了他的朋友，跟他给我看的画一模一样。”

时桥南惊愕地看了她好一会儿，最终毫无气势地轻轻吐出两个单词：“No way！”

林寂耸了耸肩，试着用一种神圣的方式解释：“可能我有特异功能，可以跟精神病患者通感。”

这是个冷笑话，时桥南却没有领情。他神色凝重地看着林寂，根本笑不出来。

林寂被他看得有些紧张：“你不要吓唬我，我不禁吓的。”

看到时桥南还是没反应，林寂不得不试着用专业知识解答这道谜题：“大概是因为我们都是漫画家，他又是我的粉丝，我潜意识里知道他的想法肯定有一部分受我影响，所以他一给我解说，我脑海里自动就出现了具体的形象？我想象力丰富，没办法。哦，对了，我觉得我某个作品里应该有过一个类似的角色……哪部呢？”林寂冥思苦想，不得要领。

相对于前者，时桥南的确更容易接受这一解释。有些人做梦特别逼真，以至于醒来后完全搞不清楚那些事情是否真的发生过，有些严重的甚至会把这一疑惑带入坟墓。人看到的东西是靠大脑进行确认的，如果大脑活跃，想象力丰富，的确可以身临其境地经历别人描述的事件，而无法分辨是大脑确认的还是眼睛看到的。

但他还是不放心：“最近你都没有再出现幻觉？”

林寂一愣，差点脱口说出那个剧本早就演完了，她垂眼装作认真品味饭菜，用尽量平静的语气掩饰心虚：“是的，说来也奇怪，新疆之行以后，他就像是凭空消失了一样。”

“因为……”想到缘由，时桥南不由自主地顿了顿，“你遇到了真正的白石。”

“大概吧。”

“你的病是心病，执念太强导致出现幻觉，如今心愿达成，心结解开，自然像河道清淤，水流畅通。”

心虚与自责交加，林寂一口气没换好，忽然咳起来。

“我去给你拿杯水。”说着已经站起身朝饮水机走去。

林寂本想叫住他，让他不用麻烦了，但看着他远去的身影，她张了张口，终究没有说出一个字。

时桥南很快就回来了，将一次性纸杯推到林寂面前：“给。”

林寂默默地端起杯子喝了两口，问：“时医生结婚了吗？”

时桥南笑道：“没有，也没有未婚妻，更没有女朋友。”

这还真是林寂准备问的一连串问题，她也笑起来，又问：“那男朋友呢？”

时桥南被杀了个措手不及，笑容僵在脸上，他感觉自己头上压了沉沉的一片黑云。他慢慢地敛尽笑意，郑重地回答：“没有。”

林寂看到他黑脸的表情，越发开心了：“在遇到真爱以前，所有人都以为自己不会出柜。”

“……”

“你们要追一个人，是不是可以用科学知识辅佐爱情三十六计？”

“你大概对精神疾病医生有误解。”时桥南说。

“但不是说有那么一种爱情因子，当两个人见面时，它们就会像小精灵一样迅速繁衍出很多，让人一见钟情？那叫什么……哆巴拉？”

亏她想得出来，时桥南笑：“你说的是多巴胺。”

“对！我就记得是阿里巴巴家的。”

时桥南道：“虽然多巴胺会影响人的情感，但如果我对你说我能感觉到我们之间有种奇妙的磁场——多巴胺的磁场，你会怎么做？”

林寂想了想：“那要看情况，如果我也有同感，那就happy ending（美满结局），如果我对你没感觉，那我就会让你哪儿凉快哪儿待着去。”

时桥南点点头：“在情感面前，科学只能做事后诸葛亮，根据既定事实分析数据，永远无法设定数据促成事实。”他两手一摊，“我大概是注孤生体质。”

“不会的。”林寂十分肯定地说，“如果你都注孤生了，那天下的男人都该出家了。为了防止寺庙人满为患，你得把自己销售出去，不然扰了佛祖清净，你的罪过就大了，万死难赎其罪。”

“……”

当晚，白石没有再来。

林寂给他打电话，过了很久才打通。

“喂？”白石的嗓音有些沙哑。

林寂本想问他是不是身体不舒服，话到嘴边，忽然脑海里一道闪电劈过，不好的预感从四面八方迅速将她包围，她一下子就说不出话了。白石没等到回答，又喂了一声，林寂这才绝望地闭了一下眼，道：“我是林寂。”

“我知道。”白石的声音里没了往昔的风华，仿佛久经风霜。

林寂勾了勾嘴角，笑容苦涩：“你们……还好吗？”

过了好一会儿，白石才淡淡地应声：“嗯。”

林寂仿佛看到白石颓废地靠墙坐在黑暗里，身边歪着几个空酒瓶，目光无助，听到她的问话，他长久地闭上了眼，像是考虑着该以什么样的态度应对她的关心，最终却只是淡淡地嗯了一声。

林寂不知道说什么了。一旦牵扯到张可人，他们都不由自主地换了一个人，那是扎在他们心头的一根刺，更是横在他们之间的喜马拉雅山。他们像遥遥相对的太阳与月亮，无可避免被地球隔断的命运。说来张可人已经足够宽容，她几乎默许了白石与林寂的见面，可归根结底她只是一个人，一个被最亲近的男人背叛的人。

有那么一瞬间，林寂想问这样有意思吗？他周旋在两个女子之间，不肯放弃，又不愿承诺，不觉得累吗？

像是感受到了林寂的所思所想，白石道：“上周定好了今天看电影，我忘了，赶到的时候已经开场半个小时了。”

是在跟她解释？林寂淡淡地哦了一声。这算什么，安抚？

“林寂，给我时间，我会处理好跟她的关系。”白石顿了顿，总结陈词一般，“我不能没有你。”

每次都是这样，无论林寂想什么，他仿佛有读心术，总是可以马上看穿。林寂就像是他双手投下的影子，一举一动都被他掌控着。她知道这时候她应该问：“给你时间？多久？一天？两天？一个月？一年？还是一辈子？”但她真的很没出息，他只消一句话，就击碎了她所有看似雄伟壮观的高墙壁垒，将她捉住轻轻放回牢笼里，还让她为此感动不已。她一如既往地淡淡回答：“好。”

白石像是十分满意，又问："你今天去做什么了？"

林寂便把杨希雨的事情大概说了一遍，感叹："没想到我一个暗黑漫画家，竟然能成为别人灵魂的治愈师。"

白石笑道："看来以后连小孩子都不能放心了。"

从这天开始，林寂的生活更加忙碌了。原本她一周去莱恩医院一次，现在变成了一周四次，其中三次是为了杨希雨。杨希雨的状态很不稳定，好的时候跟所有小孩子一样乖巧可爱，发病的时候就像头发疯的小兽。

那天林寂离开后没多久，杨太太聘请的小提琴老师就来了。

杨希雨从三岁开始拉小提琴，说不上喜欢与否，只是逆来顺受地听凭父母的安排。这段时间大概是他短暂人生里最平和的时期，学小提琴的第五个年头，他的状态开始下滑，动不动就烦躁发脾气，再后来迷恋上了漫画，越发乖僻任性，小提琴就被搁置了。

当初为了让他学琴，杨氏夫妇特意托人从意大利购买了一把昂贵的手工制作小提琴，就是杨希雨房间里的那一把。杨希雨入院以后，杨太太觉得小提琴有助于帮助儿子稳定情绪，便在征得时桥南同意后将小提琴带到医院，甚至专门请来了小提琴老师。

对于母亲的这一安排，杨希雨极其排斥，第一次见到老师就大发脾气，吓得老师当场就要辞职，杨太太好说歹说才挽留住她。

林寂第二次去，刚要敲门，门就猛然从里面打开，猎猎生风，一个人几乎与林寂撞在一起，正是那位小提琴老师。看到陌生人，老师一下子冷静下来，回头道："杨太太，我很感谢您的信任，但他现在的状态，我没法教，我也觉得他目前不适合学琴，我会把费用如数退还，这两节课我也不收费了，再见。"说完迅速离开了。

林寂有些不明所以，但马上她就理解里面的状况了。老师一走，里面马上就传来歇斯底里的叫声。乱七八糟的东西散落一地，连那名贵的小提琴都被摔在地上，杨希雨正抱着头用力撞墙，声嘶力竭地吼叫着。他的声音是从嗓子深处传来的，混在歇斯底里中几乎听不清说了些什么，林寂只是勉强听到"我要我的笔""我要我的本子"，其他的就算听不懂她也能感受到他的愤怒和怨怼。

小护士和杨太太想阻止他把头往墙上撞，但她们一靠近他，他的吼叫就更加严重了，她们只能束手无策又心急如焚地守在他身边。小护士已经按了呼唤铃，一接通，她便语速极快地说："请时医生马上到B602，紧急状况！紧急状况！"

林寂来不及询问缘故，上前想要帮忙，但杨希雨紧紧闭着眼，谁的情都不领。忽然，他像是感觉到身边的人不是母亲，他停止尖叫，睁开了眼。看到林寂，他愣了一下，就在三人以为他要冷静下来时，他一把推开了靠近自己的林寂……

林寂清楚地看到这个小小少年眼睛里的怨毒，她一个不稳，向后倒下去。

房间里的花瓶都被杨希雨摔碎了，林寂这一摔下去正好倒在碎片上。危急时刻，一双温厚的手扶住了她。她一转头，就对上了时桥南含着春风的眼。时桥南扶起她，没有多言，迅速越过她，走向杨希雨。

后来无数次回想起这一天，林寂都觉得精神病医生是一个神圣而神奇的职业。他们的理智与温柔融合在一起，如同久旱后的甘霖，能在瞬间抚平绝望中千疮百孔的心，春风化雨，润物无声。

门口的保安没有用到，小护士匆忙准备好的镇定剂也没有用到，在这片光怪陆离里，时桥南用他温润的声音轻声慢语，把时间都变慢了。在这慢下来的时间里，杨希雨在自己吼叫的缝隙里听到了时桥南独特的声音，他被这声音所吸引，叫声渐渐弱下来，以便听清时桥南的话。时桥南的声音像是带有魔力，重新拼装好这个房间里破碎扭曲、灰暗杂乱的时空画面，引导着始作俑者走回阳光下。

他是那么专注、那么认真，不像是在做一份工作，而像是在履行与生俱来的使命。林寂去过很多地方采风，见过各种各样认真工作的男人，每一个在专注于手中的工作时都充满了魅力。时桥南亦然，亦非然。他也是那么充满魅力，可这份魅力里多了一种力量，不仅仅是为了梦想和生活，更多的是为生命本身所动容、所折服。因为这份感动和敬畏，他才用全部的热忱走在灰暗里，亲手将这些灵魂当作珍宝一般小心翼翼地从泥沼中捧出。有人弃之如敝屣，他却爱之如生命。

自己治疗的时候，林寂从来没有注意过时桥南的样子。如今作为旁观者，看着他对待病人的认真和耐心，林寂忍不住想，是不是面对她时，他也那样用心。她忽然有些罪恶感，不是为了欺骗过他，而是由于她占用了一个真正需要他的灵魂的位子。若这是他的修行，那她让他功亏一篑了。

虽然冷静了下来，但杨希雨仍旧对那把小提琴充满敌意。时桥南带着杨希雨去办公室，吩咐小护士安排保洁打扫病房，又特意嘱咐杨太太暂时将小提琴带回去。杨希雨听到时桥南对母亲说的话，眼睛里忽然闪过一丝感激之情，林寂迅速抓住了他这一表现，默默拿出手机给时桥南发消息。

时桥南和杨希雨在办公室待了很久，门再打开时，如同大变活人一般，刚才的暴躁小孩换成了一个安静的孩子。看到林寂还等在外面，杨希雨愣了愣，回头望向时桥南。时桥南对他点了点头，他便默默地走到林寂面前，低着头道："对不起。"

"没关系。"林寂难得母性大发，温柔地揉了揉他的头发。

林寂和时桥南一同送杨希雨回房，一路无言。杨希雨没有问起母亲去了哪里，仿佛已经习惯了发生状况时母亲的缺场。

病房里换上了新的花瓶、新的鲜花，风从窗户吹进来，把阴霾一扫而空。

林寂看着杨希雨手中的画本，问："你又画了什么，能给我看看吗？"

抬起头来时杨希雨的眼睛里闪着星芒，他弯起眉眼重重地点了一下头："嗯。"

本子里有八九页画，右下角标记了日期，都是同一天——今天。开头几页混乱不堪，勉强能够从杂乱的线条里辨认出画面，是此前林寂看到的一幕，只是病房里多了黑斗篷的人和一些辨认不清形象的人，他们围绕在杨希雨周围，逼迫着他。林寂几乎从那压抑的画面里听到了一片嘈杂的吵闹声。

林寂看了杨希雨一眼，慢慢翻过纸页。

后面的画面像是一场心灵之旅，逐渐清晰整洁，最后一张只有四个人：杨希雨、时桥南、林寂，以及黑斗篷。画中的林寂有些模糊，想来杨希雨并不确定是否应该将她留在这里。

林寂原本想问他什么，瞥见时桥南轻轻对她摇了摇头，她只好打住。她轻轻握住少年清瘦白皙的手，那一瞬间，她清晰地感觉到少年整个身体一僵，却没有抽回手，而是轻轻松开了握紧的拳头。

离开时，时桥南送她到公交站，等车的时间里，时桥南说杨希雨现在正处于一种抉择之际，在他办公室时杨希雨一句话都没说，只是闷头画画。杨希雨并没有敌意和很强烈的抗拒心理，问题在于他的安全感不够，确切地说，他对整个世界都缺失安全感。

“为什么会这样？”他才十四岁，他有着优越的家庭环境和优秀的父母，林寂不懂。

时桥南低头轻轻笑了一声，带着一丝嘲笑的意味：“父母事业有成，资财雄厚，给予孩子最好的教育和物质基础，一心望子成龙……为什么会这样？孩子不但没有卓尔不凡，反而成了一个精神病？原因很简单，很多孩子都在遭遇这样的困境——父母是用钱养孩子，而不是用心养育孩子。感情上的缺失、父母对他们情感需求的忽视，让他们成了‘情感孤儿’，杨希雨不过是其中一个极端案例罢了。”

“情感孤儿。”林寂喃喃着这个词，转头看着时桥南，“我是不是也算一个情感孤儿？”

时桥南没想到她会有此一问，但立刻明白了她话中所指，想了想，道：“你怎么能算呢？你喜欢一个人，也被不止一个人喜欢着，有人陪伴着你，有人守候着你，有人祝福着你，别跟那些真正可怜的孩子争宠了。”

在入院的头一个月里，杨希雨的每次治疗都是闷头作画，几乎不开口。说几乎是因为在第四个星期天，他忽然停下笔，认真地看着时桥南，道：“我是不是再也不用回学校了？”神情完全不似孩子，倒像是跋涉千里的旅人，历尽沧桑。

时桥南心里一动，却没有急着追问。

下周再见时，看到杨希雨渐渐进入状态，时桥南便试探着问：“你为什么不想回学校？”

杨希雨咬了咬唇，没有开口。

时桥南注视着他的一举一动，没有催促，引导性地问：“是因为陈松陵、唐徵熙他们？”

杨希雨的头埋得更深了，过了许久才缓缓点了一下头。这一下重如泰山压顶，时桥南顿时哽咽了，胃里翻江倒海。他看着面前这个被贴上“杀人凶手”标签的孩子，一时说不出话来。

杨希雨是因为遭到校园暴力才病情加重，以致铸成大错，这是司法部门各方面证据显示的真相，时桥南也曾在杨希雨口中亲自验证了这一事实。可一旦撕开这个十四岁少年短暂的人生过往，真相让人痛心疾首。

在时桥南的引导下，杨希雨一点点透露了支离破碎的记忆，而时桥南凭借这些记忆碎片迅速拼出了一幅完整的沉沦画卷。

在杨希雨上小学二年级时，学校按照惯例在元旦组织了文艺汇演，杨希雨被安排了小提琴独奏节目，节目承接在陈松陵、唐徵熙等十人合演的一出《白雪公主与七个小矮人》话剧之后。表演中，话剧状况百出，不是忘记了台词，就是在表演中不小心踩了脚，结果陈松陵和唐徵熙直接在舞台上打了起来，节目被迫终止。而杨希雨的小提琴独奏博得掌声如雷。这本来没什么，问题在于这次活动是亲子活动，所有同学的家长都在，当晚回家以后，话剧小组的同学有一大半都遭到了批评，更有父母拿着杨希雨当例子，对这个“别人家的孩子”大肆表扬，将自己的孩子贬得一文不值。

“你看看人家杨希雨……”

“人家杨希雨跟你一样大，哦不，人家还比你小几个月呢，小提琴拉得那么好，都能在全校师生面前独奏了，你呢？你不就是什么都不行，才被迫跟人组团演话剧吗？”

“杨希雨学习比你好，小提琴拉得比你好，他爸爸妈妈也没比我们多交钱，怎么你就比人家差这么多？”

父母一句句爱之切责之深的话语原本只是恨铁不成钢，谁也想不到这些被宠坏的小孩不但没有体会到父母的用心良苦，反而将自己受的委屈归咎于杨希雨。

第二天，以陈松陵、唐徵熙为首的十人将杨希雨骗出教室，在厕所里对其进行了史无前例的群殴和谩骂，随后将其关在了厕所隔间里。若不是晚上保安人员巡视时意外听到厕所里传来哭声，杨希雨大概要被困在那又冷又黑的地方一整夜。

从这一天开始，在新的一年到来的时候，杨希雨的人生就迎来了漫长的黑暗。他上课回答问题太好要遭到捉弄，作业写得工整要被打骂，被老师叫去办公室回来时就会成为“告密者”，走在路上明明极其靠边也会因挡了路被狠狠推开，就连做值日打扫卫生他都不能比其他人打扫得干净、快速……

他曾几度试图跟父母坦白这些遭遇，但不是被父母无视，就是被父母教育“要跟同学好好相处，一点小矛盾不要斤斤计较”。父母很忙，忙于给儿子创造更好的生活、学习条件，忙于为儿子打造一个更好的未来。殊不知，他们的殷殷厚望正在他们的赴汤蹈火里毁灭。

杨希雨渐渐变得乖僻、胆小，不再爱说说笑笑，也不再跟同学聚众玩耍。他看世界的眼神里再也没有了昔日的跳跃光芒，宛如被囚禁的犯人，他开始沉浸在自己的世界里，在这片黑暗里独自前行，渐行渐远。

父母并没有发现杨希雨的变化，反而以为这个爱玩的儿子终于收了心，懂得自己学习，不再需要父母督促了。他们不知道曾经乖巧的儿子正在渐渐变成恶魔，他把对陈松陵、唐徵熙们的痛恨化作笔端的黑白影画。在这个虚构的世界里，他与他的朋友们以牙还牙，以血还血，快意恩仇。

人们很少会以恶意去揣测孩子，好像“孩子”这个词本身就是天真、纯洁的代名词，神圣不可亵渎。然而，正是由于他们的纯真无邪，反而让人更加细思恐极。他们并非不识好歹，只是善于利用自身的优势肆意妄为，不计后果。他们不需要为任何人的人生负责，也正因此，陈松陵、唐徵熙才毁灭了杨希雨的人生，最终导致自身的灭亡。

见过如此多精神病凶犯和变态，时桥南第一次感到脊背发凉，寒毛直竖。

他不知道该痛惜死去的人还是被关在精神囹圄中的人。

当他把这些告知杨希雨的父母，夫妻二人目瞪口呆地望着时桥南，许久，一腔悲鸣从各自的胸腔里发出，他们抱头痛哭。

相对于时桥南的顺利，林寂却开始触礁。

白石并不反对她多行善举，只是觉得应该适可而止。林寂一周三次对杨希雨进行义务陪护，自然就减少了陪伴白石的时间。

第一周，白石十分理解并支持，会因为这件事给予林寂诸多安抚和奖励。

第二周，白石还勉强能接受林寂对自己的忽视。

第三周，白石就有些暴躁了。原本他是林寂的全世界，但现在他的世界被一个小鬼挖走了接近一半。林寂要陪护，工作就只能占用额外的时间，留给白石的时间自然相对减少很多。

第四周，白石已经有了抱怨。他直言不讳地询问林寂：“那个小鬼真的那么重要吗，比我还重要？”

林寂被他问住了，倒不是难以回答，而是没想到他会有此一问。她想了想，用开玩笑的语气说：“怎么，你觉得自己成了情感孤儿？留守儿童，乖乖，快过来让小姐姐抱抱。”

白石甩给她一副死鱼眼。

林寂主动蹭上去抱住他，柔声道：“你是我男神，你怎么能算情感孤儿呢？”她不自觉地套用了时桥南的话，“你喜欢一个人，也被不止一个人喜欢着，有人陪伴着你，有人守候着你，有人祝福着你。别跟那个真正可怜的孩子争宠了，嗯？”

白石呵呵笑了一声：“林寂，你学会套路我了啊。”

“哦？是吗？”林寂一脸无辜。

白石揽住她，道：“留下来陪我。”

周末天气很好，原本白石计划陪林寂在家看网球比赛半决赛、决赛，但林寂周五答应了要陪杨希雨。

杨太太希望跟儿子多建立交流，也担心他整天闷在病房里不利于恢复，便找时桥南商量，想带杨希雨去无锡拈花湾过周末，并邀请时桥南和林寂同行。时桥南欣然同意。林寂周五去见了时桥南，临走之际又去探望了一下杨希雨，在少年殷切的目光下，她鬼使神差地同意了。

拈花湾是太湖畔一处颇具禅意的园林景观，内里客栈、商店、餐厅甚至租用民居一应俱全，俨然一个桃花源。杨太太租下来一处位于湖岛的宅院，打算以后经常带儿子过来散心。林寂在前年冬天曾跟朋友一起去过，正值大雪初霁，每栋和风建筑都覆盖着厚厚的白雪，歇山顶，深挑檐，矮墙修竹，石桥青板，禅铃斗笠，茶盏木藤，一走进去就会瞬间静下心来，仿佛被洗涤过灵魂一般。

林寂轻轻吻了白石一下，在他耳边低语：“我知道你不会的。”

白石心有百般不愿，但还是放她走了。

可是她一走他就后悔了。

在林寂一行人前往无锡的路上，他就开始打电话。

然而，周末出行的人太多，路上比较堵，林寂一堵车就容易晕车。她靠在座位上闭眼昏睡过去，根本没听到白石的电话。等到了拈花湾，一拿出手机来，看到十几通未接电话，都是来自白石，她吓了一跳，以为他出了什么事，慌忙打回去。

过了许久，那头才传来瓮声瓮气的声音："喂？"一听就是在闹别扭。

林寂扑哧一声笑了出来。

"林寂，有那么好笑吗？"

"嗯。"在白石开口之前，林寂抢先道，"一想到我那么喜欢的人现在如此惦念我，我就忍不住笑。现在，给我金山、银山、万里江山，我都不会换的。"

白石顿时没了脾气，但语气仍然有些烦躁："等着看吧。"

"你知道我不会换的。"林寂强调。

白石淡淡地道："我也以为我们不会放弃原则在一起。"

"……"

这时，时桥南过来让林寂去办入园，看到林寂受伤的表情，担心地问她怎么了。

林寂简单概括："白石在吃醋，最近陪他少了，今天他好心要陪我看网球比赛，我却临时改变计划放了他鸽子。"

"还以为他不愿意你跟其他人接触呢，可不要上演《不要和陌生人说话》。"时桥南开玩笑。

经他一提醒，林寂神色微变，想到最近白石的态度，便道："是不是所有男的都希望女朋友二十四小时围着自己转，最好眼睛绝对不看别人，把他当成自己的全世界？"

"据我所知，正常人不会如此，除非这个男的占有欲、嫉妒心旺盛。怎么，你跟白石……"

林寂顿时有些尴尬，她竟然在跟外人讨论白石的……问题？她被自己吓了一跳，她竟然觉得这是白石身上存在的问题。

两人说着走进办理大厅，林寂佯装翻找身份证，掩过了这一节。

也不知怎么回事，前台搞了半天，也没弄好。林寂看着她，额头渐渐沁出细密的汗珠，心里一阵急躁，忽然一把夺过自己的身份证，转身往外走。走出几步，瞥见杨氏母子，她叹了一口气，走过去，道："不好意思啊，我家里有点急事，得马上赶回去。"

杨希雨眼睛里露出失望。

杨太太倒还好，十分理解，立即让司机送林寂回去。

时桥南追着林寂出去，问："你没事吧？"

林寂已经打开了车门，回头看了他一眼，神情复杂。她摇摇头，终于把五味杂陈咽回肚子里，无声地上了车。车子走到景区大门口，排队外出，林寂看到时桥南站在原地目送他们，心里一紧，探出头来，道："时医生……再见。"

千言万语，化作简短二字。

她心里有些恐慌，那是由现实与梦想的差距所带来的失望汇聚而成的。她心目中的人朗朗如日月之入怀，见之应有清风投座之意，是天地间难得的一幅春风画卷；而事实上，她爱上的人只是一个普通人，有优点，必有缺点。她不应该心怀不满，她应该爱屋及乌，连同他身上所有的瑕疵一并包容接纳。

她怕时桥南的眼神，那般温煦，总是让她忍不住想倾吐。

他的存在就像是一个放大镜，在他的眼里，她总会不由自主地放大白石所有的不美好。

"当当当当——看看谁回来啦？"一打开门，林寂就张开双臂大喊。

家里静悄悄的，迎接她的只有地上被捏扁的易拉罐。

笑意渐渐消退，她却没有放弃，洗手间、厨房、卧室、工作室、阳台，一一探头寻找。一圈下来，她终于相信白石已经走了。

早晨出门之际，熬夜到三点的白石睡眼惺忪地从床上爬起来，强打精神送她下楼，她孩子气地揉乱他的头发，让他赶紧回去补觉。她离开不过四五个小时，再回来竟恍如昨日。她没精打采地坐在沙发上，一时有些惆怅。

所谓静坐不知时日长，林寂这一坐就到了日光西斜，直到肚子不满地抗议，她方才如梦初醒。

第一件事自然就是给白石打电话。

然而，无人接听。

林寂不肯罢休，又拨打了一遍。

一遍，又一遍。

大概是念念不忘，必有回响，白石像是感受到了她的锲而不舍，终于接了。

他语气淡淡的："喂。"

一个最简单的音节也被他刻画得如此完美深情，遽然勾起她满腔的柔情，昔日百炼钢化作绕指柔。她一开口，竟有些委屈："你在哪儿？"

那边沉默了一小会儿，然后，道："我在江苏。"

"嗯？"这下轮到林寂沉默了，她纠结着是否该问，她有种不好的预感。

白石像是猜到了她的心思，柔声道："可人让我最后陪她做件事，陪她去江苏兴化千垛景区，现在是千岛菜花盛开的时节，她一直想去。"

他果然对她了若指掌。那是什么地方？去做什么？为什么要去？这些都是林寂脑海里冒出的紧急疑问。她苦笑一声，没有说话。

白石仿佛品尝到了她的苦涩："没有别的意思，不要多想。"顿了顿又道："倒是你，整天对着我夸你那个什么医生，最近又整天去见他，还跟他一同外出旅行，我是真不放心。但凡是个正常男人，都难以抗拒月光下的凤尾竹。"

"我已经……"

几乎在同时，林寂听到那头一个女声道："白石，船弄好了，走吧。"

林寂原本要说的话就怎么也说不出来了，只淡淡地道："希望你是真的勇士，敢于直面软玉温香投怀的现实。"

白石笑道："我不但能直面风萧萧兮易水寒的现实，还能当个'烈男'柳下惠。"

"是吗？"林寂反问。

"嗯。"白石轻声道。

整整一天，林寂在家里什么都做不下去。她的脑海里都是千百垛田水路四通八达，俨然一座花田威尼斯，白石与张可人同坐木船，悠然漂浮水中，一望无际的金黄色花海如流霞璀璨，将他们渐渐淹没……行到水穷处，坐看云起时。

行到水穷处，天地间只有他与她，恬然无思，澹然无虑[1]，他们会做什么？

坐看云起时，以天为盖，以地为舆，四时为马，阴阳为御，他们会不会一个动容就决定厮守终老？

她在惊恐里煎熬。

她给时桥南发了消息，希望他能用专业知识给她安慰。但想必时桥南忙于陪伴杨希雨母子，迟迟没有回复。

恰在这时，文棋的消息就进来了。

“林大老师，您老最近拖稿有点严重啊。”后面是一串表示委屈的颜文字表情符号。

林寂看着文棋的头像，过了一会儿，打开文棋的朋友圈看了两眼，看到文棋前几天晒出的自制手工饼干图片，配文：“自己做的，经大神验证：好吃！”下面的评论，就林寂看到的几条来推断，估计大部分人都不知道此大神是真大神。

她笑了笑，拨通了与文棋的语音对话。

连线一接通，林寂恶人先告状：“可是……你不给我吃饼干！你有好吃的饼干不给我！”

“什么？”文棋在那头一脸迷茫，过了一会儿才顿悟，“那是给大神的！”

“我也是你们班的小朋友，你怎么可以这么偏心？”林寂不依不饶。

文棋哈了一声：“林寂，不要转移话题，你自己看看你的交稿时

---

1 与下段“以……为……”四句均出自西汉刘安主编的《淮南子·原道训》，原文为：“是故大丈夫恬然无思，澹然无虑；以天为盖，以地为舆；四时为马，阴阳为御；乘云凌霄，与造化者俱；纵志舒节，以驰大区……”

间。”说完，她很快发过来一张日历截图，所有周二、周五都用红笔分别标记出“L分镜”“L交稿”，然后又用蓝笔在周五的格子里写了“L分镜”，最后两周的周三标记出“L交稿”。红笔是规定交稿日期，蓝笔是实际交稿日期。

林寂对着截图翻了翻白眼，却意外地没有“攻略”文棋。

文棋反而意外了，道：“你是有什么事情吗？”

“你最近忙着跟别的小朋友玩，是不是觉得一眼没瞧见我竟然要大学毕业了？”林寂故作委屈。

文棋呵呵一笑：“你已经在我的手心里了，我还用多费心思吗？”

“你这样说就太没良心了啊。我对你掏心掏肺，那个大神对你没心没肺，你怎么看不明白？”

“我这是卧薪尝胆，要抓住一个漫画家，首先要抓住他的胃。”

林寂冷笑：“不是抓住他的心？”

“林寂！”

“我看你现在对他上心得有点李清照啊。”

“什么意思？”

“才下眉头，却上心头。”

文棋哈哈笑起来：“不敢不敢。哪有你厉害，下了眉头，就上床头了。”

林寂想笑但没笑出来。

文棋马上就意识到她的反常，道：“你从来不会主动跟我语音通话，今天是怎么了，莫非是认清了白石的真面目，来找我忏悔吗？”

若在平时，文棋这一句出来，必然引来林寂的枪林弹雨。但今天，不提倒也罢了，一提起白石，林寂就感觉自己正处于溺水中，她叹了一口气，却倔强地沉默着。

文棋也叹了口气，温言：“跟你说过很多次了，如果他真的喜欢你，就会先理清楚跟前任的关系。”

前任。

林寂微微一笑，她介入的时候人家还不是前任呢。但她没有纠正文棋，只是淡淡地道：“他们已经在分手了。”

“已经……在……分手？”文棋把“在”字咬得极重，冷笑一声，“也算他有点良心。那你在多愁善感什么？”

“觉得要转正了，压力太大？”林寂自嘲。

文棋呸了一声。

林寂道：“我一直都在想，只要能够拥有这个人，什么我都可以放下。可是，当真的得到了，才发现他不是我想象中的那个人，关于他的很多事情都是我凭空想象的，我给了他完美的设定，所以当他出现一点瑕疵，我就觉得自己受到了欺骗。”

“你不是一直都说人无完人吗？”

“是啊，我知道，我很清楚，只是……”

只是冷静下来想一想，她心目中的神是那么渺小，渺小得无法支撑她的信念，每一天她的世界都在走向崩塌。

林寂无法说出口。

自己简直像一个婊子。

时桥南并非没有看到林寂的消息。他下午跟杨希雨谈话治疗结束时就看到了林寂的消息，他只是单纯地不想回应。

她说回到家白石并不在，而是陪前任去了江苏。

她说她现在很不安，害怕结果并不如人意。

她说她很迷茫，心心念念的东西即将到手，她并没有预期中那般欢喜。

她与那个人应该有着千山万水隔断也会心有灵犀的默契，然而，越是走进时间深处，他们渐渐都迷了路，再也看不清自己的心。

原来人是只能靠执念活着，而非得到吗？林寂如是问。

夜里下起了雨，时桥南躺在床上辗转反侧。林寂的话如同窗外雨打芭蕉，每一下都稳稳地敲在他心头最敏感的地带。

他在黑暗中坐了起来，摸过手机看了一眼，凌晨两点半，他毫无睡意。

他叹了口气，只得翻出林寂的微信，回复：“你要往好的方向想。他去见她没有瞒着你，说明他是去跟她做最后的告别。当他回来，他就完全属于你了。爱情不是靠感觉就可以的，还要靠相互包容、相互磨合，默契往往是大浪淘沙后的礼物，你不能一上来就要求一个完全陌生的人与你心神合一。”

放下手机，他在阳台藤椅上坐下，静听院子里点滴到天明。

每个人都有很多情绪，他又何尝不是。

他想起上次与任语初的饭局。

任语初带来了一个人，一个年近四十的男人，相貌英俊，风度翩翩，留着短短的胡楂儿，眼神深邃，说话掷地有声。任语初要跟他回成都老家，然后结婚生子，白头偕老。他们都已经商量好了，回去后开一个英伦复古酒吧，名字就叫夜莺酒吧。

任语初解释酒吧名字：“你总会遇到一个人，想把心掏出来给他，用你的所有成全他。”

取自王尔德的《夜莺与玫瑰》。

时桥南立刻就懂了，他不是任语初的那个人，所以即便两人跨越数年的耿耿于怀，也无法把心捧到对方面前。

他错过了自己的夜莺，从此大概不会再遇到第二只了。

想到这些，他自嘲地笑起来，知道自己必然还得继续安慰林寂。情绪堆积心头，若不化作温柔送出，盈盈一方积满必决堤。

他拿过手机，不等他解锁，屏幕一下亮起来，林寂的名字随着手机铃声跳跃在眼前。

“时医生。”

“嗯。”

“这么晚了还不睡？”

“彼此彼此。”

简短寒暄之后，两人都不知该说什么。没有开口，也没有挂电话的意思。

林寂听着电话那头淅淅沥沥的雨声。

时桥南听着手机里传来自己的歌声。

林寂特别喜欢下雨，每当下雨，仿佛雨滴化作乐符欢快地跳跃在周围，她的心情也跟着明快起来。

时桥南不是第一次听自己的歌声，每首歌录音时他都会反复听，直到满意为止，然而这还是第一次从电话里听到，说实话有些诡异。

林寂有千般委屈，在他开口嗯了一声后忽然如鲠在喉。

时桥南有万般思绪，在看到“林寂”二字后顿觉人生无趣。

他们就这样坐到了天亮。

天色微明时，时桥南看到不远处的房子里亮起了灯，未几，街上有两个人打着伞缓步行过，隔着小湖，脚步声、雨打伞声清晰如在耳畔。

时桥南道：“天要亮了，去睡一会儿吧。”

林寂没有说好与不好，道：“时医生，你什么时候回来？”

“晚上。”他已经懂了林寂的意思，“估计不会很早到上海，明天吧，明天上午。”

林寂得到承诺，顿时就安心了。

这一天，时桥南心不在焉，即便打起十二分精神，努力克制，也仍然屡屡走神。他总是不由自主地想起林寂，想起她匆匆离去时的样子，想到她半夜抱膝独坐听他的声音与他手机里传来的雨声相和，她的情绪原本是为他而生，如今却被一个在恰好的时间、地点出现的某人拥有。

与他相反，林寂心头火熄灭，行也安然，坐也安然。她打开窗户，看着楼下早起的老人三三两两陆续出现，开始晨练，很快有狗叫声由远而近，凉风入怀，她顿觉清爽。她换了衣服，溜达着下楼买了早餐，吃饱喝足后，太阳才委婉地探出头来，犹抱琵琶半遮面。她精神饱满地坐在工作台前，开始奋笔疾书，把滞后的工作一口气赶了上来。

晚上九点钟，林寂完成任务，伸了个懒腰，这才意识到自己一天没有吃东西。她先叫了外卖，然后给文棋打电话，让她立刻、马上、迅速过来。

文棋的满头问号几乎要爆掉手机信号：“怎么？怎么？怎么？”

“限你三十分钟过来，不然你会后悔的。”林寂卖关子。

“老大，我正忙着呢。”文棋满腔委屈。

“哦。”林寂语气淡淡的，已经猜到她必然是跟大神在一起，“那就算了，我继续拖稿吧。”

“我马上到！”文棋在工作上一向没有节操，立马改旗易帜。

三十分钟后，文棋坐在林寂家沙发上，吃着蓝莓梦幻雪双皮奶看分镜稿，边看边惊叹：“林寂，你是打了鸡血了？这得是俩月的分镜了吧？”她手里是厚厚一沓分镜稿，说两个月的量有些夸张，但绝对超过一个月的稿量了。

林寂埋头吃着麻辣香锅，得意地耸了耸肩：“小菜一碟。”

文棋嘲讽地哼了一声：“我都要怀疑你是不是找了枪手……不过，有这样的水平，实在没必要当枪手了。”

“既然这样，你就都检查一遍吧。”林寂原本是想让文棋先看完下周的内容，闻言皮笑肉不笑地说。

文棋没有回她，她拿勺子的手不由自主地停下来，专心致志地看稿子。

故事里引入了一个新人。女主角的家属于一梯两户，她家是走廊尽头，正对着走廊的一家，新搬来了一个少年，一个小提琴天才少年。少年每天晚上出门，早晨踏着霜露归来，他在家时大部分时间都安静得好像隔壁没有住人，但偶尔他会疯狂地伴着伴奏演奏小提琴，选的都是特别狂躁的曲子，女主角听出来其中几首，*Crown of Horns*、*This is the new shit*、*Achingly Beautiful*，偶尔他心情好了会演奏*Croatian Rhapsody*、*Requiem For A Dream*之类。

女主角一开始并没有对他好奇，直到有一天她听到隔壁门响，然后听到脚步声靠近，她一个激灵，寒毛竖起。脚步声停在门外，一切好似重归寂静，但她知道并没有，她几乎听到少年的呼吸响在门外，她悄悄地靠近门，从猫眼里往外看。不看还好，这一看吓得她几乎尖叫起来，她迅速捂住嘴，浑身的血液几乎凝固。猫眼里是一只大大的眼睛，经过猫眼的光线折射，大得有些扭曲。她紧紧捂着嘴，在一米开外看着家门，大气不敢出。直到听到脚步声再度远去，接着电梯声响起，揣测着少年应该是下楼去了，她才小心翼翼地凑回门边。

外面走廊里空无一人，门口放着一只包装好的礼品盒。女主角迅速打开门抢过盒子，以迅雷不及掩耳之势关上门。盒子里是一个手工拼装木质机械传动模型。

女主角并不放心对方，她偷偷潜入隔壁，看到少年家里四面都是镜子，且有一堆类似的木质机械传动模型，有大有小，形态各异。她站在其中，只觉得阴风嗖嗖。她开始每天从猫眼里偷窥少年的动静。直到有一天，她再度潜入时，门忽然开了，她的男神兼精神病医生赫然立于门外……

故事到这里戛然而止。

文棋不甘心地翻了翻手中的画稿："然后呢？"

林寂坦白："然后还没想好。"

"还没想好，你就敢画？"文棋几乎咬牙切齿。

"走一步看一步呗。"林寂道，"我想过了，一开始的故事就只有开头，后面可以把这个精神病加剧，她遇到了诡异的少年，还会见到死神，给她一步步吞掉男主角做了很大的铺垫。"

"你认真的吗？"

"对啊。说不准后面还会出现她看到少年在她家门口挂了一具尸体。"

"我们的漫画很大程度上是给孩子看的。"文棋提醒她。

"当然当然。"林寂胸有成竹，"我会用黑色幽默的手法表现这些。你不都看到了吗？"

这倒是真的。文棋不再追究，换了个话题："你和白石没事吧？"

在来的路上，文棋接到了时桥南的电话。时桥南请她关注一下林寂的状况，他觉得林寂认识的白石有问题。他没有明说，文棋反问："他是骗子？"

时桥南顿了顿才答："不是……是他始终摇摆在两个女生之间，并没有想要认真处理跟哪一方关系的意思，跟林寂说的那个人的行事风格有出入……"

"这不还是说他是骗子吗？"文棋笑了笑，"其实他是不是白石又有什么关系？林寂觉得他是白石，那他就是白石，到底是真是假又有谁在乎？她需要的只是一个命中注定的人，那个人叫白石，这世上可以有千千万万个男人，只要她愿意，她可以把所有她遇到的人唤作白石。"

话虽如此，但她仍然不放心。细细想来，林寂遇到白石的时候，正是文棋开始接触大神的时候，她忙于讨好大神，的确忽略了林寂和白石的进展。林寂与白石相识相爱这么久，她还没有见过白石。关于白石的种种，都是从林寂口中得知。

看到林寂随口说“还那样”，她顿时气不打一处来：“你怕不是个傻子吧？”

“怎么了？”林寂一头雾水。

“他到现在还脚踏两条船，跟你说在跟对方谈分手，跟对方大概也是这么说的。谁知道他是不是已经结婚生子，就是跟你玩玩。”

林寂并没有听进去，不咸不淡地瞄了她一眼，道：“文棋，你过分了啊。”

文棋冷笑。

再见面，如隔三秋。

林寂提前到了，几乎跟时桥南同时到达莱恩医院。她跟着时桥南走进办公室，环顾四周，这里是她所熟悉的味道，摆设跟上周也没有一分不同，但她就是看出了经年的味道。

一大早，时桥南很忙，跟李曦吩咐事情，查看今天的预约，然后才想起招呼林寂坐下稍等，他要先去查房。林寂看着时桥南忙进忙出，像是看到了岁月在他指间开出花来，风一吹，花瓣簌簌而落，纷纷扬扬。

林寂百无聊赖，便开始细细观摩书架，其上都是精神病学、心理学相关的专业书籍，间或几个摆件。林寂走马观花一般一一扫过，眼睛突然停在了整个书架上最薄的两本书之间，那好像是……

她将中间的东西抽出来，果然是一张电影DVD——《美丽心灵》。

林寂曾一度很喜欢这部电影，既为纳什的命途多舛感喟，又被艾莉西亚所折服。

就在这时，耳边传来时桥南的声音：“以为我早就扔了呢，没想到在这里。”

林寂闻言转头，有些不明所以。

时桥南扬了扬下巴，目光落在她手中的DVD上：“那是很久以前一个朋友送的，她知道我喜欢精神病学，就买了她所能想到的所有关于精神病的电影DVD送给我。后来不是丢了就是找不到了，谁知道竟然还有一张鱼目混珠，落在这里了。”

“前女友送的吗？”

时桥南笑了笑，不置一词，道：“他的妻子真的很伟大、很深情。”自然是指纳什的妻子艾莉西亚。

林寂点点头：“第一次看的时候，我想，如果是我，我早就离开他了。第二次看的时候被她感动了。第三次看的时候忽然看懂了其中的悲喜无奈。第四次看的时候，我就想，有的人是你命里割舍不下的唯一，他是清醒还是疯狂，是生还是死，都无关紧要。有人可以用一生等一次相遇，有人可以耗尽半生缅怀曾经拥有。为了一个人自我折磨很不值，可如果你心里有人填满空虚，因他品尝悲欢喜乐，一个人的时光并不见得悲凉。我常常梦见自己走在西伯利亚的森林里，只有我自己，哦，不对，还有质朴的土著居民，我看日升日落，看风来风往，在暴雪来临时，捧一杯茶守在暖炉边，昏黄的灯光里，读一读狄更斯或是随便谁的书，凝注在时光里，与风雪一同老去，丝毫不觉得孤独。”

“你好像特别希望一个人。”

林寂一愣，随即开怀笑起来：“说了你不信，我偶尔会感到恐慌，因为我不确定如果白石爱我如生命，跟我求婚，希望我跟他共度一生，我该怎么办。我很想与他共白头，但同时我又很想孤独终老。越爱他我就越恐慌，越恐慌我就越需要他陪在我身边，给我安全感。”

“……”

“我以前也不知道原来我是这么想的。”

以前，时桥南觉得林寂是个聪明人，很清楚自己想要的是什么。

现在，他越来越看不懂林寂，林寂的聪慧一遇到白石就化为乌有，她因他失去了任何判断力，因他变得没有原则，她为他赴汤蹈火，在所不惜。

这种爱宛如飞蛾扑火，不是涅槃重生，就是同归于尽。

这让林寂像是时时刻刻都在经历一场龙卷风，呼啸而至，呼啸而去。

她迫切寻求道德上的救赎，无法容忍白石在天平两端摇摆不定。同时，她又因这种可能会到来的结局惶恐不安，这不是她要的人，也不是她要走的人生，但她割舍不下。

林寂说：“以前只要他的声音一响起，整个世界都安静了。现在我常常半夜惊醒，醒过来看到他睡在旁边，确认他还活着，还有呼吸，我才敢重新睡去。”

时桥南道：“那是因为你太在意他。”

林寂问：“不是因为我缺乏安全感？我以为与喜欢的人在一起，应该是泰山崩于前而色不变。”

时桥南答：“不是的。人在喜欢的人面前是有偶像包袱的，如果真的能做到安之若素，那不是燃尽了激情，就是感情没到火候。情之所至，才会看到西施。很多人之所以结婚后发福，就是因为他们的小日子过得温馨愉悦，但总是少了些什么，那就是因为太安逸了，剩下的多是亲情，而非爱情。”

林寂仍不能释怀：“人不可能一辈子怀有激情，爱情到了最后终归要化作亲情吧。”用的虽是陈述句，语气里更多的是质疑。

时桥南四两拨千斤：“那是普通人的想法，你呢？你也这么想吗？”他敏锐地抓住了她语气中的漏洞。

林寂愣了愣，忽然整个人都轻松起来：“是啦，林徽因倾向理性，张爱玲偏爱苍凉，三毛天性浪漫，简·奥斯汀初恋未果，终身不嫁。以自己喜欢的方式过一生，无所谓好坏。”

时桥南点点头，眼睛里升起一团温存：“如果每个人的人生都一样，那么就不需要灵魂了，用机器人就可以了。存在本身就应该是追求自我。”

时桥南能怎么办呢？

他只能尽力安抚她，引导她去预见终将会到来的太阳。

他是她的骑士，为她披荆斩棘，开拓一方疆土，看她与王子共襄盛举。

他为此愁肠百结，却不得不与有荣焉。

大概这就是因果。既然她曾投之以木桃，他就应该报之以琼瑶。

下午时桥南跟同事们开会时，就如此安慰自己。

结束谈话后，林寂并没有马上离开，而是跟他一起吃了午饭，下午去陪杨希雨。等到时桥南开完会，再查看完B区几个重要病人的情况，已经是下午六点钟了。他跟阮枞约了见面，车子刚刚开出地下停车场，就看到林寂走出医院大楼。他还以为她早就走了呢。

时桥南停下车："带你一程。"

林寂道了声谢谢，上车后才问："你要去哪儿？"

时桥南道："你家附近。一个朋友的儿子进入叛逆期，他想让我跟孩子沟通沟通，但怕带他来医院他有抗拒心理，就约在一个日料店见面。"

"现在的孩子真难搞啊。"林寂摇摇头，扼腕叹息。

时桥南笑："何止难搞，懂得也特别多，一个个都很有主见，跟我们小时候一比，简直像两个物种。阮枞本身还是精神病医师呢，却对儿子束手无策，孩子完全拒绝跟他沟通，你说什么他都听着，左耳进，右耳出。"

林寂犹豫了一下，尴尬地笑："其实我小时候也这样。从小就觉得自己一定会是自杀而亡，我决定的事情很难更改，明明是我想做的事情，母亲一开口我立马拒绝去做，十六岁就成了单身主义者……"

时桥南毫不掩饰地惊讶起来："十六岁？想采访一下你，当时在想什么？"

"就是觉得……大部分人都在工作、恋爱、结婚、生子、终老，都在追求一份稳定的工作、一个稳定的家庭，一家几口过着平淡的生活，细水长流，直到死亡……我忽然就想，我们一代一代人重复着上一代人的生活，究竟是为了什么？难道人生存在的意义不应该是追求灵魂深处的自我，追求一个独特的自由人生吗？我们的祖祖辈辈都被人生这个大课题绑架，觉得这一切都应该是我们此生必须完成的任务，可其实当我们被命运选择降生在这世上的时候，我们应天而生，我们被赋予的使命大概只是随性而活。"

"有点意思。"

"我就想，造物主塑造了这么多生灵，每一个都有自己独特的灵魂，真是太神奇了，他到底想要我们做什么呢？如果不是为了让我们演绎丰富多彩的人生，实在没必要给我们各自不同的灵魂。虽然我们不知道，但每个人一定有其特定的使命。”

时桥南笑道：“你不会常常在考虑生活中的某件事是为了什么吧？”

没想到林寂点了点头，一本正经地道：“对啊。遇到的人、经历过的事，甚至听到的一首歌，我都会想命运是在给我传达什么信息，想向我昭示什么。有一次我外出，走在小区里，一个刚刚会走路的小孩迈着小短腿摇摇晃晃地前行，我们擦肩而过的时候，他突然对我摆摆手，说：‘再见。’我的心几乎要融化了。我回头看他，他却已经义无反顾地往前奔去。我忍不住想，是不是前世我给他撑过一次伞，或者曾有几世恩怨纠缠，到此终于了结？”

时桥南忍不住想起那次在林寂家楼下见到的小孩，他扫了一眼林寂，微微一笑：“我理解你。生活就是上帝手中的一盘棋，每一个子都有其特定的意义，而我们作为棋子本身，恐怕有的随遇而安、逆来顺受，有的也在冥思苦想为何要把他放在这里，为何是他。”

“对对对！”林寂一拍手，“就是这样！你遇到我，我遇到你，我在我的位子上，你在你的位子上，都是为了什么？你今天送我回家，又是为了什么呢？”

时桥南摇头失笑：“你不当个哲学家，真可惜。”

然而，很快，他就发现了林寂这个问题实在值得思考。

他们一路聊着看似无聊的问题，直到时桥南将车开到林寂家楼下。春夏之交，楼下花木葱郁，居民三三两两地漫步曲径，孩童追逐嬉闹，若不考虑高楼林立，倒真有一番世外桃源之感。

车一停稳，林寂边解安全带边惊呼：“呀！白石来了！”说着迅速跟时桥南道谢道别，下车冲着楼下飞奔而去。花木掩映中，时桥南并没有看到第二个人，在那几十秒里，整个楼里连个进出的人都没有。

时桥南看了看时间，跟阮枞约的时间马上就到了，他顾不得见这位自己的替代者的庐山真面目，从停在路边的一辆长安福特旁边驶过，掉转车头，绕路驶出小区。

后视镜里，他看到林寂一个人站在楼下的茶花树边，仰头笑得灿烂无比，她在说着什么，眼睛里闪着光，神色忽而娇嗔，忽而羞涩，忽而狡黠，她的眼神是那么专注，专注于空中的某一点，仿佛那里有一双眼睛牢牢地将她黏住。

离开的路上他脑海里一直回荡着这幅画面，胸腔里有股异样的气息流转，他不知道那是嫉妒还是难过，说不清道不明。

后来有无数次，时桥南都对这一天追悔莫及。如果他出于好奇心或者嫉妒心，回头多看一眼，多想一遍，事情就绝对会不一样。然而，那一天，此前的愉悦都在失望面前化作不忍卒读，他只觉得自己被难过冲昏了头。

那里花木繁茂，人面茶花相映红，仿佛岁月到此便静好。

他急于逃离，所以宁愿将那幅画面从脑海中剔除，也不愿多想一秒钟。

何况接下来的一个晚上，他几乎没时间多想。

阮枞的儿子十七岁，正读高三，是个每句话都带刺的典型叛逆少年。据说他正跟着一个大哥哥玩滑板，每天不好好上课，专注于逃课玩滑板，阮枞几乎要被气死了。时桥南左右为难地看着父子二人吵了一晚上，最后以少年被父亲禁足为结局结束了这次闹剧。

大概所有的精神病医生、心理专家都不善于应付自己身上的问题，所谓医者不自医，任何大病小病一旦上了自己的身，那就像绝症一样，只看到了命，看不到病。

时桥南不得不建议让少年单独来找自己聊聊，没想到少年竟欣然同意，也算有个不错的开始。

白石一开口，林寂的立场就没了。

白石说他已经处理好与张可人的关系，林寂不需要再背负沉重的道德枷锁，他们的生活仿佛一下子回归于平静。

他们在苏州河畔、滨江大道散步，看日落、看魔都夜景，直到月上中天，这才披着星光回家。

他们在上海老旧的街巷里缓步慢行，仿佛时间一点点慢下来，带他们回溯前世今生。

雨天，他们在阳台烹茶对弈，林寂的棋艺奇差无比，好在白石屡屡让子，容忍她一次次悔棋。

晴天，他们一起修剪花枝，浇水清理，把一个小小的阳台改造成了一片花海，小心侍弄。

他们一起逛街，一起做饭，一起看电影，一起吃着水果看电视，几乎用尽毕生热情相守，把每一天都过成了生命中的最后一天。

但矛盾也随之而来。一天二十四小时的相守像是始终无法满足白石，他需要林寂一分钟都不离开他的视线，所以每每林寂前往莱恩医院，这一天他们之间都是低气压。林寂稍微早几分钟出门，抑或是晚了两分钟进家门，白石都要横眉相向。

林寂向时桥南吐苦水，时桥南只得安慰她：这是因为夏天来了，人心浮躁，好好哄哄白石即可。她不知道她的每一次诉苦都是在往时桥南的心头插刀，时桥南安慰她的时候也是在安抚自己。

这一天，当林寂再度站在时桥南面前的时候，时桥南真的想赶她出去。

果不其然，林寂一开口就是白石。

林寂刚刚参加完一个漫画家对话活动，接下来想前往国内几个重要的心理咨询机构了解青少年抑郁症的相关案例，这一走十天半个月回不来。

白石得知后，冷笑一声："没想到那个时医生不但治疗心理疾病，还懂得收买人心，学以致用，真是高明。"

听到他阴阳怪气的讥讽，林寂忍不住回了一句："你嫉妒啦？"眉眼含笑，三分调侃，七分娇媚。

白石原本就对时桥南略有微词，林寂的话在他听来就有些刺耳了，他眼睛一眯，紧紧地盯着林寂："林寂，你是不是爱上他了？"

"不要胡说八道！"

白石冷笑道："一周七天，你有四天去见他，只陪我三天，这三天里还有两天你要工作，任谁都会觉得他才是你男朋友。"

"不可理喻。"林寂想就此结束这个话题，毕竟为此闹得多了，已经没有了最初的乐趣。一开始，林寂总是会兴致勃勃地故意逗白石，看他为她紧皱眉头、眼露凶光，她觉得那是真爱。但情节反反复复，毫无新意，再多的热情也被磨没了。

白石却因此有些恼了。他冷笑着点点头："好，很好，林寂，你现在连解释都懒得做了。”

林寂听出了他话里的难过，她想解释，然而，白石比她快了一步，抢在她前面摔门而去。门在他身后砰的一声关上，林寂被震得一个激灵。她颓然愣在原地，过了许久，方才机械地穿衣换鞋，走出家门。

然而，这一天大概是有人又打翻了火焰山，在每个人的心里都点了一把火。

这是一个周末，时桥南原本不需要上班，但林寂要来看杨希雨，并恳请他务必出现，时桥南无奈，他知道林寂必然又遇到了什么问题。最近，他几乎成了林寂的“知乎”，随时随地都会收到林寂的问题，没有工作时间与私人时间的区分。可是，这一天，当他走进办公室等待林寂出现的时候，看着窗外朦胧的山色，他心潮起伏。

夏天来了，暖风熏得游人醉，是应该敞开心扉接纳的季节，而他在做什么？他在给别人做着情感顾问。他一个情场失意的人，却给人做情感顾问！简直贻笑大方！

他忽然觉得厌倦。

她已经渐渐好转，现在她需要的大概是一个闺密，而不是医生。

所以，当林寂滔滔不绝地倾诉时，时桥南始终冷眼旁观，一言不发。等她吐完苦水，时桥南沉默了好一会儿，才道：“林寂，你大概没有弄清楚一个事实。”

“什么？”

时桥南自嘲地笑了一下：“我是你的主治医师，不是你的保姆，除此之外与你也没有什么私人关系。我有我的生活，不想把工作带到生活中。工作时我会尽全力帮助你，但走出医院后，我希望不会被谁以任何私人原因依赖和打扰。更何况我是一个精神病医生，不是心理咨询师，如果你只是需要心理疏导，我可以推荐合适的心理咨询师给你，当然我觉得你更需要的是一个闺密，听你倾诉，给你支招。”

“可是我并没有……”

时桥南点点头，一副了然于心的样子：“我知道。如果你跟那个什么白石的感情导致你的状况越来越差，我可以跟你的家人商量是否对你进行强制收容，可是，我不想成为你感情上的备胎。”

情况变得太快，林寂一时没反应过来。她愣愣地看着时桥南，良久，才眨了眨眼，理解了他的意思。这是时桥南对她说过的最重的话，他态度明确，语气生硬，像是一场公式化的谈判。她这时才意识到，他与她从来不是朋友，她只是他的病人，仅此而已。

那些夜深人静时的安抚都是他在维持风度地容忍她，她不是他的责任，他厌倦了被她打扰。

她对上他的目光。

他的眼神太深，风平浪静下掩藏着多少暗潮汹涌只有他自己知道，他的确厌倦了一味绅士地容忍，他痛恨自己的生活被自以为是的痴情打乱，痛恨她飓风般的攻城略地，却更痛恨在这场角逐里，他自始至终只是一个被主角化的旁观者。有几个人能容忍自己拿到了主角剧本，却被安置在观众席看着替补对戏？他不是圣人，至少他做不到安之若素。

他是一个庸俗的人，面对一个为自己痴狂的女子，他潜意识里本能地骄傲，可在她眼里的他，从来都不是他，这可能是这世上最大的笑话。

这些林寂当然想不到，她只是从他的眼睛里看到了厌弃。

原来她是如此令人讨厌的人吗？

她几乎是落荒而逃。

时桥南看着面前的文件夹，心情异常烦躁。

杨希雨的护士来询问过数次他什么时候去看杨希雨，林寂下午没有出现，杨希雨的状态不是很好，但他无心过问。

关铎打电话来质问他竟然放他鸽子，亏他还做好了朗姆可可蛋糕恭候大驾。他无力反驳，天生的吃货此时面对美味也毫无兴致。

他看着文件夹上的“林寂”二字，脑海里想着自己的所作所为。

是的，他早该如此。林寂的病早就好了，他迟迟不肯结束治疗完全是出于私心，他不应该这样的。他是一个专业的医生，他应该用专业知识应对病人，而不是凭借个人喜好。当然，如果可以选择，他希望他们可以好好地坐下来喝杯茶，好好地道别，微笑着说再见。

可惜，为时已晚。

时桥南想起第一次治疗时，他们彼此相互试探；想起那个雨天，他送她去车站，如今想来，那时候他竟然就有种冲动想要挽留她。

他其实有很多次机会可以袒露心迹。

他深夜去她家时，他们面对面吃着抹茶蛋糕时，他直播结束冲进雨中时……此前每一次关于白石的谈话，他都可以道出真相，可是，他没有。

自己做的选择，跪着也得接受结果。

时桥南细细地从头翻阅他与林寂的回忆，他发现所有的记录都有一个共同特点——他都是被动的。他被动接受这个案例，被动接纳林寂，被动去找林寂和解，被动成为林寂的情感顾问，被动地备受煎熬。现在好了，他终于主动了一次，也是最后一次。

翻到最后一页时，已是子夜。一轮玉镜高悬，几颗星子散落左右，月华如水幕轻盈垂落，夜风拂来，如梦似幻。难怪织田信长临死之际会感叹："人间五十年，宛如梦幻。"越是繁华之际，越容易寂寞。

他合上文件夹，走到书架前，将文件夹轻轻推入，就像他每次做记录时，最后轻轻落笔画上句号一般。

他不知道有个人跟他一样彻夜难眠。

她坐在阳台上，望着同一个月亮、同样的几颗星子，脑海里却是一片空白。

她希望能想起与白石有关的事，以此来驱赶时桥南引发的烦躁不安；或者哪怕想起任何关于时桥南的事情，让她可以对他大加鞭挞。然而，她的大脑就像是一个空壳，里面什么都没有，只有难以名状的不安。

看着月亮从东方缓缓爬上来，渐渐落于西方，她的不安跟随着化作巨大的空虚，无底洞一般，欲壑难填。

天光乍破之际，门一下子被打开，一个人携着晨露走进来。

林寂赫然回头，看到白石，二话不说地冲过来，扑进他的怀里。

白石抚摸着她的秀发："对不起，让你等了一夜。"

林寂摇摇头，闷声道："请不要离开我。"

第九话

十年一晌

大概所有的故事都这样，在恰好的时间出现，在恰好的时间离去，不应该留恋，也不应该悲痛，至少林寂是这样想的。

林寂跟莱恩医院画上句号，让白石格外满意。没了情敌，他自然也不再计较林寂要离开半个月之久的事情。相反，心情大好的他欣然同意代替另一位妻子即将分娩的同事前往成都出差。林寂为此十分欣慰，这样她就不用觉得愧疚，他们都可以玩得开心。

林寂回沪之时，白石还在出差，林寂便约了文棋看电影。

正值周末，商场里人头攒动，林寂忍不住庆幸她们只需要去四楼吃饭、看电影。

文棋天性爱逛街，看时间还早，就拉着林寂在楼下走马观花地逛了逛，然后就近乘扶梯上了四楼。四楼一头是电影院，一头是儿童游乐场，中间是来自五湖四海的美食餐厅。她们上楼的地方正是儿童游乐场这边。

淘气堡、蹦蹦床、海洋球、手创区等，所有区都人满为患。每次来到这边，都让人感叹这世上竟然可以有这么多孩子。看着他们纯真无邪的笑容，好像除了玩耍，再也没有什么值得担忧的，心底总会油然而生一股暖流。

文棋啧啧：“真是吵死了。”她一向不喜欢孩子，看到小孩子头都要炸了。

“我倒觉得他们很可爱。”林寂的眼睛盯着海洋球里拼命挣扎的一个娃娃，忍俊不禁。

“啊——”

不等文棋回话，手创区突然传出一阵尖叫，人们轰然逃离，场面顿时混乱不堪。

“怎么了，难道有人持刀砍人？”这是林寂脑海里冒出的第一个念头。这两年发生了好几起持刀砍人案，几乎每次都是在火车站、商业街这种人流量大的地段，在公共场合一看到事故发生，林寂就条件反射地往这方面想。

文棋拉着她想绕路走，林寂却没动。文棋有些不耐烦：“走啊！看什么呢，命都没了，还有闲情逸致看热闹！”

“张可人？”林寂悄悄抽回了手。她在人群里看到了张可人，张可人不但没有往外逃，反而朝着里面走去。逃离的人慌张仓促，张可人不断被人撞到，但她面色坚毅，溯流而上。

林寂愣怔片刻，大脑像是不听使唤一般，鬼使神差地跟着她走过去。

局势渐渐稳定下来，人们里三层外三层地围在几米开外，商场保安在最里面一层维持秩序。手创区一个脸色苍白的男人持刀劫持了一个七八岁的男孩，两人浑身是血，男人眼神疯狂，男孩哭个不停，而就在他们旁边，一个女人倒在血泊中，一个女人跪在地上根本无力站起。

林寂看着那个男人，皱了皱眉，觉得这人有些眼熟，但一时想不起来在哪儿见过。

“妈妈！妈妈！”男孩挣扎着喊叫跪在地上的女人。

孩子的叫声终于起了作用，女人回过神来，开始哭着求持刀者放了孩子：“你要杀就杀我吧，求求你，放了安安，求求你，求求你……是我，是我让他出庭做证的，不关他的事……是我！是我！一切都是我的错！是我教他那么说的！是我让他指证你的！他什么都不知道，他什么都不知道……那天也是我，是我看到的……不关他的事啊……”

女人有些语无伦次，但人们还是理清了其中的纠葛。这时有人小声道：“那是不是苏澜案的凶手黄一亭？”很快就有人附和：“难怪我觉得眼熟。”

黄一亭？林寂有些奇怪，他不是在莱恩医院吗？当时见到他时，他的状况很差，对周围一切都没有反应，任凭小护士推着他走到窗前，他只会呆呆愣愣地望着某一处神游方外，可他怎么会在这里？

黄一亭眼睛充血，困兽一般瞪着地上的女人，恶狠狠地低声道：“我当然知道是你，是你这个婊子陷害我！你连自己儿子都不放过！你怎么那么希望我死呢？我死了对你有什么好处？我是要死的，植物人一样躺在医院里还不如死了的好，但我死也要拉着你和这个小杂种垫背！”

“对不起……对不起……”女人埋下头去失声痛哭。

“对不起管屁用！”黄一亭怒吼，“你他妈的怎么就那么爱管闲事？这是我的任务，关你屁事！我们是宿世怨侣，你是什么东西？！我妈那么求你，她一个六七十岁的老人跪在你面前求你，你怎么说的？你说她养了一个畜生，她也是个老畜生，活该断子绝孙！你怎么那么狠呢？我杀人我承认，但跟我妈有什、么、关、系？”他冷笑一声，“你不是觉得自己高风亮节吗？你正义，你是天下头一号大好人，你们全家都他妈是正义的化身！你正义你陷害我？用这个小杂种来陷害我？我就让你知道知道什么是不是不报时候未到！”

在黄一亭发飙的时候，林寂已经钻到了前面，她左顾右盼，却失去了张可人的踪影。她看到警察已经悄悄入场，装备完备的武警、狙击手部署完毕，准备稍有异动便将凶手当场击毙。一个角落里，有人在跟看似武警头头儿的人说话，头头儿闻言，皱着眉头朝黄一亭望了一眼，眼神锋利，好像那一眼就判了黄一亭死刑。被他挡住的人还在拼命说什么，但头头儿显然已经失去了耐性，摆摆手拒绝了他的提议。

就在这时，埋头痛哭的女人突然毫无征兆地一跃而起，朝着黄一亭狠狠撞过去。黄一亭眼疾手快，侧身躲过，撞击偏移，女人擦着黄一亭摔了出去，人群一阵沸腾。

眼见情况突变，武警以保护人质为首要任务，几把枪同时响起。

一切像是早已演习熟练，这一系列状况发生的同时，黄一亭持刀的手条件反射地横扫而过。

就在这时，林寂清晰地感觉到有人推了她一把，回过神来时她已经倒在身边人的怀里，黄一亭的刀就插在她的右肩上。她愣了好一会儿，待反应过来，想大声喊叫，恐惧袭上心头，更快到来的是晕厥。彻底昏死过去的时候，她听到熟悉的声音焦急地叫了一声她的名字，然后就没有然后了，她陷入了一片黑暗中。

时桥南给黄一亭的评价一直都是高智商双相障碍患者。

毕业于北海道大学的黄一亭，从小就是同龄人中的佼佼者。他天资聪颖，拿过各种数学竞赛大奖，然而过分优秀的父母和童年让他背负了很多压力，这种压力积压在心底，让他出现了抑郁症，进而发展成了双相障碍，在他遭到批判或否定的时候情绪就会井喷而出。苏澜的诉讼离婚、几次三番拒绝黄一亭探望孩子，都成为引爆黄一亭的关键。

这个男人是何等聪明，想必一入院，他就筹划好了全盘计划。

刚刚进入莱恩医院时，黄一亭整天歇斯底里地发作，痛骂苏澜，上至其十八代祖宗，下至其十八世孙，外加整个案子的相关人员，以及无辜的上帝、佛祖和一切他能想到的人，通通被他变着花样地问候了一遍。他的诅咒之恶毒、状况之疯狂，让最初负责照顾他的小护士连续半个月都噩梦连连，半夜惊醒。

他开始计划着逃亡，几次三番打伤医务人员妄图逃跑，可惜他所在的B区是莱恩医院的重症患者监管区，几乎插翅难逃。他一次次尝试，一次次失败。

渐渐地，他的情况开始趋于稳定。他好像终于认清现实，意识到自己真的被关进了牢笼，上天无路，入地无门。对于自由的渴望与可怕的现实碰撞之下，他终于失去了斗志，不再寄希望于任何奇迹。

自杀，成了他新的人生目标。大概像他这样的天之骄子，都无法接受人生被人掌控，所以他迫切地寻求解脱。最严重的时候，他一天甚至要自杀七八遍，只要一清醒过来就开始寻求死路，有几天医护人员不得不让他长时间处于镇静剂的作用下。这给他带来了严重的后遗症，当他放弃自杀之后，他整个人就渐渐成了一具行尸走肉，几乎对什么都无动于衷，只会呆呆愣愣地看着一个地方长久地出神。

这一系列变化都是时桥南始料未及的。他不断地尝试，不断地变换治疗方案，奈何黄一亭的变化更快，每每他刚有思路，一切就得从头开始。那段时间是时桥南最难熬的日子，他一方面因林寂煎熬着，一方面被黄一亭折磨着，他常常一宿一宿地失眠，时常会冒出一个异想天开的想法：大概不等这两人好起来，他自己就得先在自家医院预留床位了。

然而，无论那段日子如何艰难，时桥南都咬牙挺过来了。只是，他死都没有想到，这一切都是黄一亭的偷天换日之法。

自从黄一亭呆愣以后，经过一段时间的观察，看到他状况稳定，时桥南便允许他离开B区，由护士推着他到处走走逛逛。

五分钟前，陪同阮枞的儿子阮遐生跟滑板大哥哥见面时，时桥南相继接到医院和刑警队的电话。好在他们在同一个商场内，他随口交代了几句，便朝着儿童游乐区冲了过来。一路上，他脑海里过电影般快速闪过有关黄一亭的所有片段。他早该想到的，这么聪明的一个人，他早该想到要防范他闹幺蛾子。他早该给B区增加保安人员的，林树此前跟他提过两次，他都觉得不会有问题。殊不知若不未雨绸缪，问题来临时必然山呼海啸，宛如灭顶。

今天上午，莱恩医院的护士马沁沁像往常一样，起床做好早餐，哄儿子吃饭，喂猫，跟儿子一起离开家。她老公是一名军人，正在办理复员手续，还要几个月才能回来。

她先送儿子去幼儿园，然后赶往医院。到了医院，打完卡，换了白大褂，径直去了B109病房。

推开门，夜里值班的护士魏涵已经喂黄一亭吃完早饭，正在帮他擦嘴。看到马沁沁，魏涵呀了一声："我到点了。"说着便收拾东西，开始跟马沁沁交接。

马沁沁给病房里的花换上水，便边跟黄一亭说话边推着他往外走。她语气轻柔，跟和自己儿子说话时别无二致。这些天，推黄一亭去大厅已经成为惯例，也不知道是否真的对他有帮助，反正他最近十分安静，与不久前那个歇斯底里的患者判若两人。

作为一个母亲，马沁沁对儿子十分娇惯。儿子刚满四岁，很多事情都已经懂了，有时候他为了达到目的会故意耍赖、哭闹。每每如此，看着他可怜巴巴的样子，马沁沁总是忍不住心肝颤。她无法拒绝孩子，无法让他失望，她知道自己这么做是不对的，溺爱对孩子有百害而无一利，但她控制不住自己，她只是一个母亲而已。

低头看着轮椅上的男人，马沁沁就像看着自己那犯错时的儿子。这个人是个杀人凶手，是个发起狂来十恶不赦的浑蛋，可他也是个可怜人。

魏涵经常嘲笑她，说她不适合待在B区，B区都是重型患者，其中一大半都是罪犯，根本不值得同情。

马沁沁却不敢苟同，在莱恩医院待得越久，见过的精神病患者越多，她反而越心软。

“同样是上帝的孩子，有人天赋异禀，有人却如行尸走肉。”她永远都无法忘记刚进医院时，时医生带他们了解B区时所说的话，他说这话时眼睛里带着沉重的悲悯，是同情又是怜惜，“那些因遗传患病的人暂且不提，很多都是后天的家庭环境、成长经历所导致的。什么样的父母会如此狠心，亲手毁掉一个纯洁的生命，‘帮助’他剥夺其他人的生命，让他成为一个恶贯满盈的人？如果可以选择，他们谁不想像正常人一样？”

用爱浇灌的孩子，无论如何都会绽放；用恨浇灌的孩子，迟早会枯萎凋零，贻害万方。

她推着黄一亭走进大厅时，苗苗那一群人又开始玩“谁是卧底”了。她将黄一亭推到旁边，黄一亭的目光便久久地停留在了一株花开似火的石榴树上。

马沁沁心不在焉地看着玩游戏的人，眼睛余光不时瞥一眼黄一亭，确认他是否需要喝水、是否需要休息。

接近中午的时候，幼儿园老师突然打来电话，说儿子从滑梯上滑下来受了伤，让她赶紧去医院。仅仅一分三十二秒的通话时间，黄一亭离开了马沁沁的视线，等马沁沁接完电话回来时，黄一亭已经不在原地了。

马沁沁的大脑一下子断片了。她二十岁成为护士，十年来，加上实习期，辗转过三家医院，从未失职。可现在，她把病人弄丢了，她把一个犯了重罪的杀人犯病人弄丢了！

她顾不上儿子，赶紧询问附近的同事和病人，但大家都专注于自己的事情，没有人注意到已经像风景一样平常的黄一亭。

马沁沁迅速找到保安部部长报告，全院戒严，展开地毯式搜索。

长达两个小时的搜索，最终以无果收场。

其实，在他们搜索的时间里，有两辆探访的车子驶离医院，其中一辆的后备厢里，黄一亭躲藏其中。

黄一亭看到马沁沁去接电话，周围没人关注自己，便迅速转动轮椅，直奔就近的值班室。当马沁沁接完电话转过头来时，黄一亭刚好转过墙角。他在值班室偷了一件白大褂，戴上口罩，在马沁沁惊慌失措的时候，大摇大摆地走进电梯，去地下停车场找了一辆车躲起来。

从监控录像看到黄一亭去了A区，因此保安部第一时间搜查A区，之后进行全院搜查。直到一名保安重看录像时，发现某医护人员穿着病号服。然而，此时，黄一亭已经离开医院了。

时桥南不在，马沁沁便将此事报告给了值班医生江箬。看多了美国罪案剧的江箬的第一反应就是黄一亭必然是去找证人算账了，他马上联系刑警队，对方很快就确认黄一亭去过证人家，得知证人带孩子去某商场后随即离开。当刑警队准备出动时，就有人报警了。

其实，今天应该是时桥南值班。但他最近跟阮遐生进展不错，头一天晚上阮遐生邀请时桥南去看他们玩滑板。阮遐生好不容易不再逃课，只利用周末时间玩滑板，时桥南为了支持他便欣然同意，特意跟江箬换了班。

阮遐生跟时桥南和那个练滑板的大哥哥约在中午见面，准备吃完饭一同去公园练习。

令时桥南意外的是，阮遐生的那个大哥哥竟然是高阳融雪。时桥南认识的人里，除了阮遐生，只有高阳融雪从几年前开始玩滑板，一把年纪了还跟一群年轻人鬼混。时桥南之前还说有机会介绍两人认识，没想到竟然就是高阳带坏了阮遐生。

高阳融雪是一个号称天才的漫画家，复姓高阳，名字上融下雪，真名实姓，童叟无欺。时桥南是高阳的处女作《大神》的粉丝，十年前他刚开始混古风圈时也正是他入坑《大神》的时候，之后他渐渐小有名气，开了微博，粉丝稳步增长，偶尔心血来潮时他会给粉丝安利《大神》。忽然有一天，高阳竟然在他一条关于《大神》的微博下留言回复，两人就这样开始了狐朋狗友的日子。

同来的还有几个人，从十几岁的少年到二十几岁的青年，每人手持一个滑板。

他们选了一家烤肉店，菜刚上来，肉还没烤熟，时桥南便相继接到了李曦和刑警队的电话。前者告诉他医院出了状况，黄一亭逃跑了；后者告知他黄一亭来了这个商场，目的很明确——报复证人。

时桥南跟众人略作解释后，就一路狂奔到儿童游乐区。

儿童游乐区已经人山人海，哪怕有人持刀行凶，也挡不住好事者围观看热闹。时桥南钻进人群里，费了一番工夫才找到刑警队队长袁硕，刑警队跟武警已经将现场团团包围，四个狙击手准备就绪，准备一有异样就从四个方位将凶手击毙，不留任何余地。

时桥南妄图说服袁硕先让自己跟黄一亭对话，他会尽量安抚黄一亭的情绪，让他释放人质。

袁硕冷笑一声，眼神犀利如刀，语气是客气的，态度却是强硬的："时医生，我知道你了解精神病人。但你的工作是救治病人，病人……"他回头瞥了一眼黄一亭，指着黄一亭，眼神凶狠，"那不是病人，那是个疯子，是个杀人凶手！你看到地上了吗？地上那是个无辜的人，她只是像平常一样来上班，带领孩子们画个画、做个陶器。她也有家人、朋友，她是别人的女儿，说不准还是个孩子的妈妈！但那个畜生做了什么？他当着一群孩子的面把她割了喉！我已经了解过情况，血都溅到孩子们脸上了，一群孩子都吓傻了，叫都叫不出来。我建议你不要再管这个畜生，先去看看那些孩子，把你悬壶济世的本事拿出来救助那些真正需要你的人！"说着他便招呼部下带时桥南去看那些被吓坏的孩子。

就在这时，意外发生了。

小证人陶子谦的母亲突然跃起，拼命撞向黄一亭，想凭借一己之力抢夺孩子。

在电光石火之间，时间好像被人调了慢镜头的滤镜。黄一亭带着孩子闪避，陶母擦着黄一亭重重地摔了出去。与此同时，四个狙击手同时开枪，将黄一亭当场击毙。时桥南眼中的画面却定格在林寂突然从人群里冲出来，直接撞在了黄一亭的刀上，他不由自主地脱口叫了一声林寂，就看到林寂倒在身后一人的怀里，嘴角意外地勾出一抹弧度。

人群终于如鸟兽散，受惊的人群如洪水滚滚往外流去。时桥南逆流而上，来到林寂面前。

接住林寂的人正是跟随时桥南而来的高阳融雪。

高阳大神孤僻毒舌，朋友并不多，时桥南是其中难得很得他心的。他看到时桥南煞白的脸，眼睛一眯："你是不是应该给我个解释？"

时桥南没空理他，赶紧察看林寂的伤口。幸而刑警队行动时考虑周全，早就叫来了120，医务人员迅速上前接手，略作处理后将林寂送往医院。

时桥南本想同行，但一眼瞥见被警察护住的陶氏母子，他知道自己还有更重要的任务，而林寂早已不是他的责任。他问刚刚赶到的文棋："你跟林寂一起来的？"

文棋点点头。

时桥南想问白石呢，但终究没有问出口，只道："你们跟去医院吧，我去看看那些被吓坏的孩子。""你们"自然是指文棋和高阳融雪。

不给两人拒绝的机会，时桥南转身大踏步朝着相反的方向离去。

他不知道两人早已认识，也无心给他们介绍，那些都是琐事，由他们自己去吧。

他只是单纯地不想留在林寂身边，故事已经结局，他不愿成为自作多情的人。如果继续看着她，等待她睁开眼睛，他怕自己会忍不住。

她并不是个完美的人，只是恰好走进了他的心，就成了最好的人。

他不知道的是，他于她又何尝不是如此？

林寂睁开眼睛，映入眼帘的是一个白色的世界，白色的天花板、白色的墙、白色的窗帘，连被子都是白色的。她打量着这个房间，一圈环顾尚未结束，就听到一个熟悉的声音在耳边响起。

"你醒了？"林树正坐在椅子上，手里的苹果刚开始削。

林寂眨了眨眼，想动，肩膀处传来的疼痛却让她放弃了起身的想法。

林树见状，放下苹果和水果刀，走过来把她扶起来，又给她在背后塞了两个枕头，口里却毫不留情地嘲笑："你不是挺横的吗？这样就吓晕了？"虽然不是法医，但没吃过猪肉也见过猪跑，他一了解林寂的伤势就知道她绝非因失血过多而晕厥，而是受到惊吓。既然伤势不重，他就可以放心地怼她了。

林寂气愤地横了他一眼，没有说话。

林树坐了回去，拿起苹果继续削："黄一亭被当场击毙了，鉴于他也没什么遗产，民事赔偿你估计也没希望了。"

林寂终于被他逗笑了："我是为了他的赔偿吗？"

"那你也不能让我赔偿你啊。"林树耸耸肩。

"当时有人推了我一把。"林寂道，"我知道那个人是谁。"

林树一下子正襟危坐，他紧皱眉头听林寂大概讲了讲现场的状况，然后站起身将削好的苹果给林寂："我去找袁队，让他派人调监控，看看能不能找到你说的那个人。"出门前他想起什么似的突然停下来，"文棋下去吃饭了，很快就回来，有事就给她打电话，还有……"他犹豫了一下，目光温和地看着林寂，"以后看热闹离得远一点，我他妈就你这一个妹妹。"

林寂的一双眼睛一下子就成了两汪清泉，波光潋滟。然而，她的煽情还没煽出来，林树就一脸嫌弃地扔下一句"得，公主，您慢慢哭"，扬长而去。

林树的调查很顺利，却又很失败。

袁硕调出了商场儿童游乐区的所有监控，每个方位拍到的都一样：从林寂当时的行动来看，的确像是有人从背后推了她一把，然而监控录像里根本没有那么一个人，没有任何人有推她的动作。哪怕技术人员把监控录像放大、放慢到最细微，他们也没有找到嫌疑人。

技术员小镇惊叹："该不是有鬼吧？"

袁硕拍了他脑袋一巴掌："你小子胡说什么呢？光天化日之下哪来的妖魔鬼怪？以后少看点乱七八糟的小说、电影！"

小镇摸着脑袋反驳："不然您老能解释吗？她分明是被人推了一把，但是又根本没人碰她，不是有鬼是什么？"

袁硕不满地吸了一口气，又给了他一巴掌："要相信科学！你小子欠抽了，是吧？”

“人家科教频道《走近科学》也整天故弄玄虚啊。”小镇满腹委屈。

“你也知道人家是故弄玄虚，就是因为没有玄虚，才要故意弄啊，你他妈的能不能有点常识？”

林树一直盯着电脑屏幕，眉头越皱越紧，有什么在脑海里一闪而过。许久，他才道：“能拷给我一份吗？我想让林寂自己看一下。我也想知道到底是怎么回事，总不能说是她自己冲进去的吧？”

小镇反倒觉得有可能：“之前就有一个案子，受害者被后面的人挤着往前倒下来，又被前面的人绊了一跤，直接摔到了里面去。”

“那这个案子的情况呢？”林树问。

小镇长长地呃了一声：“我只能说，天下之大，无奇不有。”

跟他们一样，林寂也没有看到推自己的人。她看仇人一样看着iPad里的视频，一遍又一遍，口中喃喃：“不可能啊……我明明看到张可人在我身后的……我知道是她推了我一把……不可能……怎么会这样……”

别说张可人推她，视频里连张可人这个人都不存在。

林树站在窗边看着她，心里烦躁不已，如果不是医院禁止吸烟，大概他面前的烟蒂都可以铺成芳草地了。这件事情太过诡异，他分明知道里面有不对的地方，但身为检察官，他第一次感到如此无助，他根本无法利用手里的证据拼出原型提起诉讼。

林寂还在跟视频较真儿。林树再也看不下去，他一把夺过iPad：“算了，不要再看了，你好好想一想当时到底是什么情况。你不是跟文棋一起去的吗，你们两个怎么会走散？你不好好待在外面，挤到里面去做什么？你可不是看热闹不要命的人。你说的那个张可人是什么人，长什么样子，家住哪里？”

他连珠炮似的询问并没有得到应有的回复，林寂不悦地看着他，一言不发。

林树有些忍无可忍，低吼：“林寂！”

这一声仿佛一下召回了林寂神游方外的魂魄，她一个激灵，下意识地直了直身子，却因而扯动了肩膀上的伤口，忍不住倒抽一口凉气。

林树长篇大论的训斥就这样被她硬生生噎了回去。他无奈地横了林寂一眼，将iPad放回床上，道：“你给我好好想想，别想蒙混过关。”

林寂根本就是有奶便是娘，小鸡啄米一般拼命点头，同时迅速抢过iPad，生怕林树反悔似的。

林树被她气乐了，接着目光一凛，脑海里劈过一道闪电。

林寂会不会是因为受到惊吓，出现了创伤后遗症，导致记忆出错？

林寂从小就是家中的宠儿，大概还没出生她就已经意识到自己未来的地位，所以从来都天不怕地不怕，威胁、恐吓、严词训斥对她通通无济于事。她的主观意识很强，往往撞了南墙也不回头。

作为哥哥，林树心知肚明林寂的无畏很大程度上来自她成长路上的一帆风顺。她聪慧，学习好，人缘好，懂得讨人欢心，只要她喜欢你，她就能让你加倍喜欢她。她的成长几乎没有风浪，有人找她麻烦，有林树给她撑腰，有老师小心呵护，她是在象牙塔里长大的。她所有的悲悯和批判都是与生俱来的敏感在后天的知识里孕育长大的，她见过的一切灾难和悲惨都是图像和文字。然而，看过再多的灾难电影，当真正的灾难来临时，人仍然无法控制内心的恐惧。

在那样的情况下，差点牺牲在凶手刀下，无论是谁都会留下心理阴影。所以，这么想来，林寂的反应太正常了，她一点都不像是一个幸存者。她睁开眼后，安静地吃饭、聊天，跟旁人若无其事地开玩笑，好像她来医院只是因为感冒。

林寂不经意中瞥见林树的脸色，被吓了一跳，小心翼翼地道：“哥……你……没事……吧？”

林树闻言挑了挑眉，轻轻嗯了一声。

林寂诚惶诚恐：“那个……我不清楚张可人具体住在哪里，我可以问问白石……”

然而，当林树拿着林寂给的地址，与刑警队的人一起找到张可人居住的小区，却发现整个小区的近万居民中，并没有一个张可人。

袁硕对此诧异不已。

不过，现在的小区中除了常住居民，还有出租房屋，也可能是这个张可人没有进行登记。于是袁硕让模拟画像师根据林寂的描述画出张可人的模拟画像，特意安排实习警员挨家挨户地排查，但仍然一无所获。

这个张可人就像是人间蒸发了一样，没有任何线索。

林树想当面询问白石，然而白石在成都的事务出了点问题，正忙得焦头烂额，根本无法提供任何帮助，于是寻找张可人一事就这样陷入了僵局。

林寂在听到林树的“结案陈词”时，已经出院回家了。她的伤并不严重，只要没有伤筋动骨，只需要按时换药、多加休息即可。她受不了医院的饭菜，一听医生说没有大碍了，就马上办理了出院手续。对此，医生笑称：“你真是病人楷模。要是每个病人都像你这样懂事，我们就不需要每天为床位紧张而纠结了。”

她一点都不在乎找不找得到张可人，在她看来，这正是张可人彻底失去白石的一种极端表现。张可人已经狗急跳墙了，不惜做出这样的事情来伤害林寂。如果这样做能让张可人心里好受一些，对白石死心，何乐而不为?

林寂在家里数着日子等待白石归来，像古代的妻子等待丈夫荣归故里。

她的心里是那么温暖。她怀揣着一个春天，守望在连阴雨的梅雨季。没有尽头的雨并没有扰乱春天的美，反而让她的春天有了音乐，越发生机蓬勃。仿佛神造物是那般神奇，她几乎看到了枝头抽出新芽，含苞花蕾悄悄舒展花瓣，花与叶不经意地相互摩擦，动作是那么温柔。

很多人打着伞步履匆匆，一脸懊恼，林寂却心花怒放，经常不打伞溜到大街上转一圈，什么都不做，回来时浑身湿透。次数多了，伤口有了发炎的症状，她却因而越发开心。这道伤口是她爱情的见证，会跟随她一生，像那个即将归来的人一样，执子之手，与子偕老。

然而，就在白石回来的那一天，她等来的却不是白石。

“时医生？”

看着门外的人，林寂一脸诧异。

心里有种莫名的滋味，像是久别重逢，又像恍若隔世。

那种感觉，就像旧友隔了很久很久再见面，久到仿佛是前世别离，今生也无法忘记。

她心中的季节仿佛一下子就度过了梅雨季，晴空夏夜，星河璀璨，不远处有烟花腾空，砰的一声炸裂。

是惊喜，又是尘埃落定。

颤动的心一下子在过山车里安定下来，好像生活就该这般安稳。即便前方山呼海啸、巨浪滔天，她也可以安之若素。

时桥南是“奉旨探监”。

林树几天前约他喝酒，把商场劫持事件的视频拿给他看，并将其中的重重疑点罗列出来，最后总结：“我觉得林寂有哪里不对劲儿，你是医生，你去帮我看看她吧。”

时桥南愣了片刻，随即缓缓垂下眼眸，端起杯子小口抿酒，许久才道：“她自己怎么说？”

“她肯定不承认啊。”林树回答得理所当然，“不然我还用找你？肯定直接送她去医院了。”

时桥南试着跟他解释：“这种情况吧，一般需要当事人主动求医，否则根本没用。她不承认，就不会觉得自己有问题，也就不会交代问题。”

“你们不是擅长诱导招供吗？”

“那叫引导。”时桥南纠正他。

“无所谓。我觉得她是不是把当时的情况跟某些类似记忆混淆了，她给的信息没有一项是正确的。”

时桥南不再言语。

精神分裂症是一种很难彻底治愈的疾病。林寂的病好在只是单纯的性幻想，并不会给她的生活造成不便，但谁也无法保证，在受到外部刺激和伤害时，她的病情不会加重，产生其他症状。

他的确有些不放心，但这种不放心被另一种强烈的情绪稳稳压制着，他心里空荡荡的，渐渐被烦躁和对林寂的排斥所占领。

他纠结了数日，最终还是败给了自己。

他站在林寂家门口，看着一脸惊诧的林寂，忽然忍不住笑起来。

他一笑，林寂的眼睛就如湖水微澜，轻轻晃了晃，晃花了他的眼。随即，她也跟着笑起来。像一场花开等来了另一场花开，霎时姹紫嫣红开遍，淹没昔日的断井残垣。

时桥南不问病、不问情，只关心林寂的伤势。

林寂口中说着无碍，随手拽下领口给时桥南看，然后忽然意识到什么，迅速拉好衣领，开玩笑道：“鬼门关走了一遭，都快忘了人间的礼义廉耻了，大人不要见怪，我是良民。”

林寂问时桥南喝什么。时桥南见她手不方便，便反客为主地问她要喝什么，他去准备。

看着在厨房忙碌的时桥南，林寂忽然有种难以名状的委屈。和白石在一起，几乎一切都是她在操持。她负责叫外卖，她负责买早餐，她负责烧水煮茶，她负责煮咖啡……天知道她曾有多少次幻想有一天跟自己喜欢的人住在一起，太阳透窗进来时，她懒洋洋地睁开眼，他跪在床前喊着“小懒猫”，叫她起床吃饭。天气晴朗时，他们一起在厨房忙碌，她洗菜，他做饭；窗外下着雨时，他端来亲手泡的茶，给她讲道听途说来的小趣闻。每一种可能里，她都是被他捧在手心里的那一个。

奇怪的是，跟白石在一起，她需要那么独立，而此时此刻，她却找到了梦寐以求的感觉。

对于林寂的这些小心思，时桥南自然不知。他边忙碌边看似随意地问：“这几天感觉怎么样？”

林寂回过神来时，时桥南已经将两杯咖啡端上来了，他饶有兴趣地看着她，似笑非笑。林寂的大脑一下子就断片了，她嗯了一声，语气充满疑问。

时桥南把刚才的问题重复了一遍，说：“一般来说，这种案件的亲历者都会有一段时间的恢复期，被害者需要的时间会更长，带来的状况也会更复杂一些。”

这下林寂听懂了，她想了想，道：“这几天我睡得挺好的。”

时桥南看着她，目光里充满了探究。在差点成为刀下鬼之后，她睡得挺好的？这反而更有问题吧？他试着跟林寂解释她应有的状态：“很多受害者在事后会噩梦连连，反复梦到事发当时的情况，梦到自己一直在逃亡，甚至失眠，长期处于焦虑状态，或者干脆否认事故的发生，这都是正常的。”

“所以，你的意思是，我这样没事人儿一样，反而不正常？”

时桥南轻轻闭眼点头。

“那该怎么办？怎样才能证明我并没有创伤？”她抓住了时桥南话里的漏洞，接着道，“你也说了，那是一般情况，‘很多受害者’会留下心理阴影，那就是并非全部，为什么我就不能是那个很多之外的那部分人呢？”

林寂逻辑清晰，思维缜密，反驳有理有据，看似毫无破绽，时桥南却敏锐地意识到这正是林寂的问题所在，她在抗拒这次受伤的反面评价，她需要的……竟然是赞同和认可？时桥南垂下眼帘，细细揣摩其中隐意。许久，他才缓缓开口：“你说得有道理，是我偏颇了。但也请你谅解，我受你哥哥委托来看你，总要确认你真的没事。”

“真的。”林寂重重地点头，好像生怕时桥南不相信，“我这几天感到从未有过的安宁，吃得香，睡得好，就连做梦都是岁月静好，现世安稳。”

时桥南刚想开口，便看到林寂微微皱起眉头若有所思，他便闭了嘴，耐心地等她说下去。

林寂一脸疑惑：“就是梦里的人总是在最后跟我说一些奇奇怪怪的话……”

“什么话？”

林寂却不肯再说下去。

此后的时间里，林寂就那样长久地沉默着，拒绝再开口。

时桥南不得不换了几个话题，她都心慵意懒，勉强应承。

眼看天色渐晚，再也不会有什么进展，时桥南只好适可而止，及时告辞。

林寂像是忽然松了一口气，眼睛里一下子有了光，亲自送时桥南下楼。

雨还没有停，时桥南的车停在楼下不远处。两人各自打伞，并肩而行，一路无言。

时桥南看到自己的车，按下智能钥匙，道：“就到这里吧，你回去吧，有什么问题联系我。”

林寂没有回应，她忽然停住了脚步。哗哗的雨中，她望着通往小区大门的路，她看到白石正一手打伞一手拉着行李箱向她走来。她忽然想起那一天，他浑身湿透地出现在她家门口，埋首于她的发间，说：“不好意思，风太大，伞被吹走了，可我太急着来见你，没有时间去追。”她想起他无数次眨眼，每一次都如春水般温柔荡漾，像极了这梅雨落于水面的深情。

时桥南已经上了车，车开过她面前，他放下车窗，探身对她道别。

林寂心不在焉地随口应着。

时桥南没有多想，离开的时候他从后视镜里看到林寂仍站在原地，像在等什么人。当他开车拐过路口，林寂已经转身往回走，像是终于等到了要等的人。她侧着脸，仰头看着虚空，笑靥如花。

回去的路上，刚才的画面与那日茶花树下的画面重叠交错，所有关于白石的信息意外涌入脑海，一一浮现，好像拼图终于找到了最后一块，故事一下子完整了。

他一个急刹车，车子在积水光滑的路面打了半个转，停了下来。后面紧接着传来刺耳的紧急刹车声，那辆车的司机迅速下车跑过来查看他有没有受伤。

他赶紧将车泊到路边，让后面的车通过。

他心有余悸，身体颤抖不已，却不是因为刚才差点发生的车祸，而是因为脑海里那个大胆的想法。

两幅画面清晰地浮现在眼前，每一方寸都清晰可见，越清晰他就越惊惧。

他听到一个声音在不停地叫嚣：“不应该是这样的！不应该是这样的！不应该是这样的！”

他知道不应该是这样的。

可不应该是这样的，那么，应该是怎样的？

他不知道。

他不知道到底是哪里出了错，让他觉得她所有的笑、所有的情绪都那么不应该。

她不应该那么专注，不应该狡黠，不应该羞涩，不应该娇嗔，不应该眼睛里闪着光，不应该笑得那么灿烂……不应该一个人站在楼下的茶花树边……不应该在雨中宛如等人……不应该像是跟什么人并肩回家……

有关林寂的每一个动作、每一个眼神、每一缕情绪都在眼前反复重演，画面从完整到支离破碎，将他重重包围。他把那些碎片一片一片抓住，按照一定的顺序粘起来，一张巨大的画面呈现眼前。

林寂一个人在说说笑笑，一个人在演绎情深似海，但她的眼神、动作都说明她不是一个人，她身边还有另一个人，除了那个被她称为白石的人，别无他人。

时桥南被自己的想法吓到了。

他终于知道为什么那天看到林寂一个人站在茶花树边仰头笑得灿烂，他会觉得那么奇怪。

林寂一个人在茶花树边上演温柔多情、小鸟依人。

林寂一个人站在雨中等待一个人，然后跟他一起回家。

林寂在对着身边的“那个人”微笑，娇嗔，轻声慢语。

她所有的情绪都给了一个不存在的人！

那个人在她眼里、在她心里，却不在这个世界上。

只有她能看到他，只有她能感受他。

她在一个人的世界里领略着别人习以为常的两个人的风景。

时桥南立马拨通了林树的电话，开门见山：“你见过林寂的男朋友吗？”

林树愣了一下，才道：“没，怎么了？你不是要告诉我，那个人是你吧？”

时桥南想笑却没能笑出来：“照片呢？”

“也没有见过。”林树被他吓到了，“又出什么事了？林寂怎么了，她没事吧？”

“不，没什么。”时桥南顿了顿，“林寂受伤，他没去医院看她吗？”

“听说是一直在出差，没能赶回来。”

时桥南敷衍了几句，迅速挂断，又给文棋打电话。

果然，文棋的答案跟林树一样。

但文棋说：“我最近比较忙，每次去，白石都不在。许攸和程瑜一直都在，我可以问问她们。但是，这跟林寂的病有什么关系吗？”

时桥南强扯嘴角笑了笑：“我只想确认下对方的情况，麻烦你帮我问一下吧。”

“好。”

很快，文棋就打了回来：“她们两个也都没有见过白石，好像是她们每次来的时候白石已经走了。到底发生了什么事？我昨天见林寂的时候，她还好好的，伤口……”

“也就是说，根本没有人见过白石这个人，除了林寂？”时桥南语气凝重地问。

“那怎么可……”文棋一下子愣住了，“你想说什么，时医生？”

时桥南没有回答她，而是直接挂断了电话，拨通了林寂的电话，开门见山：“林寂，刚刚你是在等白石吗？”

“对啊。”那头的林寂正跟白石说笑，对着白石做了个嘘的动作。

“是吗？”时桥南的声音冷了下来。

大概是因为下雨，人们都早早回家，刚才他离开时，小区路上空无一人，没有人来亦没有人往。林寂在等白石？除非白石是个透明人！

他从来没有想过这一点。林寂说她出现幻觉，说她的幻觉渐渐消失了，说她遇到了白石，虽然她跟他道别了，但他还是放不下她。她说了那么多，以至于他从未怀疑过白石这个人是否真的存在。他被自己的情绪影响，专业技能在林寂面前几乎一无用处。

时桥南笑起来，绝望中带着自嘲，笑得几乎连眼泪都掉出来了：“我早该想到的！我是一个医生，却从来没有想过我的病人都在经历些什么！”

雨忽然就大了，噼里啪啦地砸在车上，像数千鸣冤鼓齐鸣。

时桥南在这鼓声里狠狠地给了自己一巴掌。

街上少人行，前方的红绿灯在雨幕里只能隐约可辨。可即便如此，人们也会知道此处有红绿灯，要红灯停、绿灯行。

林寂病了，但她知道自己在做什么，她有了新的希望，人生里花开似锦。

只有他，一直走在一条迷雾重重的路上，未曾多想，便已覆没。

雨越下越大，好像谁的情绪终于得到宣泄，大有将全年雨水在这一夜落尽的意思。而那落下的雨通通汇入时桥南的胸腔，沉甸甸的，压在胸口，让他喘不过气来。他咬着自己的手，齿印里渐渐渗出血迹，他却毫无知觉。

车子停下，他连拿伞都嫌浪费时间，冒着雨朝楼里跑去。幸而有人正要出门，看到他，便停下来别开安全门让他进入。

再见到他，林寂万分诧异。她回头看了一眼洗手间，喊道："是时医生。"然后回头对时桥南笑了笑："白石刚回来，正在洗澡。时医生还有别的事吗？"最后一句的语气充满疑惑。

时桥南身上湿漉漉的。刚刚离开的人，突然这样回来，除非有特别重要的事情，否则那就是想趁着夜黑风高杀人越货了。

时桥南内心的最后一丝侥幸落空了。卫生间根本没有水声传来。他几乎是咬牙切齿："是，非常重要。"

林寂侧头示意他进屋，然后去厨房准备给他倒杯热水，却被时桥南一把拽住。

时桥南抓住的正是林寂受伤一侧的胳膊，伤口被扯动，林寂轻呼一声："时医生！"

时桥南不由分说地拉着林寂前往卫生间，像是带着怒气大力推开卫生间的门，里面空空如也，没有流水，没有水蒸气，自然也没有白石。

"你看好了，林寂，那里什么都没有！"

林寂却恼怒了，忍着疼痛甩开时桥南："时医生，你疯了！"继而转向卫生间："我会处理的。"

卫生间里，白石正在淋浴头下冲洗，十分不悦被人打扰，他皱着眉头看了时桥南一眼，看到林寂为自己怒斥时桥南，却眉头舒展，耸了耸肩，轻松地吐槽："他疯了。"

林寂哭笑不得，刚才的怒气忽然烟消云散。她将门关上，正气凛然地看着时桥南："时医生，我不知道你受了什么刺激，但是你自己说过，你我只是工作上的关系，除此之外没有任何私人交情，而现在我已经不需要你的治疗了，你也没资格突然跑到我家里对我一阵虚情假意，再来一顿莫名其妙的指手画脚！"

时桥南冷笑："林寂，你以为你痊愈了，但你根本不知道你现在已经病入膏肓！你所谓的白石，现在正在里面洗澡的那个人，根、本、不、存、在！他彻头彻尾都是你幻想出来的，根本就是一个虚构人物！你还以为自己多么幸运，在大街上就偶遇了男神？那是因为你心里想，你一直幻想着跟他相遇的场景，所以你梦想成真了，意外不意外？惊喜不惊喜？”

“你在胡说八道什么？”林寂看怪物一样看着时桥南，在她眼里，现在的时桥南才是一个病人，她重新打开门，指着门里已经裹上浴巾正在镜子前剃须的男人，“你看到了吗，时、医、生？只要你不瞎，你就该看到里面有一个活生生的大活人。编故事也麻烦你编点靠谱的，立足现实生活，再进行艺术创作好吗？你想写科幻小说，麻烦你去找别人，我……没、兴、趣！”

白石看着林寂气吞山河的气势，上上下下打量了她一遍，点头表示赞赏：“有点女王样了。”

“在写科幻小说的是你，难道你还不明白吗，林寂？你从一开始见到的就是他，只不过那时候你看不清他的脸，等你看清他的脸了，他就按照你的想法出现在你面前了！你不是一直都不安，觉得他跟你幻想中的样子不一样？那是因为他根本不是真正的白石！”

“是是是，我不明白，我越来越不明白了，我不明白你好端端地为什么突然来这么一出！我不明白你为什么突然跑到别人家里来发疯！我不明白你为什么非要给自己加戏！我一开始见到的就是他，没有别人！我从来没有认错过他！他按照我想的方式出现，那是因为我们前世注定！我是宿命论者，你不知道吗？那你这个医生当得实在太不称职了！”

“我就是太称职了，所以才放心不下你，大半夜的跑来当疯子！”

“哦，是吗？那真是太谢谢你了，我还真是感激涕零，是不是要我以身相许啊？”林寂忽然啊了一声，冷笑，“我知道了，您老该不会是爱上我了吧？对……不然上次你也不会说那番话，你不想做我感情上的备胎？你想做什么？正宫？你是在嫉妒吧？对对对，因为我说过你是我见过的最好的人，如果没有白石，我一定会爱上你。”林寂紧紧盯着时桥南，为自己这一伟大发现而冷笑不止，“时医生，你大概是偶像剧看多了吧？”

白石已经站在了门口，林寂看到他，向后退了两步，让出路来，而后眼睛一直黏在他身上，跟着他飘进厨房。

时桥南被她一顿抢白，又被说中心事，怒火中烧，一时却不知该如何反驳。他顺着林寂的目光望过去，大概想象得出来，她眼中的白石一定在厨房里忙碌，他很好奇她心目中见到的白石到底是什么样子。

白石拿起洗好的苹果开始削皮切块，边干活边道：“他就是嫉妒我，嫉妒我这么爱你，嫉妒我能得到你，嫉妒我们会白头偕老，只羡鸳鸯不羡仙。时医生，你说对吗？”语气多调侃。

恰在这时，时桥南忽然笑了一声：“跟喝醉的人一样，精神病人也不会承认自己有病，你这一点倒是很对。”

林寂冷笑：“哦，偶像剧演完了，开始上演行业剧了。时医生，你不当编剧真可惜，你是不是还要说其实你才是真正的白石？”

时桥南目光犀利地看着她。

只听林寂道：“你看，这不都是狗血剧的套路吗？我有精神病，你是我的医生，突然有一天发现我一直相亲相爱的人其实是我的幻觉，而你才是我的男神，然后你把我治好了，从此以后我们在一起过上了幸福快乐的生活。过程虐心，happy ending！实在没有比这更狗血、更套路的故事了，好吗！”

时桥南自嘲地笑起来：“你说得没错，听起来是很狗血。但我其实真的想告诉你，是的，我才是真正的白石。”

林寂愣了一下，继而捧腹大笑，笑得眼泪都出来了：“时医生，你真是……真是太逗了！我向你道歉，你应该是个天才编剧，不是狗血剧编剧！”

白石也跟着笑起来，补刀道：“还是个喜剧编剧。”

林寂边笑边道：“我觉得，你赶紧辞职去当编剧吧，明年的奥斯卡，我顶你！”

时桥南看着她，恍惚中真的有种自己是骗子的感觉。

如果可以，他多希望自己是骗子。

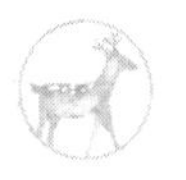

第 十 话
数羊

时桥南怒气冲冲地离开林寂家，很快便冷静下来，当然，这都是酒精的功劳。

他开车回家，忽然看到熟悉的街道，便拐了弯来到小花园。

由于下雨，酒吧里人很少，妹妹在舞台上唱着一曲坏种子乐队的代表作，*Where The Wild Roses Grow*，哥特气质的暗黑曲风，倒是跟这雨夜极为契合。

时桥南坐在角落里，杯不离手，双眼渐渐开始充血，不知是因为酒精还是愤怒，抑或是难过。

不知道怎么回事，这首歌久久没有结尾，也或者妹妹是在单曲循环。反正，跟此时时桥南的情绪一样，没有止境。

他闭上眼，一手遮眼，想阻挡情绪的满溢，却仍能清晰地感觉到眼眶在渐渐湿润。

他已经很多年没有哭过了，上一次是在什么时候呢？

是第一次背井离乡来到上海吗？第一次感受到南方的冬天，天气像是故意跟他作对，一整个冬天都下着冷雨，南方的湿冷跟新疆是不一样的，冰针一样刺痛着骨髓。那时候，他哭了吗？

是刚刚得知爷爷去世的消息吗？爷爷去世后三个月，远在大洋彼岸的他才从表弟口中得知这一噩耗，家人因为他正艰难适应异国生活而隐瞒了他。那时候，他哭了吗？

或许林寂说得对，他纯粹是嫉妒，所以才一叶障目。

如果真是这样，那该多好。他看不到白石只是因为他不想看到，病的人不是林寂而是他。他现在可以潇洒地离开，把这一段彻底封印。

然而，问题就在于他不能。

林寂的病是因他而生，是在他手里加重。他没有看到她的病情在加重，他从未怀疑过她病情的好转。这一切就像是一个阴谋，有人将其设置好摆放在那里，是他启动了机关，又没能控制住牵一发而动全身的局势。

他就像是一个刽子手，借由她的爱慕，将她置于死地。

他无法逃避责任，否则他会一辈子心存愧疚。

酒杯见底，他晃了晃杯子，刚要招呼服务生，却看到对面不知何时坐下了一个人。他太沉浸在自己的情绪里，根本没有看到来人的出现。

林树已经看了他好一会儿，四目相对，时桥南又迅速低下头，但林树已经看到他眼角湿润。

秀色很快端上来林树最爱的玛格丽特，时桥南把杯子给她，让她续酒。秀色接过杯子却看着林树，林树烦躁地挥挥手：“续续续，你一个卖酒的，还怕买酒的多喝？”

秀色笑了一声，端着酒杯婷婷袅袅地往吧台走去。

林树道：“我刚到家，秀色就给我打电话，说捡到一条流浪狗，让我来认领。流浪狗，跟我说说吧，被谁家不要命的废狗欺负了？”

时桥南没吱声，默默端起林树面前的酒杯一饮而尽。他喝得有些急，呛得直咳。

林树静静地看着他的表演，等他咳完了，才道：“知道你酒量好，也不用把酒当水喝吧？喝酒不要钱啊？”

时桥南一手虚握拳头撑在嘴上，看着林树。林树的眉眼与林寂有几分相似，他看着林树，恍惚中眼睛一花，林寂的脸与林树的重叠。他的拳头渐渐握紧，像是把全部情绪汇聚于此，然后用拳堵住嘴，紧紧闭上眼，眼泪终于突破枷锁，汩汩而下。他身体颤抖着，压抑着，无声地流泪。

一个而立之年的男人，在你面前泣不成声，这画面让人不敢看。

男儿有泪不轻弹，林树跟时桥南认识数年，十分了解他。他是一个不善于表达却很善于忍耐的男人，出身于军人家庭的他，从小受曾为军人的爷爷和父亲的影响，坚韧而内敛。他所有的气定神闲均来自他的豁达和包容，他的豁达和包容则源于他对男人这一物种的认识和理解。他就像是上帝专门造来解说“男人”的模本，他不应该有脾气，亦不应该有情绪，更不应该像现在这样痛彻心扉。

林树也沉默下来，静静地看着他。他余光瞥见秀色在不远处停下来向他使眼色，他摇了摇头。秀色担忧地看了看时桥南，万分理解地点点头，端着两杯酒转去了别处。

终于，像故事告一段落，时桥南的情绪渐渐平复下来。林树这才招呼秀色重新上酒水。

两人就这样面对面坐着，默默无言地坐到了下半夜。

凌晨两三点，酒吧里的人更少了，仅剩的三三两两的顾客也都已经或醉或困东倒西歪。外面的雨仍没有停歇的意思，在夜深人静里滴滴答答，如诉如泣。

时桥南已经恢复了一贯的稳重内敛。他看着林树，直到把林树看得发毛，才缓缓开口。

“以前不觉得喝酒能解忧。”

“现在呢？”

“一样。其实很多人不知道借酒消愁愁更愁是有科学依据的。他们以为酒精可以麻醉自己，喝得酩酊大醉就什么都忘了。其实酒精麻痹的是普遍意识。到了极限，记忆里最深刻的东西就会越发凸显、越发清晰。什么是最深刻的呢？对人来说，快乐总是容易遗忘，所谓刻骨铭心的都是一刀一刀在心头割出来的，流过血、流过泪才能永垂不朽。所以，他们就会继续拼命喝酒，恶性循环，痛苦反而越发刻骨。真是可笑！”

林树忍不住莞尔。道理大家都懂，只是想要一个理由发泄罢了，可作为成年人，痛哭流涕、大哭大闹都太不合适，所以需要借助于酒精。

时桥南却没有纠缠这个话题，忽然没头没脑地来了一句："林寂病了。"

"嗯？"林树一头雾水。

时桥南重复一遍刚才的话。

林树不由得皱起眉头，等待下文。

时桥南道："林寂一直在我这里进行治疗，你知道吗？"

"她去找心理医生我是知道的。"林树如实相告。

时桥南笑了笑："一开始的确是在心理医生那里。她最初是我师姐的病人，师姐出国前把她转给了我。当然，这些并不重要。现在的问题是，她真的有病。我今天去看过她，她所谓的男朋友白石是个根本不存在的角色，她对着空荡荡的洗手间、厨房，跟'白石'说话。"看到林树目瞪口呆，时桥南顿了顿，"林寂出现幻觉了，换句话说，她有精神分裂症。"

林树失笑："怎么可能……"但看到时桥南严肃的表情，他的笑意渐渐熄灭，他正襟危坐，"什么时候的事？"

"如果我没有猜错，年后她第一次去找我的时候也是她第一次发病的时候。"

林树轻轻嗯了一声，略带疑惑。

"那一天她迟到了，你应该很了解林寂，她不是爱迟到的人。"

"是的，她一般会提前十分钟到。"说到这一点，林树忍不住莞尔，"每次去火车站、机场，她都要在检票前至少半个小时到达，有时候担心路上堵车还会提前一个小时。她是急性子，所以做事总是预留足够的时间。"

"当时，我有些担心。其实年前最后一次见面我们闹得不太愉快，所以那次见面让我也有些忐忑，我左等右等，她都不来，我便主动给她打电话，打了三次才接通。她上来就告诉我，她见到白石了。此前她说她偶尔会看到白石，但那一天当她跟我面对面交谈时，她明明白白地说是遇到而非看到。"

林树沉默了一会儿，道："她有没有跟你说过，她从小到大经常会看到同一个女孩隔着马路或人群喊她？"

时桥南抬眼，摇摇头。

林树继续："她在情绪波动时，经常会看到一个女孩喊她，隔着马路或者人群对她招手，笑着喊她的名字。不管她处于什么地方，她回头的时候，那个女孩都是在一条川流不息的马路对面，或者一片人声鼎沸的人群那头，而她的声音总是能压过一切喧嚣传过来。林寂曾经说那是另一个她，她知道那是另一个她，她用上帝视角看着另一个她，而另一个她也在看着她。她小时候经常跟我说这件事，我一直说她只是比较敏感，想象力丰富，看的东西又都是乱七八糟的。被你这么一说，再想起她的话，忽然觉得或许她一开始就有这种苗头了。”

“你们家族真的没有精神分裂症患者吗？”

“林寂怎么说的？”

“她说你们祖父和外祖父两边上下十八代都没有出过疯子。”

“她说得没错，我们家根正苗红，清白人家。”

时桥南轻轻笑了一声：“你有空多去看看她吧。”

“你呢？”

“我？”时桥南自嘲地笑了笑，“再见到我，她大概会想撕了我。我出来前跟她吵了一架，她暂时估计不想再见我，先让她冷静一下吧，看看情况，如果有必要，我会给她介绍一个新的医生。”

林树眨了下眼，定定地看着时桥南，像要看穿他灵魂深处隐藏的秘密：“你呢？”

时桥南转过头去，望着被雨水哭花的落地玻璃窗：“我记得。”

天色微明，林树和时桥南在小花园门口道别后，径直去了林寂家。

林寂一夜没睡，趴在工作台上画了一夜漫画，地上、桌子上到处都是稿纸。听到门铃声，她喊白石去开门，可是白石根本没动静，她只好自己去。

一见到林树，她就愣住了。她回头看了看窗外的天色，不明所以。

林树道：“听说白石回来了，我来见见他。”

林寂眼睛一亮，冲着沙发上招招手，等了一小会儿，道：“哥，正式给你介绍，这是你妹夫白石。白石，这是我哥林树。”

白石礼貌地打招呼，邀请林树里面坐。

林树看着林寂身边“白石”站立的地方，一时间有些难受。正如时桥南所言，那里什么都没有，或许对于林寂而言，那里有她全部的梦想和未来，但对于其他人而言，那只是一个虚构的故事，没有任何价值和意义。

林寂并没有发现他的异样，径直去厨房拿饮料，问："你怎么这么早过来？又通宵加班了？"

"是通宵加班了，有个案子比较棘手。"林树看到工作室的灯开着，隔着餐桌看着林寂，"你怎么也没睡？"

林寂不自觉地瞟了一眼林树身后，白石脸上的温和一下子消失了，取而代之的是一片黑线，林寂知道林树踩了雷区。他们现在的平和并不是因为已经和解，而是因为时桥南离开后白石冷嘲热讽一番，说她不应该背着他跟那个男医生走得那么近，之后他们就各自忙各自的。

她垂下眼，淡淡地道："最近工作进度太慢，晚上突然有了感觉……"这倒也是实话。

林树没有过多纠缠这个问题，他接过水，装作随意地问："你还记得小时候跟小伙伴夺木笔，被戳到眼睛的事情吗？"

"怎么会忘？"林寂不疑有他。

"那时候，你也没有什么特别的反应，可是过了很久，突然有一天你半夜哭醒，说有人抢你的东西，你的娃娃、画册、彩笔。在很长的一段时间里，你都对幼儿园的小朋友十分警惕，好像他们随时都会抢你的东西。"林树顿了顿，"你好好想一想，跟你现在的情况是不是有些相似？"

林寂愣住了。

幼儿园那件事并不严重，只是略微伤了眼角膜，滴了几天眼药水就好了。那几天她的眼睛一直流泪，根本无法看东西，她才第一次知道眼睛是如此珍贵。现在想来，就是因为这一感悟，才让她在一段时间内对周围人产生了敌意和警惕。

林寂深深地呼吸了一口气："我懂你的意思，我会自己看着办的。"

林寂的看着办就是置之不理，她现在没有心情去理会那些她并没有察觉出异样的问题。

天空被捅了一个窟窿，她的故事被时桥南突如其来的愤怒烧出了裂痕，无论她再怎样不相信，却总是控制不住在不经意间想起时桥南的话语。然后，她会久久地盯着白石，亲手抚摸着他，问："白石，你是真的还是假的？"

每当这时，白石就会目光凌厉地盯着她，反问：“你希望我是真的还是假的？”

次数多了，白石的讥讽越来越不掩饰，只要她一接话“我当然希望……”，他就会立马打断她：“哦，是吗？”满满的嘲讽，十二分的不信任。

逼急了，白石会毫不客气地将林寂按回去坐下，逼视着她：“林寂，你不要忘了，是你先招惹我的。”

林寂惊骇地回视着他，看到他眼中燃起两团火，把她焚烧了两遍。

她开始梦到小时候的人和事。中考前夕，关系好的女孩被隔壁班的男生告白，她无法自己解决这个问题，拉了林寂同往。他们中午出门，逃课去了附近的山坡，半山腰一个破败的小院，内外遍植桃树，四月时节，山间桃花盛开。那天的天气格外好，万里无云，蓝天清新澄碧，风到这里也缠绵，她与那两人站在残垣断壁间畅谈，从初恋到人生到梦想。后来这件事像是不了了之，他们折了一大把桃花回来，谁知在教室外遇到了历史老师。下课走出教室的历史老师看到林寂，笑着问：“你很少逃课啊。”林寂立马乖巧地送上桃花，转移话题：“老师，你要花吗？”没想到，那个男生就此放弃了女同学，纠缠上林寂，说她欠了自己一个爱情。林寂不堪其扰，正在绝望之际，从梦中醒来。

她梦到小时候跟小伙伴学雷锋强制扶老太太过马路，而她后来搬家竟然跟老太太住在一个屋檐下，老太太要求甚多：洗澡要早，不能有残留的香味；排风扇要关，不然老太太是会打喷嚏的；厕所的马桶盖、马桶圈要抬起来，老太太是不用这些的，腰不好也不想自己动手；卫生间的门是推拉式的，她要时刻记得给老太太打开门；家里要保持整洁；晚上不能有动静；不能带朋友回家……她处处遭受折磨，却碍于对方年老体衰不好意思跟其正面对抗，活得极其屈辱。

她梦到生平中唯一一次跟同学发生争执，对方竟然喊她婊子……

甚至连《恋声系》的故事都进入了她的梦境。梦里，她听到门外有动静，透过猫眼往外看，却看到一个大大的眼珠——外面的人正透过猫眼往里张望。她吓得后退了好几步，差点尖叫出来。等听到楼道里有脚步声远去，她才又贴回去，竟看到门口吊着一具尸体，这一次她连叫都叫不出来了……

林寂惊醒过来，看了看手机，凌晨三点钟。她有些口渴，下床出去找水喝，一出门，看到一个人坐在沙发上看电视，她又被吓了一跳。

“哥……哥……哥……你怎么在这里？什么时候来的？”

林树正在看西甲球赛，听到林寂的问话，淡淡地看了她一眼：“晚上，你睡之前，你好好想想。”

“啊——”林寂恍然。

这几天林树下了班就往她这里跑，有时候待到太晚就直接睡在沙发上。她被噩梦吓糊涂了，完全忘了这茬儿。

“怎么，做噩梦了？”林树的注意力已经回到球赛上，随口问，看起来对她毫不感兴趣，纯属客套地问话。

林寂撇撇嘴，不愿承认，却不得不点点头：“梦到有人在我家门口挂了一具尸体。”

林树这才转过头来，审视一番林寂：“你这几天睡眠很差。”

林寂倒了水，端着杯子坐到林树旁边，默默地埋头喝水。

林树看了看她，打开手臂，对她侧了侧头。

林寂意会，乖巧地凑过去靠在林树的肩膀上，莫名地鼻头发酸，她忽然有些委屈。没有任何犹豫，她把自己最近的梦一股脑儿倒了出来。

林树将下巴抵在林寂头顶，心里有些堵。

他这个妹妹在思想上从小就早熟，而且有着独特的想法，他总觉得她不将自己置于危险和麻烦中就万事大吉，却偏偏忽略了她精神上的需求。越是独特的人，越容易孤独，越渴望被理解、渴望有人相伴。

许久，林树道：“你有没有发现，你这些梦有一个共同特点？”

“嗯？”

“每一个梦里，你都亏欠了别人，你在弥补、在赎罪。”

林树说完，明显感觉到靠在自己身上的身体僵了一下。然后，林寂缓缓转过头看着他，像在等待最终判决：“是这样吗？”

林树笑了笑：“这只是我的感觉，这些梦到底有什么含义，得由心理医生告诉你。周公解梦那是精神病学的范畴。”

林寂被他最后一句话逗笑了：“解梦是，周公不是，这是弗洛伊德的专利。”

“是吗？”林树一本正经，“这么看来，我们的老祖宗比西方精神病专家先进多了，三千多年前就已经能解梦了，弗洛伊德到近两百年才出生。”

林寂勾了勾嘴角，却没有笑出来，过了一会儿道：“你是因为我才不回家吗？”

千方百计隐藏的秘密被发现一般，林树故作吃惊：“被你发现了？”

“你做得太明显了，我又不傻。”顿了顿，林寂又道，“对不起，让你担心了。”

“有个人也很担心。”

林寂不明所以。

林树看着林寂：“时桥南。”

这个答案出乎林寂的意料。在林寂的记忆里，林树若是替别人说话，那个“别人”只有一个人，就是他们的母亲。不承想，有朝一日，他口中竟然会出现另一个“别人”。

林寂一下子坐起来，怒火中烧，瞪着林树，重重地叫了一声：“哥，时医生疯了，你也疯了吗？”

“你怎么知道是他疯了，而不是你？”林树反问。

林寂一愣，然后扑哧一声笑出来，她看了一眼卧室，确认里面没有动静，然后才压低声音警告林树：“不要再胡说八道！白石你已经见过了，他现在正在里面睡觉，他对时医生的说法十分生气，我不希望他迁怒于你。你和白石是我生命里最重要的两个男人，我不希望你们相互仇视……不要逼我。”

“你会怎样？”林树毫无畏惧地问。

林寂深呼吸了几次：“我会毫不犹豫地选择白石。”

“可是世上根本没有白石这个人。”

林寂猛然站了起来，同时将手中的杯子扔到了对面墙上，重重地砸在电视上，对林树怒目而视：“你们就不能好好说话吗？”

这几天，时桥南也没闲着，他将林寂的情况向言聆风、麦肯恩先生以及两位同事兼师兄做了简略说明，组织了一次视频会议。

莱恩医院会议室中，时桥南、江箬、黎简昀坐在屏幕这头，墙体电视屏幕里连线的是远在美国的麦肯恩先生，时桥南的笔记本连线的是身处法国的言聆风。每个人面前都摆着一沓厚厚的诊疗记录，他们都已经反复研读数遍。

几个人沉默了好一会儿，言聆风率先开口："这件事说起来都是我的错，我明知道其中潜在的问题，还把她交给了桥（Joey）。"

因为麦肯恩先生的中文仅有幼儿园水平，几人的谈话自然是以英文为主。

时桥南立马接过话："不不不，是我太自负了，看到是个特别案例，就随便接下，后续治疗也不够理智。"

麦肯恩先生道："现在不是追究责任的时候，如果说责任，那么我们都有责任。温蒂（Wendy）明知道桥是林的性幻想对象，却把案子交给他，你的确做错了。桥，接下案子的那一刻起，你就不再是林的性幻想对象，而应该只是一个医生，可是你太感情用事了，你错了，的确如此。兰德尔（Randall）和黎（Lee），你们两个不要笑，你们作为师兄和同事，没有及时给出你们的不同意见，我猜你们一定觉得这出戏精彩到了可以搬上百老汇，所以乐于看热闹。"

江箬大叫冤枉："先生，我承认我的确很想看桥和林发展出感情线，但我真的没有幸灾乐祸。"

黎简昀则相对比较内敛，他温和地笑了笑，一贯的好家长形象："先生说得对，我会好好反思的，好好教育这两只。"

"那些都是小事，现在事情已经这样了，我们应该先讨论下该怎么办。"麦肯恩先生并不追究责任。

几个学生都点点头。

麦肯恩先生接着道："昨天跟桥单独沟通了很久，现在再看这份记录，我发现，她在见到桥之前虽然出现了幻觉，却看不清对方的脸，那个'白'也只是在一个角落看着她，很少有亲密接触。事情的改变从她接受桥的治疗开始。桥说，林曾经说过他更符合她心目中那个偶像的形象，如果没有这个'白'，她一定会喜欢桥。我们是不是可以这么理解：在过去的很长一段时间里，白对于林而言都只是一个抽象的存在，直到桥出现，虽然她不知道这就是她喜欢的人，可是桥的气质太符合她心目中的形象，磁场发生效应，填补了她心目中拼图缺失的一块，所以她才能见到她所谓的真正的‘白’？”

几人连连点头附和。

时桥南道：“昨天跟您聊完，我也在想这件事，会不会其实是我刺激了她。”

江箬摇摇头：“你顶多给了她灵感。她就是叶公，有了一幅画，只缺一双眼睛，你的出现就像是画龙点睛的一笔，给了这幅画灵魂。”

“这有什么区别吗？”言聆风道，“她哥哥怎么说？”

“他说，如果有必要，建议我们将她强制收容。但我觉得没必要这样，她只是在一个方面出现了幻觉，并不会影响正常生活和其他人，如果强制收容反而可能导致病情恶化。”时桥南仍然坚信林寂是一个正常人，或许他只是希望如此，这样可以减轻他的自责和愧疚。

其他四人马上懂了他的心思。

黎简昀点头道：“其实我也这么觉得，只要她肯接受治疗，按时吃药，并不会做出什么出格的事情。一旦强制收容，反而会给病人造成精神压力。正常人被关进精神病院几年也会疯的，何况她一个真正的精神病患者。”

“那她愿意重新回来接受治疗吗？”言聆风问出了所有人的疑问。

时桥南遗憾地摇摇头，道：“我再试试吧。”

江箬拍了拍他的肩：“拿出你的真心，兄弟。精诚所至，金石为开。”

时桥南哭笑不得。

麦肯恩医生看着面前的档案，皱起眉头：“她最近的这些梦……”

时桥南翻了翻面前的文件夹，拿出两页纸，目光落在纸上。那上面密密麻麻的内容，正是林寂最近的梦境文字稿。他透过那白纸黑字，像是身临其境于林寂的梦中，目睹着她的疲惫，又感受着疲惫之后她的放松，好像炼狱三十年只是为了弥补曾经的一念之差。

时桥南如鲠在喉，过了好一会儿才道：“我知道是怎么回事，我会再想办法跟她谈谈的。”

现在的关键是怎么让她回来。

时桥南没有说出口的是，最近他也在做梦。

他梦到他骑着小时候最爱的一条牧羊犬走在漫长的路上，走着走着却把狗弄丢了，他找了很久，最终无功而返，然而当他踏进现在生活的小区，发现竟然是林寂家所在的小区，那只训练有素的牧羊犬正跟林寂在楼下等他。

他还梦到他回到了大一那一年夏天，他与任语初走在平江路上，并肩缓步，短短不足两千米的平江路在他的梦里变得没有尽头。任语初不是与生俱来的知性感觉，而是浑身散发着复古气息。他们谁都没有开口，可是他知道他们会一路走下去，直到天荒地老……

他甚至梦到下班回到家，母亲千里迢迢地赶来看他，给他带来了小时候哭闹着想要但最终没有得到的玩具。

他醒来后立马将自己的梦记录下来，一一分析。

按照弗洛伊德的理论，“梦是一种（受抑制的）愿望（经过改装的）实现”，我们大部分的梦都是为了实现某种愿望。

他小时候曾在边境军区生活过几年，那时候没有别的玩具，常年跟军犬、军马玩耍，骑军犬成了他的一大爱好。当时他最爱的一条军犬叫作白虎，他放假去探望外公外婆，再回来时白虎就不见了，父亲告诉他白虎走丢了。他每天出去找白虎，最终也没有找到，好几周都在晚上哭着入睡。长大之后，他才隐隐意识到白虎应该是去世了，于是没有跟白虎告别就成了他心中的遗憾。

任语初、小时候求而不得的玩具，都是他此生未完成系列。

思及当下，不需要多么高明的分析，他也知道这些都是因为林寂。这些梦连隐意都没有，几乎都是显意。林寂刺激了他心中盛满遗憾的潘多拉盒子，她打开了它，让他平静难起波澜的心再起涟漪。

时桥南别无他法，只好再度来到林寂家。然而，在安全门外按过门铃，对讲机里传来的是林寂语气冷硬的话。

“时医生，你走吧，我现在没法跟你冷静地交谈。”短短十几个字，就将时桥南拒之门外。

时桥南还没来得及给自己辩驳，林寂已经关了对讲机，他再按，那头就没了回复。

时桥南站在对讲机前，苦笑不已。

他给林寂打电话，林寂不接；给林寂发消息，林寂不回。

他万分无奈。

他坐在小区长椅上，看着人工湖对面的亭子里一对恋人在你侬我侬。阳光很好，花草树木还带着春天的希望色，在他眼里却显得那么讽刺。

他随手翻看了新闻、朋友圈、微博，忽然想起自己一直不敢看的林寂的私信箱。那一瞬间，他也不知道自己在想什么。等他回过神来，他已经打开了林寂的私信箱。看到林寂的消息，他震撼又难过。他翻到最上面，第一条始于两年多以前。

“白石，你好，从今天开始，我正式喜欢你了。”

第二条，是在同一天晚十二点之前：“有人穷尽一生，追逐繁星，有人天生爱做梦，后来才知，一生长不过忘却一个你。晚安。”

五月底，她说：“我在上海了，我喜欢这里，我一来到这里就爱上了这里。后来想了想，大概是因为有人在这里，才让这座城市变得有温度吧。走过每一条路我都紧张，生怕错过你，又害怕遇到你。”

她说：“下雨了，躺在床上一千一万个不想睡，总觉得下雨就该坐在窗边，哪怕忙乱七八糟的事情，也要听着雨声，陪着雨。你大概不知道，我特别喜欢下雨，每当下雨我就在想你，所以天空落了多少雨，是我想你多少次。”

她说：“推荐个电影，杰克·尼克尔森的《尽善尽美》，里面有句赞美人的话很赞：对一个人最高的赞美是你让我想成为更好的人。你也是。比心。”

她说：“上海博物馆在展出一个‘遗我双鲤鱼’的吴门书札展，强烈推荐去看啊。最好玩的是那个翻译，古文翻译成现代白话，感觉这个翻译也是用了心的，翻译得特别好玩。”

她说：“我久久地等待，等你打开这个信箱，看到我的告白，如果可以，希望你也如我一般欢喜。”

她说：“我知道你不看私信，可是还是希望有一天你偶然打开我的对话框，我的心情在此一览无遗，或许会在很久很久以后，那也没关系，至少你知道有人把你当作一生来欢喜。”

她说："一定是上辈子欠了你很多很多钱，这辈子才这么痴迷你，而且甘之如饴。"

她说："不知道你何时会看到这些消息，不知道你会爱上何人，不知道回首时，繁华落尽，时光成空，你在天地哪一方。想到这件事，就莫名难过。"

她说："有时候会想，人生某一阶段遇见某个人、某件事是想教会自己什么，比如现在，比如你。你会不会也有这种想法，偶然这样想？"

她说："我数着日子，像是知道注定会遇见你，只要耐心等待就终会等来那一天，然后就忍不住自己笑起来，好像真的一样。"

她说："喜欢你的心情始终停不下来，如果这是病，我宁愿相信是上辈子欠你的情。闭上眼是你，睁开眼是你，耳中是你，脑中是你，连呼吸和心跳都是在想你。烦躁的心因为你可以平复，然后化作久久的意难平。我谢谢你存在这世上，也痛恨你存在这世上，或许有一天我会去过我想要的生活，深山老林，暴雪狂风，在西伯利亚的荒野里，那时希望我才能领悟人生这件事其实无所谓悲喜，也不必因你千千万万遍。"

她说："我也不知道为什么，只是走进了生命里。"

其实她并不是第一个给他发类似内容的人，每天他都能收到无数类似的告白，甚至有人比她更坚持，每天都可以变着花样告白。可是大概因为已经对林寂先入为主，再看到这些，他就忍不住感动。人就是这样，一旦有了感情基石，就容易因其悲喜。

他再度返回林寂家。楼下正好有人进门，他远远看到，喊着"等一等"，大步跑上前。

像是成功潜入敌区，他松了一口气。但一想到敌人正倔强地拒绝沟通、拒绝投降，他头又大起来了。

他没命地按着门铃，好像这样做就能够抵御来自敌人的一切敌意。

林寂从猫眼里看到他，完全不想理他。她以为只要自己不搭理，他很快就会知难而退，然而，邻居都出来看了数遍，他丝毫没有放弃的意思。

他边按门铃边说："林寂，我知道你在家，我有些话想对你说。那天是我不对，我向你道歉，但希望你理解我，我的出发点是好的。"

林寂被他吵得没法，带着怒气打开门："时桥南，你到底想干什么？"

时桥南忍不住笑起来：“你终于记得我的名字了。”

被他一打岔，林寂的怒气像漏气的气球迅速瘪了下去。她翻了个白眼，冷静下来：“你到底想干什么呀，时医生？你不想给我当情感顾问，我不是也不再纠缠你了吗？怎么你这人还没完没了了，你是有斯德哥尔摩综合征吗？”

“如果我说是呢？”时桥南眼中含着春风，态度却是认真的。

林寂见状，有些憋屈又有些无奈。她向来吃软不吃硬，遇强则强，遇柔则亡。时桥南若是态度强硬，她必然会全身装甲迎战，谁知时桥南反其道而行，她一肚子火根本无处发泄。她气急败坏地猛然把门拉开，放弃抵抗，转身往客厅走。

时桥南有些自嘲地笑了笑，跟着她进门。

林寂走了几步却突然转过身来，看着时桥南：“你到底想怎样？”这个问题像五指山压在头顶，别说她，估计连孙悟空都会被折磨死。

时桥南看懂了她的心情，却没有急着回答她。他在沙发上坐下，垂下眼，想了想，道：“大概在五年前，我的微博上还有很多涉及私人生活的内容。那一年我刚刚回国，一位留校的同学突然告诉我有人去学校找我，几乎把整个学校的中国留学生都‘盘查’了一遍。整整一个月，她都不肯离去，直到后来那位同学看不下去，告诉她我已经回国了。”

林寂不明所以，但她心中一动，想起白石被扒事件，就意外地耐心地听了下去。白石那件事是所有小迷妹心中不可磨灭的痛，但是大家都不约而同地选择遗忘，她喜欢白石后，偶然听人提起这件事，再详细追问，就没人多加解释了，所以她始终不得要领，只知其一不知其二。

时桥南继续道：“但她并不放弃，开始不断地纠缠那位同学，后来同学不得已报警对她采取了限制令，可她不以为然，仍然不断出现，好在并没有什么威胁，只是不断寻求我的地址和联系方式，同学便对她网开一面，与她的律师达成和解，将她遣返。”

“那你……”林寂话一出口，却不知道自己该问什么。她忍不住代入了白石，她想问的也是白石，但她对上那双湖水般的眼睛，立马就清醒了。面前的这个人不是白石，只是一个普通的连朋友都算不上的人。

时桥南看着她，等待她的话，却眼睁睁地看着她的目光从迫切渐渐转为死寂。他心中叹息，口中也无限感慨："那是我第一次那么近距离地接触粉丝，却如行走在钢丝上，战战兢兢，后怕无穷，细思恐极。那之后我就删掉了所有涉及个人隐私的微博，专注于做个风景与美食博主。我一直以为我们在虚拟的网络世界相遇，相互依存，这是多么美好的事情，也是上辈子苦修得来的，可有人偏偏要破坏这份感觉，把这些美好硬生生撕碎在我眼前。那段时间我想了很多，我还只是一个人，即便有人纠缠不休，也只是我自己的事情，可总有一天我会结婚生子，我的生活不再单单是我一个人的生活，会是我爱的人的全部，我只想简单生活，希望我和我的家人平淡度日。所以，当你出现的时候，你不会想到我有多么措手不及，我承认我排斥甚至厌恶过你，但现在，林寂……"

听到这里，林寂眉头皱起，突然打断了时桥南："时医生，你在说什么呀？你是不是入戏太深了？"

空气就这样陷入突然的静止。

时桥南看着林寂，仿佛看到他们之间的距离在一点点拉远，林寂的身影没入雨帘，雨水从她的眼角眉梢流下来。有那么一瞬间，林寂的脸与那幅传说中被诅咒的画作《雨中女郎》重叠，压抑得让人喘不过气来。

林寂静静地与他对视。此时此刻，她的眼睛纯净宛如孩童，纯粹，毫不掺假，满满的都是质疑。

这场眼神的交锋中，理智的人最先败下阵来。然而，不等时桥南开口，林寂重复了一遍刚才的话："时医生，你到底在说什么？"

是啊，他到底在说什么？顾左右而言他，丝毫不像他的风格。

他有些自嘲，喉咙却像被什么堵塞，上不去下不来，几乎把眼泪憋出来。但最终，他战胜了自己，他一字一字地说："我才是白石，是你口中的那个网络古风歌手白石。"

几乎同时，林寂猛然站了起来。她看着门口，眼睛里浮光随日，漾影逐波："你回来啦！"

时桥南如遭棒喝，他顺着林寂的目光望过去，毫无疑问，那里空无一人。

林寂几乎用讨好的语气解释："时医生是来道歉的。"继而转头对时桥南道："时医生，对吧？"

时桥南已经想打人了。

不知道白石对林寂说了什么，林寂马上又坐了下来："时医生，你刚才说什么？"

时桥南已经没了斗志，淡淡地笑了笑："我说，我才是白石。"

林寂像是没听懂，愣怔着看了时桥南好一会儿，目光不自觉地瞟向厨房，神情严肃："时医生，你知道白石就坐在几米开外吧？你这个笑话一点都不好笑。"

早料到会是这个答案。但真正听到，时桥南仍然忍不住嘲笑自己。他苦笑几声，忽然吟诵道："今天菩提树又开花了，引起我心中无限惆怅。当时的我是何等温柔，我把花瓣洒在你的发间，当你离开，我的心不会变凉，想起你，就如同读到最心爱的文字那般欢畅。"

这是Coco古风音乐会上林寂要求白石朗读的诗，叶赛宁的《我记得》。

林寂喜欢这首诗，很大一部分原因是她从中感受到的遗憾和祭奠，毕竟她也是那个求而不得的人。当时要求白石朗读这首诗，也不过是带着几分私心，想让白石看到她的感情。她还特意去网上找来了当晚的录音，特意截取了这一段放进手机里，随时随地复习。

白石的声音她太熟悉了，熟悉到即便透过电波与面对面有所不同，她也能清楚地感受到其中的频率。虽然她一直觉得时桥南的音色与白石很像，但他就连语调和其中的停顿都完美复刻，这……这简直不是模仿，而是再现。

她愣愣地看着时桥南，呆若木鸡。

这正是时桥南想要的结果。

他说："你还记得我直播的那天吗？当时你让我给你朗读这首诗。你大概不知道，我也特别喜欢这首诗。"

林寂眨了眨眼，慢慢回过神来，脸色却十分难看："那是白石。"

时桥南并没有受到影响，他拿出手机，翻开自己的微博给林寂看："你看，这是我的微博，不能有假吧？"又翻出微信公众号，"这是我的公众号。"又找出网易云后台，"这是我的网易云音乐……"他每翻出一个账号，林寂的脸色就难看一分，但他并不肯放弃，"这些后台都在我这里，你总不能说这是假的吧？好，就算退一万步讲，你觉得这是我盗号盗来的，但我为什么要骗你呢？这对我有什么好处？”

林寂扯了扯嘴角，想笑但脸部肌肉僵硬，笑得十分勉强。她突然用力扳过时桥南的头，让他面向白石，一字一句咬得清晰：“你好好看清楚，白石就坐在那里！”

她看到坐在厨房餐桌边旁听的白石耸了耸肩：“时医生很想让我离开你的生活。”

时桥南闭了闭眼，目光一下子犀利起来：“你就从来没有怀疑过你见到的白石为什么不是你心中的白石吗？”

林寂果然再度被他问住，但白石帮她回答了这一问题。

白石说：“人无完人，现实与梦想之间总是有差距的。”

她照单全收，一字不差地复述。

时桥南冷笑了一声：“是吗？那么，我有个好办法，帮你证明我和他谁真谁假。”

白石站了起来：“我还怕你不成？！”

林寂看了看白石，道：“你说。”语气生硬，好像被人下了战书，即将鱼死网破。

时桥南道：“我的第一张专辑马上就要预售了，不，是白石的第一张专辑马上要预售了，不如你问问他具体的预售时间是何时，然后我再给你一个时间，我们看看到底谁说的是正确的。”

林寂顿时觉得好笑：“时医生，你真是不见棺材不掉泪。”言下之意，自然是接下了战书。

她自信得让人歆羡。

她或许永远也不会明白，这些年里，白石于她只是一个抽象的存在，直到时桥南出现，才弥补了她心目中形象的那一部分，她才真正见到了“白石”。或许有一天她会清醒过来，明白她见到的不外乎是时桥南的化身，或许那一天永远也不会到来。

时桥南把这次探访告知了麦肯恩先生，语气中不免多了几分自我嘲解：“感觉自己像个傻瓜。我早该想到的，世间怎么会有这么巧的事情？

她走在路上就可以邂逅朝思暮想的人，她去一趟新疆就能跟他告别？但我放任了她的病情加剧。那时候我只是想着快点治好她，不要让自己困于愧疚。”

麦肯恩先生一如既往地睿智：“你不要多想了，她没有坦白所有的事情，你又不能进入她的脑海里，怎么能猜到真相？”

时桥南不以为然：“我至少应该多去了解她一些，我一直警惕她、防备她，我没有向她敞开心扉，却要求她对我真情相告，我真是太可悲了。”

这一点麦肯恩先生倒是认同。他多年教学中一直贯彻让学生们与病人建立信任机制的原则，时桥南在这件案子里的失误是他始料不及的，但也正因为这一点才说明时桥南还年轻，仍是个性情中人。他提议道：“不然就将这个案子重新交给温蒂，她不是说可以回国帮你吗？”

时桥南自然不同意：“不，我可以的。”

他已经不再觉得这是林寂的故事，反而觉得这是他的故事。

在林寂的故事里，有一片宁静祥和之地，虽然虚幻却美好，是他打破了平衡，是他闯入其中。他需要对这一切负责，这是她的故事，也将会是他的故事。

哪怕用一生的时间，他也会倾尽所有陪伴她、治疗她。他既然已经是她故事里的灵魂，那么他就会真真正正地成为她生命里的精神向导。

他马上联系了林树，想要了解林寂的成长经历和家庭环境。

林树正在开会。他最不喜欢开会，坐在下面认真练笔，表面看起来他在做笔记，实则那一页纸上不是乱七八糟的圈圈就是吐槽。看到手机屏幕亮起，他的眼睛也红外线感应似的跟着一亮，拿起手机悄悄溜出了会议室。

听到时桥南的要求，林树二话不说，回道：“没问题！等我开完会，你看哪里采访我方便，你是喉舌，你说了算。”

然而，他并没有再回会议室，而是悄悄给陆云嘉发消息：“我家精神病人犯病了，我得去瞅瞅，你帮我听着，有啥重要指示记得跟我传达一下，我先遁了。哦，记得帮我收拾东西。”

陆云嘉正因为二胎妊娠反应太严重而烦躁不已，恨不得上去把讲话跟催眠似的这位同人暴打一顿，看到林树逃遁的消息，激素效应叠加羡慕嫉妒恨，她对着林树的头像发了一连串暴躁的表情泄愤。

林树回道："这位小姐姐，莱恩医院了解一下啊。"

时桥南走后，林寂迅速打开手机查看白石的微博。置顶微博仍是大半年前发布的关于专辑的消息，最新微博仍是半个月前的风景图片。

她颓然靠在沙发上，喃喃："看吧，骗子就是骗子。林寂，你在期待什么？"

"是啊，林寂，你在期待什么？"

熟悉的声音，带着熟悉的嘲讽，如一盆冷水当头浇下，林寂一个激灵坐了起来，就看到白石正坐在餐桌前，悠然自得地喝着咖啡，望向她的眼神里满含讥讽。

其实她也不知道自己在期待什么。

林寂心虚地道："没有啊，我只是想证明他是错的。不是有句话说，如果你觉得我是错的，你最好证明你是对的吗？"

"那你期待哪种结果？"

林寂笑了笑，没回答白石，反而问："刚才你也听到了，我也想知道，你的专辑什么时候预售啊？"

白石半眯着眼睛，似笑非笑地扫了林寂一眼："你猜。"

林寂像是早已料到答案："你的粉丝多在周末活跃。"

"是。"

"所以是本周末还是下周末？"

"你希望呢？"

"为什么不选你生日那天？"

"为什么要选我生日那天？"

林寂被问住了，想了想道："算是一个纪念？"

白石笑了笑，像是懒得回答她。

第 十 一 话

土拨鼠之歌

林寂的家庭其实跟大部分家庭没有太大差别，普普通通的家庭，父母在计划生育紧张的年代偷偷生下了她，凑齐一个“好”字，交了高额罚款让她从黑户变成光明正大的存在。

说起来，父母的结合反而更具有传奇性。当年，母亲已经订婚，舅舅的同学时隔数年再次拜访外婆家，对母亲一见钟情，第二天就来提亲。向来明理懂事的母亲，这次也倔强得要死，吵着闹着跟原来的对象取消了婚约，跟舅舅的这位同学结婚。这位同学就是林寂和林树的父亲。

然而，生活总是有太多不堪。结婚后，柴米油盐渐渐磨灭了最初的激情，母亲这才意识到自己的人生从此就被困在了这座小小的宅院里。她是那么理智的人，也不知道是否后悔过曾经的坚决。

幸而林树、林寂兄妹相继出生，母亲的梦想有了寄托，开始全心全意地教导儿女。她太要强了，生活的平淡扼杀了她的鸿鹄之志，所以她的荣光和骄傲就只能从儿女身上汲取。

可惜的是她的女儿并不懂她这份心思，或者她懂却不愿意接受。总之，林寂十分厌倦被母亲拿来炫耀。不知是否故意跟母亲作对，她渐渐独立，越发特立独行。

林寂早熟是真的，林树到现在都记得小时候的林寂有一次突然对他说："我觉得有一天我会疯掉，然后自杀。"林树被她吓了一跳，问她为什么这么说。她说："我也不知道，只是有种强烈的感觉，好像有个人一直在告诉我我的结局是什么。"那时候林寂才读小学。

但林寂的特别并不仅仅如此。小时候，周围的同龄女生很少，她总是跟在林树和一群男孩子身后玩耍，要不就自己窝在房间里玩。她可以整整一个暑假不出门，还不觉得烦闷，要说她在玩什么，她可能只是在画画，从早晨画到晚上，从不厌倦。

讲到这里，林树突然停下来，顿了顿，道："其实有件事很奇怪，林寂是很乐观的人，平时为人处世她从不会从悲观角度去想事情，但是，她经常反反复复地做一些死后世界的梦。"

"比如？"

"有一个梦让我印象最深刻。就是全城的人都死了，埋在城南的乱葬岗，城里的灵魂需要去乱葬岗集合，乱葬岗有鬼火闪动，在城里就看得到。林寂和其他灵魂想要出城，可是就在城楼上方，眼看着其他人一个个远去集合地，只有她无论如何也出不去，像是有什么限制了她，又像是她的力气不够，无法飞出去。对，那些灵魂都有翅膀，像天使一样，靠翅膀飞行。这个梦她做过很多次。还有一个，就是她死后，沿着一座江南小镇的一条江边小道不停地走啊走，想要找一个人，可是始终没有走到头。"

"她小时候经历过什么吗？"

林树摇摇头："爱看鬼故事算不算？"

时桥南失笑。

林树却认真地道："她从小就爱听鬼故事，她看过的第一部大部头名著就是《西游记》，第二部就是《聊斋志异》，她到现在都爱妖魔鬼怪，家里有全套的中国古代神怪小说。"

时桥南点点头："我们小时候的经历，长大后不一定会记得，但大部分会成为潜意识，成为我们思维和为人处世的一部分。我们做梦可能是因为近期某一点刺激了脑神经，触发了久远的记忆，但做梦的素材不一定是最新的，可能是小时候的，也可能是两者混编。”

“可你不觉得奇怪吗？《西游记》也好，《聊斋志异》也罢，中国古人其实特别喜欢大团圆结局，可是林寂的梦总是悲剧。她这几年常常做各种各样的梦，结局一定是周围的人都变成了丧尸，她被困于其中。”

“大概是因为周围的人给她的压力太大，她想要寻求解脱，可惜凭借一己之力根本无济于事。”这么一想，时桥南心里就有些不是滋味了，“她心里到底都装着些什么？”

时桥南的新专辑命名为《白石》，意为无字碑书。

预售日期原本定为时桥南生日当天，但跟林寂约定之后，他擅自将其改为了5月25日，“525”，谐音“我爱我”，他在海报上加了一句话：“希望你们都能好好对自己，简单生活，无须赘述。”

林寂看到这条微博时，正与白石在小区里散步，她忽然停下脚步，神色古怪地看着白石。

白石也停了下来：“怎么了？”

“你说你要在什么时候开始专辑预售？”

“下周六晚八点。”

“为什么？”

“我们不是讨论过吗？我生日那天，我希望跟你一起过，不想俗事缠身。”

林寂把手机摆在白石面前：“你看。”

她看着白石脸上的表情从惊讶渐渐转为愤怒，她不知道他在愤怒什么，是恼羞成怒吗？谎言被拆穿，他就恼羞成怒了吗？

白石一把打掉她的手机，眼神坚定里带着凶狠：“时桥南是个骗子！你竟然宁愿相信他，也不相信我？”

“我是想相信你，但你得给我证据啊！你说他是错的，我也想相信他是错的，但是首先我们要证明自己是对的！”林寂同样愤怒地吼了回去，然后她目不转睛地盯着白石，“你到底是谁？你为什么要接近我？你想从我这里得到什么？”

“我是谁？”白石怒极反笑，“我他妈是白石！白石！”

林寂摇摇头，脑海里一片混乱。时桥南的话不合时宜地跑出来凑热闹，一字一字忽然变得那么清晰。

“你看好了，林寂，那里什么都没有！”

“林寂，你以为你痊愈了，你根本不知道你现在已经病入膏肓！你所谓的白石，现在正在里面洗澡的那个人，根、本、不、存、在！他彻头彻尾都是你幻想出来的，根本就是一个虚构人物！你还以为自己有多么幸运，在大街上就偶遇了男神？那是因为你心里想，你一直幻想着跟他相遇的场景，所以你梦想成真了，意外不意外？惊喜不惊喜？”

“你说得没错，听起来是很狗血。但我其实真的想告诉你，是的，我才是真正的白石。”

“我才是白石，是你口中的那个网络古风歌手白石。”

“我说，我才是白石。”

“今天菩提树又开花了，引起我心中无限惆怅。当时的我是何等温柔，我把花瓣洒在你的发间，当你离开，我的心不会变凉，想起你，就如同读到最心爱的文字那般欢畅。”

“你还记得我直播的那天吗？当时你让我给你朗读这首诗。你大概不知道，我也特别喜欢这首诗。”

“你就从来没有怀疑过你见到的白石为什么不是你心中的白石吗？”

“我有个好办法，帮你证明我和他谁真谁假。”

“我的第一张专辑马上就要预售了，不，是白石的第一张专辑马上要预售了，不如你问问他具体的预售时间是何时，然后我再给你一个时间，我们看看到底谁说的是正确的。”

“我才是真正的白石。”

“我才是白石。”

“我才是白石，是你口中的那个网络古风歌手白石。”

“我才是白石。”

“我才是真正的白石。”

“我才是白石！”

“我才是白石！”

“我才是白石！”

……

时桥南的声音像咒语一样钻入脑海，叫嚣个没完没了。林寂被他吵得头痛欲裂，她抱住脑袋，突然大声吼道："好了，不要再说了！"

"林寂……"

听到白石的声音，林寂一脸生无可恋地瞥了他一眼，然后捡起手机，握紧拳头转身离去。

她几乎是咬牙切齿："不要再叫我！不要再叫我！！不要再叫我！！！"

她在小区里独自坐了很久，她不知道为什么会出现这样的结果，白石是那么真实，不可能是幻觉，那么他到底是谁？他为什么要骗自己？她百思不得其解。

眼看夜深露重，小区楼里的灯一盏盏熄灭，万籁俱寂，她知道自己该回家了。

一进家门，家里灯火通明，白石正坐在沙发上跟一条金毛说话。

"等一会儿妈妈回来，你要乖乖的哦。"

正说到这里，他听到门响，看到林寂回来，他立马站了起来。那条金毛看了看白石，迅速冲到林寂面前，扑到她身上以示亲热。

这就是白石的狗，名叫二狗子。之前有一次白石出差，回来时狗狗正好病了，他便丢下在家等候多时的林寂，先去探望狗狗。林寂提议下次他再出差可以把狗放在她家里，不用非得放到宠物店寄养，毕竟她来照顾狗狗肯定比宠物店用心。然而，白石说狗并不在宠物店，而是在张可人家。两人为此闹得很不愉快，但白石仍然没有把狗带来，只说张可人跟狗熟悉，更懂得如何照顾它。

此时，他把狗带来，目的再明显不过，但林寂已经无法因此感到欣喜，她苦笑道："你这是做什么？"

"我爱你。"白石回。

林寂笑了："你还有其他解释吗？"

"你爱的到底是我这个人，还是白石这个名字？"白石反问。

林寂一愣。

白石迅速抓住了她思维上的漏洞："如果你爱的只是网络上的那个

声音，我也有；如果你爱的只是这个名字，那么我的确也是白石；可如果你爱的只是我这个人，拥有你痴迷的那个声音、你心动的那个名字的人，我到底是谁真的重要吗？我是好人还是坏人，我是君子还是骗子，有关系吗？你说你爱我，你的每一句话还都在我心里，每一次想起我都感到庆幸，你爱我，而我也恰恰爱着你，这难道不是最好的结局吗？”

林寂皱了皱眉，无法反驳。他说得对。她爱的是这个人，她知道他是她的白石，他到底是不是那个白石，真的重要吗？

白石没有给她思考的余地，他抱住她，捧起她的脸，开始吻她。密如雨点的吻落下来，几乎击溃了她的理智，她感受着他带来的欢愉，感受着他近在咫尺的呼吸，忽然觉得这样了此一生未尝不可。像漫长的凛冬终于等来第一缕春风，忍不住唤起生机，她听到他的呼吸越来越粗重，她也忍不住如烈火焚身。

像是天地初开的一刹那，混沌消散，宇内澄净。带着新生的激动，阳光漫过山川大地，把开天辟地的澎湃心情化作激情，打开了大江大河，打开了高山平原，等待万物有灵的认证。只要再耐心地等一等，仿佛世间就是另一番新生的画面。

然而，突然一道雷电劈落，林寂猛然惊醒，用力推开白石。

“等一等！”她拼命摇着头，眼睛充血：“不，这不是真的！这不是真的！你不是真的！你是骗子！你不是我的白石！”

“我是白石！我是你的白石！你好好看看我，林寂，我是你心心念念的男神，我因为你而存在，我爱你，你知道的，我爱你！”

“不！不！不！你不是真的，时医生说你是幻觉！你是幻觉！！你只是我的幻觉！！！”

“如果是幻觉，我怎么会这么真实？！你摸摸我，你好好想想，我们在一起的时候，那都是幻觉吗？你的感受都是幻觉吗？你不要自欺欺人了！”白石试图说服她。

她身体剧烈地颤抖着，她咬着牙瞪着白石，几乎用尽最后一丝理智嘶吼：“幻觉，你是幻觉！消失！你给我消失！消失！你是幻觉！消失！消失！消失……”

可是面前的人根本没有消失的意思，他就站在她面前，拼命地劝说着。

天旋地转，越来越多的声音充斥脑海，她的头痛得几乎要爆炸。她抱住头，歇斯底里，甚至拼命地往墙上撞，只为了能让疼痛麻痹自己。

她紧紧闭上眼，不停地嘶叫，想把耳边的声音通通压下去，可是那些声音像是一个魔咒，无论她多么用力，它们始终都无法消散。她坐在墙边，撕心裂肺地哭喊着，跟脑海里的声音进行没完没了的拉锯战。

不知过了多久，只是天渐渐亮起来，好像昨夜星辰已随昨夜风逝去。黑夜褪去了暴虐，不知躲去了哪个角落。

林寂缓缓睁开眼，家里静悄悄的。

她喊了一声白石，没有回应。

白石的东西都不见了。

手机里他的电话号码、微信消息也都不见了。

门边他从外地带回的雨伞也不见了。

厨房里他曾用过的咖啡杯仍在原地，像是久未动过。

一切回到了最初，没有了暴风雨，也没有了传奇，林寂心里空落落的，像是真的大梦一场，如今梦醒，惊觉已是百年身。

她迅速冲到卫生间，翻出时桥南给她开的药，用凉水吞下去。她从小就不擅长吃药，药片果然再度卡在喉咙里，直到一杯水见底才勉强咽下去，糖衣早已融化，苦味在嗓子里渐渐化开，苦得她眼泪直掉。

手机毫无征兆地响起来，林寂愣愣地看着屏幕上的备注名好一会儿，才迟缓地接通：“哥……”嗓子仍然沙哑。

林树马上听出了她的哭腔：“怎么了？”

“也没什么，就是……就是……”听到熟悉的声音，林寂的眼泪再度决堤，“就是……白石走了……”

林树沉默了一会儿，道：“要跟我去共森吗？”

林树说的是上海共青森林公园，每年这个时节，林树都会去一趟。那里有一棵树，是林树在白繁死后亲手栽下的，今已亭亭如盖。

“要。”她竟突然有种想去祭奠自己死去的爱情的错觉。

林寂洗脸化妆，开始收拾自己。看到镜子里两眼充血、憔悴不堪的面容，她几乎被吓到，不敢相信这是自己。仅仅一个晚上，她像是过了十年。这十年她到底经历了些什么?

感谢现代化妆品，当她走出家门时，又是一个元气满满的小仙女。

然而，一见到林树，她就彻底败露了。鼻子一酸，她几乎再度落下泪来。

林树正在车前抽烟，看到她的样子，他叹了口气，将她揽入怀里，拍了拍她的背："好了，没事啦。"

这段时间，他跟时桥南的联系越发密切。他从时桥南口中了解到林寂的状况，他心里有点东西想不明白，但面对一个精神病医生的专业评估和一个把自己折磨得人鬼不分的妹妹，他那稍纵即逝的怪异感觉不得不退居二线当个备胎。

路上，林树尝试着跟林寂沟通："你说白石走了，去哪儿了？"

林寂一路都望着街边的风景出神，听到问话，她垂下眼，整个人几乎冻结在时间里。好一会儿，她才缓缓道："走了就是走了，我也不知道他去了哪里，大概是被我发现他在骗我，所以不敢逗留。你知道吗，时医生说得对，他不是我想要的那个白石。"

"那他是谁？"

"时医生说他是我的幻觉。"林寂转过头来看着林树，"或许他说的是对的。我喜欢上了自己幻觉中的人，可他竟不是我幻想的样子，这真是太奇怪了。"

"他承认了？"

"怎么可能！我把他赶走了。"

林树想问她打算怎么办，但最终换了个问题："你还好吗？"

林寂摇摇头："我不知道，我已经不知道应该相信谁。"

"你不是说你知道他是幻觉，你把他赶走了吗？"

"对，可是，他走也可能是因为我说的话太过分了，我宁肯相信一个外人，也不相信他。"说着，林寂开始用手掌敲打太阳穴，"我已经糊涂了，要疯了。"

林树瞥了她一眼："再去找时医生聊聊吧，他应该是最能帮助你的人了。"

“你也觉得我有病吗？”

林树耸耸肩：“没有病就不能找心理医生谈话了吗？我们或多或少都有一些心理障碍，找专业人士沟通总比瞎子自己摸石头过河有用，既然有这么好的资源，为什么不好好利用呢？”

林寂被他说动了，问：“那你呢，你有找专业人士聊过吗？”

林树笑起来：“你大概不知道，时桥南是市检外聘的精神司法鉴定医生，我跟他关系不错。你不至于单纯到认为我们的交情全部建立在工作上吧？这世上没有形式主义的真情实感，你用心才能打开心。”

因为是周末，公园里人很多，多数是一家人，扎营、野餐、放风筝、嬉戏。像林树兄妹这样来祭奠的大概是其中的异类了。

那棵树种在一个不起眼的僻静角落，混杂在几十棵同类中。二人从热闹中一路走过来，当欢笑声渐渐弱下去，远远地，就看到一片挂满青黄色果实的枇杷树，那棵树便是其中之一。这时节，枇杷正是将熟未熟，沉甸甸的果实缀满枝头，煞是讨喜。走近才看到，每棵树上都挂着一个小小的铭牌，注明了植树人的姓名和树的品类、昵称。

两人径直从树下穿过，最终停在一棵毫不起眼的树前，树的铭牌上写：姓名：林庭树；品种：枇杷；家长：林树，白繁。

林庭树已经三四米高，树冠如伞，亭亭玉立。林寂仰头看着它，目光穿越时空回到了八年前，仿佛看着自己正在成长的侄儿，忍不住感叹：“他已经这么大了。”

“是啊，不知不觉，已经八年了。”

若是没有那次意外，那个孩子如今已经读小学了。哪怕工作再忙，林树也一定会去接送他上学、放学，陪他一起做游戏、玩拼图、完成手工作业。他们穿越林间小路时，一定也不是怀着沉重的思念，而是如云朵般轻柔，风一吹，心情就像蒲公英，通通都散了。天地有多辽阔，阳光能走多远，心情就有多轻松。

“我有时候觉得，我之所以能够平静地对待这一切，不是因为白繁还在我心里，而是因为白繁让我种了这棵树。”林树用手指擦去铭牌上的灰尘。白繁死后，有一段时间他的确是情绪低落的，直到有一天他做了一个梦，梦里白繁与他一起种了一棵树，很快树上就结满了沉甸甸的果实，日复一日，年复一年，从不落空，他因而笑醒了。梦醒后，林树就来这里种下了这棵以他逝去的孩子命名的树。

“无论多么坚强的人，心总是需要一个停靠的地方，累了可以停歇，痛了可以倾诉。”林寂道。

“说得好。”一个苍老的声音突然赞叹。

兄妹二人循声望去，就看到不远处一棵树下站着一个白发苍苍的老人。老人穿着笔挺的米色西装，同一色系的礼帽拿在手中，说着已经迈开矫健的步伐向两人走来。林树和林寂对视一眼，都有些疑惑，他们都不认识这位老人。

老人走到跟前，对二人点头致意，看着树上的标牌，对林树道：“姊妹？”

意识到老人是把这棵树误会成了自己的兄弟姐妹，林树摇摇头，解释：“不，孩子。”

老人看了看林寂，有些歉意：“抱歉。”

“无妨。”林树回。

老人道：“因为什么？”

林树自嘲地笑了笑：“车祸。”

老人摇摇头，万分遗憾：“孩子遭遇意外，父母一辈子都无法原谅自己，总觉得是自己失职。”他拍了拍林树的肩膀，“你们还年轻，赶紧再要一个吧。”

林树失笑：“您误会了，我们是兄妹。我的孩子还没来得及看看这世界，因为妻子出车祸，一起离开了。”

老人目光矍铄的眼睛里一下子掠过一片铅云，沉默良久，方道：“人世无常啊。”

林树勾了勾嘴角，回以一个牵强的笑，问：“您呢？”

老人回头望了一眼刚才自己站立其下的树，道：“老伴儿。离开十年了，每次回想，仿佛便在昨日。十年生死两茫茫，不思量，自难忘。总觉得她还一直陪在我身边。”

“我懂。”林树是真的懂。

因为老人的出现，林树的祭奠被打断，情绪也被切断了。当老人提出一起走时，他便欣然同意。然而，像是参加完一场葬礼，归去时心情是那么沉重，好像心停留在树上，只有身体渐行渐远，所以连思绪都被拉得越来越长。

他们从枇杷林出来，绕过一片日本晚樱的花田，往回走。日本晚樱正值花期，细碎轻薄的花瓣堆砌成一片云蒸霞蔚，风一吹，花瓣如诉如泣，纷纷扬扬。林树和老人不由自主地停下脚步，微微扬起头，看着那片樱花雪落完，眼睛里是追忆往昔，更是迎接未来。

林寂想起春节那天跟林树去看望白繁，林树就是那样微微仰起头，看着细碎的雪花款款飘落，形影相吊，越发显得孤寂，林寂忍不住心一阵揪疼。

大概只有失去过的人才会懂得“流水落花春去也，天上人间”的绝美。

走到一片草坪前，老人忽然停下来跟二人道别。他看着草坪上追逐打闹的两个孩童，道：“那是我的孙儿。”

林树意会，道别离去。还没走出几步，就听老人在身后道：“有机会一起喝一杯吧。”

林树笑起来，走回来与老人交换了联系方式。后来，两人的确成了忘年交，同样的经历、同样的情感，让他们比同龄人更能够理解彼此。

一路上，林寂都很少说话，此时，林树才发现她的反常。林寂不停地转头看向不远处，他循着她的目光看过去，那里什么都没有，他忍不住好奇：“看什么呢？”

林寂显然被吓了一跳，目光却始终无法移开。她做了一番挣扎，才终于看着林树，认真地道：“他在那里。”

从老人出现后没多久开始，林寂不经意间瞥见树丛里有一个熟悉的人影，那个人牵着一条金毛，静静地看着她。她感觉自己的灵魂被抽离了，仿佛兜兜转转几十载，蓦然回首，那人依旧在。她告诉自己那是假的，那是幻觉，那不是白石。

然而，她停，他也停，她走，他也走，他始终保持着同样的距离，与她并肩而行。

他像是在告诉她，就算她一次次推开他，他也会在她身边，陪着她，望着她，不问悲喜，不求结果，就那样如同时间游走在她的生命里。

他们没有交流，可是他的意思她都懂。

她听到一个声音在说："那是你要的人，那是你爱的人，他到底是谁真的那么重要吗？"

是啊，他到底是谁真的那么重要吗？

她已经开始糊涂了。

"时医生说他不是白石，可他到底是谁呢？我想相信他，可我又无法不相信时医生。"林寂一直看着白石，淡淡地道。

林树循着她的目光望过去："人只有一棵大树可以依靠，如果太贪心，反而会更加迷茫。既然理智无法选择，不如跟着你的心走。"

"我的心……"林寂将手放在左胸口，感受着心跳，"在不知所措。"

林树试着用逻辑分析循循善诱："你的心里已经有了疑惑，除非解开这个结，否则你只会越来越痛苦。你无法信任自己，也无法信任白石，因为你在潜意识里相信着时桥南，你相信他不会骗你。既然如此，为何不去找他，让他帮你解开这个死结？"

"只是……"林寂有些为难。她与时桥南最后一次见面不欢而散，只怕他已经彻底对她失望。

林树立刻看懂了林寂的心思，似笑非笑。

他们正走过一条石桥，桥下小河水尤清冽，百余鱼儿嬉戏其间，趁着倒映下来的树影，真有皆若空游无所依的感觉。过了桥，河岸边每隔几十步一条长椅，几乎每条长椅上都有人，一对暮年夫妻、一双年轻夫妇，抑或是独自静坐的男女。

林树遥遥看见一个熟人，突然停下脚步，道："时桥南已经原谅你了，去找他吧。"说着已经向熟人望过去，林寂跟随他的目光，待认出对方，一下子愣住了。

时桥南正坐在桥右首边的第二条长椅上，随意地跷着二郎腿，埋头看手机。风从林中吹来，在他身边打了个转去向远方，他的世界仍然静谧无声。这一刻，世界是静的，因为他是静的。

“他……”他怎么会来？

林寂看向林树。

林树拍了拍她的肩：“不用谢。”然后迈下石桥，吹着口哨走了。

林寂犹豫了许久才走过去，站在时桥南身后，看着他。

她听到自己的心跳声如擂鼓，呼吸重愈泰山。她的胸腔里像是有人埋下千万吨炸药，在同一时间引爆，顿时引来山呼海啸，气吞万象。那样澎湃的感觉，大概只有刚刚降生在这个世上的婴儿才能体会，第一次领略生命的神奇，用尽全部心力撕心裂肺地啼哭。

她看得太专注，连白石已经站在她身边都没有发现。白石绕着他们转了一圈，在林寂耳边道：“林寂，你是要背叛我吗？你要相信我，我们是天造地设的一对，你对我还是有感觉的，对吗？”

林寂什么都没有听到。此时此刻，她的心跟着眼睛所见而安静下来，安静到连风的声音都那么细碎，并在细碎的声音里渐渐远去，一切归于沉寂。

这样的画面、这样的感觉，像极了她无数个日日夜夜所预见的未来。

她一直觉得，他们的生活应该平淡无奇，然而幸福宛如空气浮游于天地间，只要轻轻虚抓一把，就能攥出蜜糖来。有的人只是活着，她庆幸他们生活着。

像是感应到她的心情，时桥南缓缓抬起头，注视着河面片刻，方才带着憧憬又紧张的心情慢慢转过头来，仿佛害怕一切只是错觉。看到林寂，他如释重负，浅笑起来。

他们倒真成了一笑泯恩仇。

林寂走到前面坐下，两人分占一头，静坐无言。不知过了多久，林寂终于率先开口。

她说：“我一直做梦，从小到大。”

“关于什么？”时桥南问。

芥蒂就这样翻篇。

“各种事情，不同的故事、不同的场景，却都是梦里的我熟悉的地方，每一个梦，不管是好的开始或者紧张的开场，结局一定是困惑、绝望或者……难过。”

“比如？”

“我梦到……你看过金老爷子的《天龙八部》吗？”

“自然。”

“我梦到过一片花海，各种各样的奇花异草，花海中间有棵大树，几人合抱粗细，在树上按不同的节奏敲击，先三后五再二，树干上就会出现一个门，就像万劫谷那棵树似的。进入之后是一部电梯，电梯深入地下很长一段距离，再出来时，其实跟原来的地形差不多，只不过是一片荒原，那棵大树孤零零立于荒原之上，铅云沉沉，不时有雷电风雨，我在荒原上踽踽独行，我知道我要去的地方在前方，可是我不知道自己将去往何处，也始终看不到希望……类似的梦我做过很多，不过有的不是这样，有的只是最后全世界陷入灭绝的危机，我们被丧尸包围，插翅难逃。”

“我们？”

“有时候是同学，有时候是好朋友，有时候是陌生人……”

“你还记得最早做这类梦是在什么时候吗？”

林寂摇摇头，继而意识到时桥南不一定看得到，便道：“只记得那时候还很小。”

“多小？”

“几岁吧，三年级？”

“那一年发生了什么？”

“嗯？”

“那一年发生过什么让你印象深刻的事情？”

林寂的脑海里浮现出一张老人的脸，瞬息间，那张脸变成了躺在担架上毫无生机的惨白的脸。是了，那年一位小时候经常逗她玩的爷爷去世了，她赶去看，正好看到殡仪馆的人抬着他的尸体从楼里出来。那一年她经常梦到他，梦到他给她买糖葫芦、买冰激凌，梦到他故意讲鬼故事吓唬她，然而每一次的结局都是他在她面前死去，她哭喊着救命却无人回应。

细细想来，那一年林树刚刚升入高一，开始有了更高级的生活圈子，学习课业繁重，玩的时间越来越少。而在那位爷爷去世的那段时间里，林寂与关系要好的小伙伴正在闹别扭，她像是被全世界遗弃了。这种感觉正好与她时常被母亲和林树丢在家里自娱自乐完美契合，母亲忙于工作，林树沉溺于玩耍，她不得不自力更生，于是她很早就知道任何人都靠不住，只能靠自己。所以，从小到大的梦里，她都是积极主动的那一个，都在努力寻求。

很多父母都是如此，觉得不打不骂，给予孩子良好的生长环境和教育水平，就能培养一个十全十美的人中龙凤。可惜，大部分人都忽视了原生家庭与孩子性格之间的磨合。

林寂幸福吗？是的，她生长于一个能够给予孩子最大自由度、最大民主主权的家庭，虽然没有什么锦衣玉食，却也衣食无忧。父母都是善良的人，在亲朋间人缘和口碑极佳，唯一的哥哥也对她呵护备至。

她缺什么？

客观来说，她什么都不缺。

然而，主观呢？

林寂这一代人的父母都处于摸索阶段，在旧思想里成长起来，被新观念引导着，他们没有模本可循，只能摸索着前进。他们想要给孩子最大的自由和尊重，却忽视了孩子先天的特质。比如林寂，林寂的悟性很高，对环境的敏感性更高，外加强大的心理复原力，那些对其他人没有任何伤害的生活琐事，都成了她生命中不可磨灭的印记。她因为这些点滴，一点点感悟，并在感悟中自我修复。

哪怕是一朵花开，诗人会为其落泪，画家会为其提笔，浪子会潇洒拂袖，林寂却能在那短暂的数秒间领略一场沧海桑田。她不是感喟生命短暂或者伤春悲秋，她只是清晰地认识到万物的开始与终结，世事的自然规律与正常发展，甚至总结得出："留人间多少爱，迎浮世千重变，和有情人，做快乐事，别问是劫是缘。"

不知是幸或不幸。

这一个问题告一段落，时桥南沉默良久，方才继续："你多久做一次这类的梦？"

"不确定。"

"最近一次呢？"

"最近一次……"林寂想了想，"最近每天都被梦吵醒。我梦到大家聚会散场，半夜暴风雨中，白石在我窗外拼命地敲着窗户喊我。我梦到回到小学教室，同学和老师却是高中时期的，而我遭到所有人的厌弃。我梦到我跟白石有了一个孩子，是个私生子，因而招来众人的非议，惹来追杀，因为有一条新的法令禁止非婚生子……”

时桥南转过头看着她，叙述中的林寂却异常冷静，如同在讲道听途说来的故事。

“前天，我半夜醒来，发现自己站在苏州河畔。你还记得我去寻找平安弄的事吗？”看到时桥南点点头道“记得”，林寂继续，“我醒来的时候自己穿着睡裙站在那里，我不知道自己是怎么去的。”

“梦游？”时桥南实则是想到了另一种病症——解离性失忆，但他没有说出来，“如果睡梦中你做了这些事，的确醒来后不会记得是怎么回事。你以前梦游过吗？”

“我连梦话都很少说。我做梦大部分时候意识很清楚那是梦，只有几个梦到现在也不知道是梦是醒。”

“跟我说说你半夜醒来在苏州河畔的事吧。”

跟很多人一样，时桥南读的第一本精神病学论著是弗洛伊德的《梦的解析》。这本书对于高三学生而言实在有些枯燥，他却读得津津有味，让他第一次萌生成为精神病医生的想法。

梦，看似最平常不过的一件事，却打开了一个未知的大门，那个十几岁的少年在那扇门里看到了吾之所求。

这一天他仿佛重回高三，重新体验了一次悸动的感觉。他与林寂细细梳理她那些典型的梦，一点点分析其中的隐意，在帮助林寂的同时，他也在进一步了解这个人。

林寂十分缺乏安全感。他将其归咎于她的敏感，她敏感地、过早地看透人性，知道是与非之间的可能性，却偏偏是个感觉主义者。可想而知，一个清楚现实与理想之间的天堑鸿沟的感觉主义者，每走一步是多么艰难。感觉上她可以对一切安之若素，潜意识里却极其不信任这一切。

一直谈到月上梢头，理智才姗姗来迟。月光明晃晃地洒落，疏影横斜水清浅，公园里已经没什么人了，两人终于站起身，并肩往回走。

林寂忽然问：“时医生，你不怪我？”

时桥南愣了愣，轻笑："怪你太多情？"

林寂也笑起来。

从这一天开始，林寂的生活像是真的回归了正轨。她按时吃药，定时话聊。

然而，时桥南担心的情况最终还是出现了。

林寂的精神状态几乎可以用连续十二个糟糕来形容。

几天的冷战后，白石率先低头服软。他带着二狗子找上门来，在林寂家客厅里与林寂谈判。他动之以情，晓之以理，想要说服林寂重新接纳他。此时的林寂正对时桥南信赖有加，在白石说话的时候，她紧紧闭着眼睛喃喃自语般自我催眠："这都是假的，都是假的，都是假的，都是假的，都是假的……"

白石却突然上前用自己的嘴堵住了林寂的嘴，林寂震惊地睁大眼睛。白石也正看着她，四目相对，他的眼中掀起惊涛巨浪。林寂心头一紧，嘴上便用力咬下去。白石吃痛，却没有放开她的意思。直到口中弥漫着腥甜，白石才缓缓放开她，嘴角已经有血流下来。他凑近林寂，语气无赖，低声告诫："林寂，你移情别恋，始乱终弃，你根本不是自己人设里的那么深情。你以为你用这种自欺欺人的方式就能摆脱我吗？妄想！"

"你才是骗子，滚！"林寂随手抓起抱枕扔出去，白石已经不在了。

工作室门口，许攸和程瑜尴尬而紧张地看着林寂。

"林老师，您没事吧？"许攸问。

文棋已经给二人交代过林寂的情况，让她们发现任何异常都要及时给自己和时桥南打电话，二人犹豫着是否应该行使这项权利。

林寂颓然靠在沙发上，摇摇头："我没事。"顿了顿，摇摇头，"不，我有事，我需要我的药，我需要时医生……"她六神无主地站起身，一时间却不知道该先找药还是先找时桥南。

许攸抢先一步冲去卫生间，边走边说："我帮你找药！小瑜儿，给时医生打电话！"

药和时桥南都没能在第一时间出现，林寂已经要崩溃了。短短一分钟，当许攸好不容易找到林寂的药返回客厅时，林寂已经无助地坐在地上哭起来，指甲因用力而嵌入肉中。

时桥南赶到时，林寂已经被许、程二人哄着吃下了药，她坐在沙发上，呆呆地望着阳台上的风铃。

这一天风很大，那一排日本风铃丁零丁零地响个没完，像是林寂这一场人生旅程，杂乱不堪，不成曲调，却已有情。

时桥南在林寂身边坐下，道："要不要出去走走？"

林寂摇摇头。

时桥南继续问："想吃点什么？我叫个外卖？"

林寂仍旧摇头。

时桥南暗暗叹息，这还只是开始。

是的，这只是开始。

白石始终对她纠缠不休，他每天打卡一般到林寂家报到，威逼利诱，刚柔并济，想迫使林寂就范。一旦林寂态度坚决，触到他的逆鳞，他必然勃然大怒，对林寂态度恶劣。而他变得越来越容易暴躁，渐渐一言不合就恼羞成怒。林寂不得不换了门锁，可不知为何，他仍然可以不受阻碍地进来，林寂因此备受煎熬。

但这并不是最坏的情况——早已经跟白石分手的张可人再度出现。

那天下着雨，许攸和程瑜离开后，林寂接到了林树的电话。林树有个案子开庭，庭审后他要跟同事开会讨论应对方案，会晚一点过来，让林寂自己叫外卖吃。林寂饿死鬼附体，叫了两个九寸的比萨。

半个小时后，门铃响起，林寂想也没想就开了楼下门禁，结果上来的不是外卖小哥，却是张可人。情敌见面分外眼红，门一开，张可人二话不说就扇了林寂一记耳光，道："林寂，你真恶心！"

林寂被她打蒙了。

张可人继续骂道："你从我这里抢了男人，你他妈倒是好好珍惜啊，你现在在干吗？看上别的男人了？看上别的男人了，就把他弃如敝屣？你知道白石现在什么样吗？人不人、鬼不鬼的，他都快被你折磨疯了！你好好摸着良心想一想，你还算个人吗？"

说完这番话，不给林寂反驳的机会，张可人扬长而去。

这一顿比萨，是林寂最爱的黄金薯角比萨和榴梿比萨，然而她味同嚼蜡。

张可人并没有因为她的食不下咽而放过她。第二天，她下楼去买蛋糕和油墩子，刚过马路，张可人就迎面走来，啐了她一口，继而头也不回地离去。林寂猝不及防，站在马路边怔忡良久，直到一同下来的许攸喊她，方才回过神来。

没过几天，林寂醒来，听到有人按门铃。门铃响起的刹那，她一个激灵，第六感突然爆发，直觉门外一定不是她喜闻乐见的人。果然，她从猫眼里望出去，就看到张可人对着猫眼冷笑了一声，扭头走了。她一走，门外空荡荡的，挂在门前那几只老鼠就显得有些突兀了。林寂吓得惊叫一声，连连后退，根本不敢靠近门口。

她抖着手打电话给时桥南，电话一接通，她就语速极快地说："时医生，时医生，张可人，张可人……尸体……尸体……"

时桥南刚下楼，准备开车去医院，听出林寂的慌乱，他迅速上车，边启动车子边问："你别急，怎么了？慢慢说，我马上就到！"

林寂却不知道说什么，只知道尖叫着哭喊。

她看到蟑螂从门缝里爬进来，上下左右，通通都是，一只只黑色的蟑螂，大中小号齐全，如墨一般从门缝渗透进来，沿着四面墙蔓延。慢慢地，整个墙壁、地板都变成了黑色。

林寂的呼吸开始停滞，她感觉自己像是被活着关进棺材里埋了，根本喘不过气来。她歇斯底里地叫着，一步步后退，可根本躲不掉，那些蟑螂已经到了她的脚下，她挪一步，它们就堵一步。终于，她无路可退了，它们慢慢地顺着她的腿爬上来，她浑身上下都爬满了蟑螂。她尖叫着不停地拍掉身上的蟑螂，跑回房间躲进衣橱里。

然而，外面的窸窸窣窣声越来越清晰，想必蟑螂已经蔓延到了卧室。很快，她听到耳边有了动静，她怯怯地偷眼看，借着从衣橱门缝透进来的光，她看到自己肩膀上正趴着一只三四厘米长的蟑螂。她张大了嘴，刚要叫，就感觉到身上有虫子爬过。

她已经叫都叫不出来。她闭上眼，不敢面对现实，紧紧抱住自己瑟缩在角落里。

不知过了多久，林寂几乎已经不知道自己是生是死。

咚咚咚——

一阵敲门声在耳畔响起，林寂一个激灵，像是走在黄泉路上突然感受到了阳间的气息。

就在这时，衣橱的门被人从外面打开，明亮的光线入眼，逆光勾勒出一个熟悉的人影。他像一座山，挡住了涌向她的滔天巨浪，又像一条河，挽留住了义无反顾流走的生命。他是春天的风，一经出手，四季无悔。他是几万光年外的星，穿透黑暗，在这个宇宙暗箱里凿出一个个通气孔，带来空气和光明，千里寄余生。

林寂愣愣地望着他，望着望着，忽然泪如泉涌。

他叹了口气，将她轻轻拉过来……

白石还在挣扎，想要挽回林寂，但林寂坚定地跟在时桥南身后，闭上眼不去理会白石的花言巧语。渐渐地，白石从时刻环绕在她身边变成了偶尔出现，继而化作了单纯的声音立体环绕，再然后就彻底退出了她的生活，她再也听不到那些或温柔或愤怒的声音。

然而，随之而来的是她工作上的瓶颈。故事分明在她的脑海里盘旋，可是像被一个屏障隔断，无法流于笔端。起初她为此焦急不安，甚至时常因为突然而来的思维断片而暴跳如雷，可是除了吓坏了两个助理，一无用处。情绪暴躁到极致，她撕毁了无数草稿，然后躲进角落里，抱着自己的头嗷嗷痛哭。

那段时间，时桥南不得不时常出现在她家中安抚她。他也曾提出让她入院，却被她断然拒绝，她可以接受治疗，却无法放弃工作。她说，这部作品是献给他的，她不能停。

然而，当她的情绪渐渐稳定下来，她的思维也渐渐停止了一般变得迟缓。她对一切东西都渐渐失去了兴趣，她开始长久地静坐，经常可以看着一朵花静静地坐上一整天。时间一点点过去，她的工作毫无进展，文棋不得不以她生病为由强制性地暂停了漫画连载。

林寂本身却没有停止工作。她每天把自己关在工作室里，从早到晚画着分镜，却经常一天也画不出来一张。她为此更加暴躁，看到什么都可能大发雷霆。

家里的东西换了一茬又一茬。突然有一天，林树回来，她开心地拿着新画的分镜跟林树炫耀。林树并没有在意，他倒了一杯水，边喝边听林寂说话。

林寂说："前两天看到电视上播放上海书展的新闻，看到我认识的漫画家举办签售，我就想，虽然我是蒙面漫画家，可是画出好的作品也是我的梦想。没想到，这么一想，思绪就水到渠成一样都通了。"

不知是不是因为思路通了，她整个人都变得有了色彩和生机。

林树看着她像一阵风一样围绕在自己身边，笑道："看出来了，你整个人都活了。"

林寂傻乎乎地笑起来。

她的工作效率一下子又回来了，下笔如有神，唰唰唰就能迅速画出一沓分镜稿，不满意就撕掉，满意了就打电话给文棋让她来看稿。每一次文棋都是一言难尽，故事已经完全背离了林寂的故事风格和初衷，渐渐从林寂特有的轻松感的黑色幽默彻底走向了恐怖的不归路，她不得不直言不讳。

她说："林寂，我觉得你需要休息一段时间，你现在是在钻牛角尖，这个故事根本不是你最初跟我讲的那个，这是另一个故事。"

林寂抢下画稿，边整理边生硬地道："这就是我的故事！变的人是你！自从勾搭上大神，你就看我什么都不顺眼！"

文棋知道现在根本没法跟她讲道理，只能耐心地道："我没有变，我永远都是你的人，但你好好想想，以前我给你提意见你都会认真思考的，现在我稍微说一句不好你就生气，变的人到底是谁？我知道你现在生病了，所以我希望你先好好休息一段时间，然后我们复刊，杀他个片甲不留，好不好？"

"是不是大神说了我什么？"林寂突然瞪着文棋。

"关他什么事？"

"那是白石和张可人对你说了什么？"

"说什么？"

林寂垂眼思忖片刻，鼻子里喘着粗气，像是想起了什么令她十分气愤的事情："他们一定做了什么！张可人现在就想落井下石报复我，白石也对我恨之入骨。”她突然神秘地凑过来，“我跟你说，我昨天去白日梦想家买蛋糕，看到张可人偷偷给喵姐钱，两人窃窃私语，喵姐对我的态度也十分古怪。她们以为我不知道她们给我下药？我一进小区就把蛋糕扔进了垃圾桶。”

“……”

“那天叫外卖也是，那个小哥边打电话边敲门，我一开门他就迅速地挂了电话，一脸心虚。”林寂冷笑一声，“他以为我不知道他跟谁打电话呢？一定是跟张可人有什么不可告人的暗中交易。所以，我就机智地把外卖扔了，另外让我哥下班给我带饭回来。”

文棋不得不把这些情况汇报给时桥南。

时桥南再次见到林寂时，也发现了林寂的这些情况。她渐渐恢复了她特有的灵动，却变得敏感多疑，任何人只要稍微露出犹疑的神色或者“可疑行动”，她立马会将其划入敌方阵营。时桥南不得不白天将林寂接来医院，下班时送回家交给林树。

来来去去的路上，看到有人望向他们的方向，林寂会立马警惕起来，神神秘秘地说：“看到没有，那一定是张可人雇来的杀手。时医生，要是他们动手，你就先跑，不要管我，我不想连累你。”

看到有人遛狗，她就觉得对方是在满大街地嗅她的气味。

甚至看到一个乞讨的流浪汉，她也会下意识地觉得那是伪装者。

她从一个极端渐渐走向了另一个极端。

对于林寂的这一转变，林寂案情小组的几位大佬都各执一词。

言聆风认为她这是一种从精神分裂到妄想症的恶化，但也可能是一个转折，说明她已经知道白石和张可人是敌人，她只需要将其赶出自己的生命就行了。

江箬则认为这根本就是一种典型的精神分裂，应该跟她的家人沟通，将其收容治疗。

黎简昀对两人的看法都不以为然，觉得她只是阶段性的变化，应该采取保守观察治疗。

听完几人的看法，麦肯恩先生却问了一个不相干的问题：“她有按时服药吗？”

这倒把几个人都问住了，他们面面相觑，继而纷纷望向时桥南。

时桥南也不知道啊，他根本没想到这一点。

麦肯恩先生笑道：“你们中国有句话，当局者迷，旁观者清。桥，你就是一个典型。我知道在这件事上无法让你做到不感情用事，可是你必须让自己先冷静下来，否则，你又如何成为她的依靠？她已经有很多在乎她的朋友了，有的人因她不知所措，有的人为她以泪洗面，但那都不是她需要的，她所期待的是一个带领她穿越暴风雨的灯塔，那是她的港湾、她的终点，亦是她的开始。那是你，始终是你，别无他人。”

时桥南一时无言。

有些人和事会成为有生之年系列，穷尽一生，求而不得，抑或得未曾有。

三十年来尘与土，绝非一杯酒、一段戏文能道得尽。

林寂的追求看似渺茫却分外真实，而他呢，他时桥南期待的是什么？

简单生活，平淡度日？

如果是这样，那在真实世界之外，他又何必费心劳神地经营那个叫白石的声音，又何必苦心钻研提高唱功？

江箬笑道：“很少见到桥失态的样子，我都快怀疑这是个假的桥了。”

会议进行到最后，麦肯恩先生说起了题外话。原定于五月举行的美国精神病协会年会因今年的举办城市迈阿密遭遇飓风袭击被迫延期，改到了八月，选址波士顿。时桥南因此前发表的论文备受瞩目而轻松拿到了入场券，但麦肯恩先生的几个朋友其实更好奇林寂的案子，希望到时候能跟时桥南探讨一二。

时桥南不以为然，摇头苦笑：“这是个失败案例啊。”

“可是，你不得不承认这是个稀有病症。”言聆风耸了耸肩。

时桥南本想调侃她是不是追悔莫及放弃了这个案子，还没开口，就被一阵敲门声打断了，李曦焦急地道：“时医生，不好意思打扰你们开会，林寂不见了。”

天阴沉沉的，一场雨将落未落。

林寂和杨希雨对坐在窗前，每人手里都有一本素描本，不约而同地以同样的节奏或是发呆，或是奋笔疾书。

杨希雨问："姐姐，你男朋友不来看你吗？"

林寂看着窗外，无动于衷。

她已经快想不起白石的样子了。

那就像是一场梦，雕栏玉砌犹在，人面却早已不知何处去。

"你爱的到底是我这个人，还是白石这个名字？"

言犹在耳。

她不由自主地想起他们的点点滴滴，所有画面里的白石都是模糊的。渐渐地，那些白石的影子与另一个影子重叠，林寂认出了那张脸——时桥南。

她想尖叫。

然而，她清晰地看到自己坐在位置上，一动不动，好像一个抽空的人皮模具。她歪着头皱起眉，她不明白自己为何一脸生无可恋，仿佛对未来已经不抱任何希望。她见过那样的眼神，中东战区的难民营中，那些只经历过短短数载人生就懂得了绝望的孩童，他们的眼神就是如此，不奢求、不期冀，甚至已经坦然接受没有明天的现实。

她真可怜啊，林寂想。

一滴清凉落在睫毛上，林寂眨了眨眼，一下子愣住了。

周围高楼林立，狭窄的街道上车辆川流，行人络绎不绝。这是一个她熟悉又陌生的地方，她必然是来过这里，可她想不起这是哪里。她随着人流前行，她梦到过这里，也的的确确来过这里。

可是……她怎么会在这里？她不是应该在莱恩医院吗？

她抓住一个路人，问："请问这是哪里？"

对方奇怪地看了她一眼，说："崇明路。"

"崇明路是哪儿？"

对方顿时疑窦丛生，迅速撇开她匆匆离去。

她接着抓住其他人询问，人们都尴尬而不失礼貌地仓皇逃走。

"崇明路是哪儿？"林寂摇着头自言自语。

人们对她唯恐避之不及，也有好奇者会停下来看她几秒钟。

渐渐地，他们看她的时间越来越长，甚至公然停下来对她指指点点，放肆地嘲笑讥讽。她看到很多人向她走来，带着魔性的笑用怪异的腔调说：“你是要背叛白石吗？”“你是要去哪儿？”“我才是白石，你认出我了吗？”

他们的脸都是模糊的，随着笑容越来越夸张，他们的脸也越来越扭曲，连周围的高楼街道都跟着扭曲变形，几乎成了油画《呐喊》的真实再现。

林寂慌乱地左顾右盼，却发现命运没有给她留下一条生路，她的呼吸越来越急促，胸腔里却几乎要窒息，仿佛空气都在渐渐抽离。她低下头，深一脚浅一脚地跌跌撞撞前行。

然后，忽然世界就安静了，只有雨像是有人倾盆倒下，在地面砸出噼里啪啦的乱调，清晰入耳。

她不由自主地停下脚步，看向来人。

时桥南呼吸急促，在认出她的刹那却如释重负。

黄一亭的事故之后，莱恩医院特招了一批退伍军人做保安，甚至有几人曾是特种兵。没想到就在这样的铜墙铁壁之中，林寂还是能够离开。据他们反映，林寂当时的状态很好，还跟他们开玩笑，说跟人有约。他们不疑有他，就目送她离开。

时桥南得知消息后，第一时间安排人寻找林寂。他也无法坐在办公室里等待，他鬼使神差地想到一个地方，开车直奔而来。果然，从外白渡桥找过来，还真的被他找到了。

林寂早已浑身湿透，正失魂落魄地走在一把把飘过的雨伞中间，格外显眼。

她眨了眨眼，缓缓送出目光，如同来自前世的凝望，跨越红尘岁月。

四目相对时，时桥南想起一句歌词：确认过眼神，我遇上对的人。

他看到她灰暗的眼睛里忽然跳跃起一丛火焰，那团火苗迅速点亮了她的灵魂，她从一个提线木偶一下子有了生命。

他拉住她的手，轻轻将她拉进怀里，动作缓慢，长过一生。

林寂一下子哭了出来，无声地，泪如雨下。

一路无话。

车子驶进时桥南家所在小区时，林寂终于开口说了第一句话："对不起，可是我不记得我是怎么离开的医院，又怎么去的崇明路。"

"我知道。"时桥南是真的知道。他想到此前自己的猜测，那时林寂说自己不知怎么回事竟然出现在苏州路，他就该知道她已经出现了解离，但他始终宁愿相信她只是梦游——人们总是相信他们愿意相信的事情。

他停下车，绕到另一边给林寂打开车门："走吧。"

这几日林寂一直住在他家中。

自从得知林寂的病情后，林树几乎就住在了林寂家。但越忙的时候就会越忙，他手里一下子堆积了好几个案子，每个都如同初恋少女的心思，百转千回。其中两个案子是检察院分院移交过来的案件，均是上诉被驳回，他需要进一步调查取证，决定是否向法院提出抗议。为此，他需要出差数日。他不得不将林寂托付给时桥南。

按照时桥南的意思，是想趁机将林寂纳入医院。然而，林寂在医院里待一天，等到他下班前，就会赖在他办公室外一步也不肯走，看到他走出办公室就亦步亦趋，像条小尾巴，哪里也不肯去。

时桥南将她领到病房里，说："你暂且住在这里，晚上有护士照顾你，有问题就给我打电话。"

林寂直勾勾地望着他，如同看着一个负心汉，然后轻轻地、决然地吐出两个字："骗子。"

这样一来，时桥南就没办法了，只得把她带回家。

时桥南家里养了一条金毛，三岁大的狗，继承和发扬了主人的特质，像个退休等死的老头子。看到主人回家，它顶多抬抬眼皮打招呼，看到陌生人进门，它顶多抬起头来扫一眼，以示欢迎，随即趴下。只有出去玩或者给肉的时候，它才会像条三岁的狗狗。

第一天，时桥南看着毫无礼貌的狗狗，无奈地道："你就当那是一条死狗吧。"

林寂精神很好，笑着上前，将抱在怀里的画稿随手搁在沙发上，坐在狗狗身边，摸着它的脑袋，问："它叫什么名字？"

“老金。”

林寂抚摸着老金：“老金，我是林寂……”

她一下子没了声音。

她想起白石和他的狗。白石最近来找她时，时常带着二狗子，二狗子像个小孩子一样缠着林寂，咬着她的衣角，宛如第一次去幼儿园不舍得跟妈妈分别的小朋友。它有着清澈的眼睛，可怜巴巴地望着你的时候，你的心都融化了。

“汪汪！”

窗户传来熟悉的狗叫声，林寂一下子转过头去望着阳台的窗子，好像那声狗叫是为她而来。

她仿佛真的看到二狗子正在楼下望着时桥南家的窗口摇尾乞怜。

是的，她知道他一定在那里。

今天也是一样。一开门，老金果然老神在在地趴在地上，老祖父看孙子一般看着两只落汤鸡进门。

林寂却没有精神跟它打招呼，径直进了卧室。

老金马上嗅到了不同寻常的味道，好像……里面有什么八卦。他噌地一下子抬起脑袋，双眼炯炯有神地看着时桥南，可惜时桥南没有接收到它的八卦通讯。

时桥南无奈地看着紧闭的卧室门，想去敲门，跟林寂好好谈谈，却一时不知如何开口。他看了看老金，招招手让老金站起来，老金却没有理他。

时桥南敲了敲卧室门，进去取衣服，说：“我带老金下去一趟，你洗个澡换下衣服吧，不要着凉了。”

这下老金听懂了，马上站起来跑到门口，好整以暇地等待出发。

时桥南摇头苦笑，家里这一人一狗果然都是一个臭脾气。他用毛巾擦了擦头发，换好衣服，带着老金下楼。

雨已经小了很多，楼下绿化极好，茂密的树底下，不打伞都可以。已经有不少狗友下班归来在遛狗了，看到时桥南和老金纷纷打招呼，时桥南不得不勉强应付。

一个小时后，老金兴致渐弱，时桥南便吹了一声口号示意回家，老金立马乖巧地走在他身边，不再乱跑乱嗅。

时桥南低头看老金：“我也很烦啊。”

老金果不其然没理他。

时桥南自嘲：“上辈子欠债的人是我才对。”

当他们回到家，林寂已经洗完澡换好衣服，正盘腿坐在地毯上，埋首于创作中。沙发上、茶几上、地上散落了上百张画稿，旧稿、新稿混杂，难分难解。

林寂紧紧皱着眉头，下笔极其用力，好像跟那支笔有仇似的。

大概仍不满意吧。

时桥南径直走去厨房：“你想吃什么？”

林寂没听见一样，没有任何反应。

时桥南重复了一遍问题。

林寂茫然抬头，待回味过来时桥南的问题，道：“随便。”

时桥南边开冰箱边道：“我自诩厨艺不错，可惜就是不会做‘随便’。”

林寂停下笔，咬了咬唇：“不然我自己做。”

“你会什么？”

“不多。”

“嗯？”

“我就一样拿手的，煮方便面，加鸡蛋的。”

“……”很有潜力。

时桥南拿出食材：“意大利面可以吗？”

林寂想了想：“我想吃煮方便面。”

“……”怕不是被雨淋傻了吧？

但时桥南还是说了声好，找出方便面开始做晚餐。林寂像个得到好吃的小孩子，兴奋地拿着笔跑过来，指挥时桥南加水、加料包、打鸡蛋、放青菜、下面，直到面条被煮到半透明才完成。

于是两人对坐在餐桌前，一人一碗煮方便面，吃得奢侈又寒碜。

林寂翻着面问：“是不是很好吃？”

时桥南嗯了一声，实在不知道该说什么。

不仅仅是对面前这碗面，更是对林寂情绪复原之快。

吃过饭，林寂坚持画了两三个小时的画。时桥南装作在旁边看书，有一搭没一搭地跟她闲聊，询问她白天的事情，然而不出所料，她根本什么都不记得。前一秒她还在莱恩医院，下一秒她就发现自己在崇明路了。要说记得，她只记得自己看到自己很难过。

时桥南只好直接问："你最近感觉如何？"

"很好啊。"林寂头也不抬。

"怎么个好法？"

"才思敏捷，倚马可待，文思泉涌。"

"我不是说创作，我是说你自己。"

林寂就没了声音，仿佛已经彻底专注于创作中了。

时桥南无奈，只能看着她把他屏蔽在她的世界之外。

等到晚上十一点，林寂终于停了下来。她把笔随意扔在茶几上，站起身："该睡觉了。"

安排林寂睡下后，时桥南留了床头灯，随即悄悄关上房门退了出去。

老金趴在地上望着他，用目光询问他是从哪里捡回来的这个傻瓜。

林寂很执着，哪怕初次见面时老金一脸嫌弃，她仍然坚定地坐在它身边折磨它，直到一向淡定、少年老成的老金忍无可忍十分不情愿地站起身。林寂牵着老金去楼下遛弯，回来时，老金一脸幽怨地望着时桥南，用眼神对时桥南进行道德批判。此后每每林寂睡下，老金都要用目光质问一遍自己的主人。

时桥南拍了拍老金的脑袋，越过它，边收拾林寂散落在沙发和茶几上的画稿，边说："看在她是病人的分上，你就原谅她吧。好狗不跟女斗，尤其是女病人。"

老金抖了抖毛，对时桥南的无原则致以崇高的不屑。

时桥南无奈地看了看老金，在沙发边坐下，梳理整齐画稿，口中仍然坚持："她对你不坏，不是吗？你就把她当个小孩子……"瞥见老金一副"不想理你"的眼神，他迅速改口，"我知道你讨厌小孩子，但她没有揪你耳朵……好吧，这个有……可她没有把你当马骑，对不对？"

最后一句话仿佛刺激了老金的某根神经，它一个激灵，警惕地抬起上半身。

时桥南笑："比小区里的那些熊孩子好多了吧？"

老金歪了歪头。

时桥南说："她还帮你对付熊孩子，也算是你的救命恩人了。"

经此提醒，老金貌似终于想起林寂带自己遛弯时报复熊孩子的事。楼下几个熊孩子每次看到老金都跟看到稀罕玩具一样，跑上来扯老金的耳朵、尾巴，给它扎小辫，甚至想骑老金，林寂以其人之道还治其人之身，把那些熊孩子吓得退避三舍。想到这些，老金虽然不情愿，但态度已经好多了。它无奈地趴了回去，开始思考其中利弊，毕竟……自己的亲主人脾气太好，从来都放任那些熊孩子欺负自己，而这个新来的白痴竟然会为自己两肋插刀。

时桥南将画稿整理好，随手翻了翻。这一翻不要紧，他发现这个故事竟然是恐怖故事。多年不看漫画，现在看一本漫画简直像是折磨，他拖了很久才把林寂此前的作品读完，知道她喜欢玩脑洞，风格偏向暗黑或者说黑色幽默，轻松里带着犀利，温暖里透着泪点。至于林寂最新的作品，他还没来得及看。他从文棋和林寂的只言片语中猜测到，林寂的这部作品一如既往地秉承了脑洞和黑色幽默血统，但貌似文棋对她最近的分镜不甚满意，跟林寂沟通过数次，每次两人都能从商榷变成争吵，最终往往以林寂撕毁画稿收场。

这不知是第几遍分镜稿。笔触简洁随意，线条流畅，文字用的是速记，十分潦草，反正凭借时桥南的功力根本看不懂。

其实在精神疾病治疗中，画画属于影射技术的一种，很能表现画者本身的内心。比如杨希雨，他特别不爱与人沟通，每次治疗都是从画入手。时桥南在美国的时候也接触过几个遭受性侵的小孩，其中不少的突破点都在画中。林寂这段时间的作品，时桥南几乎都看不懂，倒不是太抽象，而是她借用漫画手法画分镜稿，画面混乱，根本无法辨认，时桥南只能将其归结为她的精神状态极为不稳定甚至混乱不堪。

时桥南心里一动。文棋曾说现在的故事已经彻底背离了林寂的初衷，那会不会说明，现在的故事恰恰是林寂当下的心理影射？

念也好，祭奠也罢，都不要在同一时间。”

不在同一时间，便不会因心跳频率相同而心有灵犀。

林寂拼命摇头：“时医生，不要！不要！你说过你要治好我的！你不能说话不算话！”

“对不起，林寂，就当我失约吧。”

那一霎，世界都在褪色，林寂眨了眨眼，听到风声里带来白石的笑意：“看吧，他就是个骗子。”

林寂循声寻去，时桥南不知何时已经离开了，办公室里别无他人。她余光瞥见一个影子，倏忽一下不见了。

林寂悻悻然走出时桥南的办公室，李曦正手足无措地等候着她。看到她，李曦立刻上前，面露担忧：“你们没事吧？我从来没见过时医生脸色这么臭，吓死我了。”

林寂摇摇头。他们已没有任何关系，又怎么会有事？

李曦道：“那就好，那就好。你赶紧去追吧，时医生要去义诊，刚刚下楼。”

林寂心里一动。是了，他还不知道真相，他只是误会了她，她向来相信只要把一切都解释清楚就不会有误会。这次无论他说什么，她都不会停下，她要一口气把事情说完。

这样想着，她就往楼下冲去。

一路上，她都在想，如果老天肯原谅她，一定会给她一次机会，让她追上时医生。

而命运果然是偏爱她的，当她追出来，正好看到时桥南从地下停车场开车出来，她二话不说就挡在了他前行的路上。

时桥南一个急刹车，坐在车里冷冷地看着她。

“时医生，我今天必须跟你解释清楚，你相信也好，不相信也好，都必须听我说完……”林寂换了口气，“我知道你肯定觉得我是在狡辩，但在你告诉我你是白石之前，我根本不知道你是他，我只是单纯地觉得你的声音和气质跟他很像。最初，我的确是抱着获得素材的想法来的，我动机不纯，欺骗了你和言医生，我很抱歉，我道歉。后来，在白石真的出现之后，我就再也没有欺骗过你……不，不是那时候，是从那次我亲了你，那时候你说我从来不肯打开自己的心，你说你一直在那里，你等我回去。你不知道我有多么感动，我一上车眼泪就掉了下来。有那么多人关心我，却从来没有一个人觉得我的开朗和无所谓是因为我没有敞开内心，没有把真实的自己剖析给人看，你却一针见血地点破了。之后所有的一切都是真的，都是我亲身经历的，我……”

“我赶时间。”时桥南淡淡地道。

说完，时桥南开着车碾过旁边的草地从林寂身边呼啸而去。

林寂看着那辆银色SUV渐渐远去，然后一个拐弯消失在视线里，突然感到一阵窒息，像是有人扼住了她的喉咙，迅疾而果断地掠夺着她的生命。

时桥南这一走，这天都没有再回来。林寂一动不动，其间几个医生和护士陆续来劝她，但都无济于事。她在原地站到日薄西山，站到月上柳梢头，站到林树踏着月光走到她身边。

“走吧。”林树道。

时桥南给他打了电话，大概说了事情的始末。他心头五味杂陈，他之前就觉得有什么不对，果然好的不灵坏的灵。他一早就该知道会出问题的，他太相信林寂，也太相信时桥南的专业水平，却忽视了两个人之间的悖论。

按理说，他应该骂林寂，可等真的见到林寂，他却真的骂不出口。不管这个人是好是坏，她都是他的妹妹，这一个称谓让他可以在任何时候放下任何立场挡在她面前。

见林寂无动于衷，他揽过她，带她离开。

“我要跟时医生解释。”林寂说。

“以后还有机会。”林树昧着良心安抚。他知道今天的事情除非时桥南自己想通，否则解释再多都无济于事。

林寂似是接受了这个说法，任由林树带走。

走出几步，她忍不住回头望了望。

时桥南的办公室并没有开灯，亮如白昼的医院里，于她而言最重要的一处却最黑暗，俨然全世界的狂欢中，你独自潦倒街头，分外难受。她一转头，就在林树怀里落下泪来。

起已经完成的画稿翻看，边看边道：“你觉得我们的结局会是什么？”

林寂不吭声。

白石并未在意：“以前我觉得我们一定会跨越时间的枷锁，直到世界尽头。我一直想要一个有趣的人，不仅仅共度余生，如果灵魂不灭，我希望下辈子、下下辈子、下下下辈子，当我们各自成为不同的人，也还会在一起。但我发现你并不是这样想的，你遇到了另一个人，你想要摆脱我，你大概忘了是你说我们是命中注定。”

“我以为你是他。”林寂退出工作室。

白石抬头瞥了她一眼，漫不经心地继续看着手中的稿子，跟着林寂往外走，语气不温不火：“谁？白石，还是时桥南？我就是白石啊。”

“你不是。”

至少不是她心中的白石。

那个人应该如朝露般浅淡，如春风般和煦，如月光般包容万物。他会有一些小情绪、小缺点，可他必然谨记人生的追求：简单生活，成为更好的人。

他是隐忍的，不会锋芒毕露，却会让所有认识他的人记住他。他如一把宝刀，藏入鞘中，敛尽锋芒，与其让人歆羡他的光华璀璨，他宁愿靠实力完成使命。

一如那些年，他为之心动过的人、他追过的人、他谢绝的人、他不去想起也不曾忘记的人，都被他小心翼翼地珍藏。他不会主动提及，或许永远也不会对谁说起曾经，但他会铭记，他会细数每一次，从开始到结束，然后感谢他们教会了他这么多，才让他在这场旅途中不忘初心。

白石像是读懂了她的所思所想，脸色渐渐沉下来，他跟着她，一步步靠近她。他的眼睛是那么好看，深沉里泛着微芒，盛着两个小小的她。

林寂几乎看到那两个她不是影子，而是来自他的心底。那里有一方世外桃源，浅水微澜，水杉林立，应该刚刚下过雨，还有泥土的芬芳，他拿着收起的雨伞涉水而来，她跟在他身后。他走得小心翼翼，生怕惊扰了这方寂静，更怕惊扰了水下那个倒影。他太喜欢她了，一个不够，两个才刚刚好，一个放在眼里，一个放在心里。

其中一个她对她招招手，另一个她说：“林寂，你在犹豫什么？”

林寂眨了眨眼，摇摇头：“不，这不是真的。”

“林寂，你在自欺欺人。”这次说话的换成了招手的那个。

“不是！你们都是我的幻觉！”

“你说白石是你的幻觉，又说我们是幻觉，这不是自相矛盾吗？”

“负负还得正呢。”

林寂一愣。

她们说得有道理。

林寂忍不住伸出手，试探着碰了碰白石。

有质感，有温度。

她又碰了碰。

还是如此。

林寂忽然松了一口气，却仍有些迷惑：“你不是我的幻觉？”

白石温柔地看着她：“如果眼见为虚，那你的感觉呢？你不是最相信自己的感觉吗？我就在你面前，实实在在地站在这里，我拥抱过你，吻过你，跟你一起攀上过巅峰。他们说我是幻觉，可这些都是你亲身体验的，你相信道听途说，还是相信你所经历过的？”

“我不知道……”白石的确说动了林寂，她越来越困惑了。

“你不知道？你不知道自己缠住我贪吃时是什么样子？还是不知道在我身下婉转承欢时有多么销魂？你不知道？你不知道！那你知道什么？你知道我是你的幻觉，你又怎么知道他们不是合伙欺骗你呢？”

“啊！”听到合伙欺骗，林寂又一下子警惕起来，“张可人呢？她没跟你一起吗？”

像是听到了多么好笑的笑话，白石失笑：“找不到理由了，又准备拿张可人当借口吗？你放心，我已经搞定了张可人，她不会再来骚扰你了。以后，我和你，两个人，永远。”

林寂的确一下子找不到措辞了。

她知道该怀疑的事有很多，但白石像是知道她所有的想法，总是先她一步把路堵死。

林寂站在那里，手足无措。

白石扶着林寂到沙发上坐下，倒了一杯水给她，然后把最新的漫画一页一页铺开在茶几上，茶几放不下就铺在地板上。未几，整个客厅里就铺满了漫画。

故事已经不知何时走向了一条死胡同。女主角发现隔壁的少年是男神派来监视她的，恼怒之下杀死了少年并利用浓硫酸化尸。她做得十分隐秘，可总觉得有人在暗地里看着她，同一幢楼的邻居也在一夜之间搬走了，只有一楼一个她从未见过的老太太坚守在此。男神劝她去自首，她却责怪他毁了她的人生，她求他好好爱自己，愿意跟他去天涯海角，男神却拒绝了她。她终于知道，她苦苦寻求的大概不是一个答案，而是得到。她杀死了男神，一口一口吃掉了他。看着遍地的血迹和骨头，她才真正地心满意足，他在她心里，也在她的身体里，他永远都不会离开她。

白石一页一页解读着故事，所有的角色都代入了他和林寂，然后他拿着最后两页坐到林寂身边。这一页上就是故事的大结局，女主角一个人走在水杉林中，风从远处吹来，带来男神的声音，她闭眼感受，体味着从未有过的满足和欣慰。

“你看，真正的我是绝不会离开你的，无论你对我说什么、做什么，我总是会回到你身边，因为我在你心里、在你的身体里，我们是一体的，是不可分割的。时桥南呢？他丢下你走了，在他看来，你只是一个做着花痴梦的可笑的傻瓜。”

“是的，我不在他心里，他也不在我身边。”林寂拿过最后两页，眼泪大颗大颗滴落，“可我……”

白石轻轻擦去林寂脸颊上的泪：“不要怕，你还有我。”

就在这时，天一下子暗了下来，窗外有人刻意压低声音说话，其中一个正是张可人。他们说话的声音太小，她听不真切，但隐隐约约听到是在说她。她想要询问白石，一转头，白石却不见了。

外面传来脚步声。

林寂追了出去，看到一个人影在楼梯间闪过，她不假思索地追着那个人影冲下楼去。

外面铅云沉重，电闪雷鸣，风声鹤唳，如同正在上演一场十面埋伏。

林寂追了一段，发现自己被包围了。

几乎每一棵树后都有一个狙击手在持枪对着她。

她置身的不是上海，而是“吃鸡”现场。

她摸了摸自己的背后，空无一物，除了一把不知何时拿到的菜刀，她没有任何装备。

这哪里是战场，这是一场屠杀啊。

林寂蹲下身，悄悄地一步步往后退，靠近路边时，以最快的速度冲到楼下，四下张望一番，看到敌人也在坚持着敌不动我不动的原则，她火速开了门禁入内。

回到家，就听到外面小碎步唰唰唰、唰唰唰地向她聚拢。

林寂打开所有抽屉、柜子，翻找武器，可是除了那把菜刀，她没找到任何可以与外面那些人相抗衡的武器。

砰——

门被人从外面踹开了。

林寂被吓了一跳，但见白石站在门口，浑身湿透。林寂这才发现外面已经暴雨如注，她条件反射地将菜刀藏在身后，注视着白石的一举一动。

白石没有动，但他身后的人动了。

张可人对着林寂笑了笑，道：“怎么，你还想去哪儿？”

林寂望着白石：“你……”

白石立刻领会了她的意思，着急地解释：“是她自己找来的，不是我，你要相信我！”

张可人道：“都现在了，你还有必要演戏吗？”说着已经举起步枪指向林寂。

白石仍试图安抚林寂，边说边向林寂靠近：“林寂，你听我说，不要相信张可人。我喜欢的人是你，我心里只有你……”

林寂的目光在二人之间游移不定，她不知道该相信谁，或者谁都不可以相信。

张可人已经忍无可忍，对着林寂脚下一通扫射。顿时，漫画稿和碎纸屑如大雪纷纷扬扬，林寂在那些翻飞的碎纸片里看到了故事的结局。故事如同电影镜头快速在眼前掠过，她在那快镜头里预见了未来。

她还记得那一场大雪，她跋涉千里赶回家中，他在那里等她。风雪太紧，她看不到他，却知道他就在那里，宛如等了千年。

那时候，他对她说了什么？

她跃入他的怀里时，他说：“我知道你会来，所以我在等。”

她问：“你怎么知道我会来？”

他说：“因为你在我心里。”

在那时，风忽然大了起来，他们对话的声音全都被淹没，她只听得到彼此的心跳声，却知道答案一定是这样。

那是白石，是她心中的白石。

林寂的手握紧了刀，大步迎着白石走去。

她顿时化身成了视死如归的战士，大义凛然地走向她的终极。

枪声响在耳边，点燃硝烟滚滚，远处战火不断，焚尽曾经的美好。大雪融化成泪水落入泥土，幻化成饱含希望的种子，在她踏过的地方生根发芽，迅速冲入云霄。

她是屠戮者，她是守护者。

她是正义之师，她是邪恶力量。

她是信徒，她是叛逆。

她是沉沦，她是救赎。

她是一切的虚无和永恒。

她想要的是命运，是自己掌控所有未来。

她很傻，傻到一生只够爱一个人。

她又很聪明，她知道偏执狂总能得到自己想要的。

她写好了开始，也该由她来书写结局。

审讯室里，江箬正与林寂面对面而坐。

江箬问：“林寂，你还记得你为什么会在这里吗？”

林寂埋首于速写本：“大概记得一点。”

“为什么？”

林寂停下笔，思忖片刻，仍然不是很确定：“好像……我……杀人了？”

“是的。”

“可是，好奇怪，我不记得我是怎么来的。”

“是警察带你来的，你自己打电话报的警。你还记得你做了什么吗？”

“我……在十年后遇到了命运，我找到了他，见到了他……”

“然后呢？”

“他终于爱上了我……”

“不对。”

“我感受到他的气息，他对我表白，他抱着我入睡……”

“不对。”

“他说他只爱我。”

“不对。”

“他要娶我的。”

“不对。”

“我爱他。”林寂直勾勾地瞪着江箬。

两人之间刚刚建立起来的联系命悬一线，绷得紧紧的，好像吹灰之力都能将其斩断。

江箬暗中捏了一把汗。他参与过关于林寂案子的讨论，在此之前跟林寂也有过几次接触，无非顾左右而言他，从侧面捕捉细枝末节来评估她的精神状态。他知道林寂最近的情绪不是很稳，但以往每一次林寂都是那么清醒而理智。今天是江箬第一次单刀直入，他不敢逼得太紧，他需要试探着找到林寂的安全区。

江箬跟林寂对视几秒，装作不在意地垂下眼。未几，他注意到林寂在用力划纸，他皱了皱眉，向钢化玻璃那边望了一眼，摇摇头，然后轻轻唤了声林寂的名字。

林寂用笔嘘了一声，侧耳倾听。过了一会儿，她道：“你听到了吗，外面有鸟叫声。”

“是。”

林寂压低声音神秘地道：“那是暗号，张可人找来了。”

“不……”江箬想说那就是单纯的鸟叫，然而林寂此时根本没有听他说话的心思，她已经沉浸在自己的世界里。

林寂站起来，走到窗前，透过窗子的防盗网向外张望。混沌中，她听林寂望着他，然后慢慢转移视线，用余光瞟向角落，再慢慢转回时桥南身上。角落里，白石正坐在地上悲伤地望着她。她的视线就这样游移往复数次，时间一次比一次短，最后终于稳稳地落在时桥南身上。她盯着他的脸，努力辨认这张脸，在心中镌刻这张脸，用目光一点点描摹这张脸。

渐渐，渐渐，像是前世的记忆被唤醒，她的眼中蓄满泪水，她轻轻唤他。

“白石……”

羽毛般轻柔，却重逾千金。

“嗯。”时桥南轻轻答应着，与她额头相抵，如同盖章般许下承诺。

这一年的冬天，当时桥南站在国际精神疾病交流会的台上，讲述一个特殊病人的案子时，那位病人就坐在台下含情脉脉地望着他。

她的眼中有风、有雪、有星空、有大海，但那些都因他而有了生命。

他回想起他们的相识，把她眼中的世界一一复述，充满那么多奇迹。哪怕当很久很久以后，把这个故事讲给孙子、孙女听，只怕他们都会嘲笑爷爷又在编故事。

然而，故事的女主角就站在他面前，他知道一切都发生过。

他知道就好。

他与她走过他曾一个人走过的街头、河畔，看查尔斯河的波浪带走昔年的孤寂，将他们的倒影引向全新的未来。仿佛不是因为时间，只是因为有人相伴，一切都变得不同。

那一刻有初雪飘落，她仰起头，把所有的故事付于那一眼。

她说：“白石？”

他应：“嗯？”

她就轻轻笑起来，从此岁月长。

后来呢?

后来的故事实在无趣，像所有幸福的故事一样平淡无奇——

或许他们会有两个可爱的孩子，没有人在乎是男孩还是女孩，只要他们像他们的父母一样讨人喜欢、心存善意就已经足够。

或许她仍会在工作室里忽然游离方外，然后泪流满面，不知道是因为幸福还是因为幸运。

或许她会忽然深情地望着他，轻唤他的名字，他则会习以为常地回应，像每一次风起时的温柔。

或许她始终无法痊愈，可是已经可以分辨真假虚实。

或许她一生都沉溺于一个声音，可是她的灵魂已经有了具象的依托。

或许她永远走不出她脑海里那个故事的围城，可是这个故事最重要的角色已经走进来，谁又会在乎是在故事里还是故事外？

只是，她有时候还会想，到底他是她故事里的人，还是最终走进了她的故事里。

没有答案。

这一生很长，或许终有一天她会明白。

或许，这一切只是一个梦。

不管是哪一种可能，对他们而言，这不是结局，这只是开始。

世界上幸福的故事只有一个结局，却有千千万万种开始，而开始比结局更重要。

因为故事一旦开始，没有结局就不会停下来。

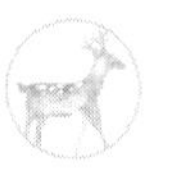

后记

像很多爱好写作的人一样，成为作家是我从小到大的梦。然而，浑浑噩噩这么多年，在写作上竟一事无成。倒不是我没有坚持写作，而是多年来反反复复修改、废稿，前前后后折腾了几百遍，始终只能停留在前十万字，最多到第十万字，就再也写不下去。故事跟我脑海里的感觉相差十万八千里，情节推动也让我十分痛苦。是的，写作成了一件痛苦的事情。

直到突然有一天有了这个故事的灵感。我是一个十足的恋声系，一个好听的声音就会让我一次次初恋，而我又是一个喜欢剑走偏锋的人，于是就想：为什么不写一个恋声系精神病呢？一个病态的恋声系。于是就有了这个故事。林寂有病，时桥南又何尝健康？我想用最简单的故事，简单地描述，简单地温暖。没想到一气呵成，人物和情节仿佛是信手拈来，而我只不过承担了将已经存在的故事付诸笔端的任务。我知道我找到了写作的突破口。

有部日剧里有相似的桥段，身为作家的主人公反反复复写了数年，一事无成，直到遇到他喜欢的人。他说，对于自己不喜欢的人，是写不到让人惊叹的份上的。是的，每天想着喜欢的人，把那个人的故事写成文字，就仿佛开了挂一样。我是慕寒的迷妹，这个故事里男主角的基础原型也是他，只不过随着故事推进，“白石”有了自己的经历、人生和性格，他活生生地站在了我面前。有时候走在路上，我真的会忍不住回头，仿佛他会从路的那一头走过来，陪着林寂低声说话，笑语嫣然。我是那么喜欢他们，我知道我对他们的心情饱含了我对慕寒的喜爱和感激，感谢生命里遇到这样好的一个声音以及它的主人，他的善良和美好都如一道暗光，低调却能指引航行。因为这份感情，所以一切都是那么水到渠成。

这个故事最先定下来的就是名字，而在定稿时，恰恰慕寒出了一首新歌《故事外的人》，我莫名激动不已，其实只是巧合，却觉得仿佛冥冥中注定，开心得像个傻瓜。想必很多人也已经注意到，这个故事每一章节的标题都是慕寒唱过（原唱和翻唱）的歌曲名，没错，这是故意的。

不知道这个故事会带来怎样的效果，或许会被好事者拿来说事，或许会感动一些人。或许，五年、十年或者二十年后，自己回头看这个故事，会觉得那么幼稚、青涩和不齿，但我相信这会是我一生最好的作品。我以后肯定会写出更成熟、更完备的故事，然而，于我而言这个故事永远是不一样的存在，它不仅仅是献给慕寒的迟来的生日礼物，更是我耕耘十余载后终于等来的突破和成长，功夫不负有心人是只有经历过才会懂得的感恩。

当然，我也知道这个故事还有很多问题，只是此时的我已经竭尽所能，这是此时的我所能达到的最高水平，是我在废稿无数次后第一次完整地写完一个故事，第一次真真正正享受写作。才写到一半，我就已经忍不住想写第二个、第三个、第四个故事了。以前写作，真的非常痛苦，所以一直以为大家所言“写作是件痛苦的事情”，果然如此。可是，这一次，我是真真正正享受写作，真的写上瘾了。

感谢慕寒，带给我这次成长，让我真正叩开了写作的大门。虽然以后可能不会再如这次直白地献给你，可是在我心中，我往后所有的作品都带有献给你的痕迹。